MOMADAY · HAUS AUS DÄMMERUNG

Universal Bibliothek

BELLETRISTIK

N. Scott Momaday

HAUS AUS DÄMMERUNG

Roman

1988

Verlag Philipp Reclam jun. Leipzig

Aus dem Englischen
Übersetzung von Jeannie Ebner
Mit einem Nachwort von Eva Manske

ISBN 3-379-00252-6

Lizenzausgabe des Verlages Philipp Reclam jun. Leipzig mit freundlicher Genehmigung der Harper u. Row Publ. Inc., New York (für die Originalrechte), und des Verlages Ullstein GmbH, Berlin (West) (für die deutsche Übersetzung)

Reclams Universal-Bibliothek Band 1223
1. Auflage
Reihengestaltung: Lothar Reher
Lizenz Nr. 363. 340/76/88 · LSV 7331 · Vbg. 13,3
Printed in the German Democratic Republic
Grafischer Großbetrieb Völkerfreundschaft Dresden
Gesetzt aus Garamond-Antiqua
Bestellnummer: 661 375 0
00200

Für Gaye

Prolog

Dypaloh. Da war ein Haus aus Dämmerung gemacht. Gemacht aus Blütenstaub und Regen. Und das Land war uralt und ewig. Die Hügel hatten alle Farben, und die Ebene leuchtete von bunten Tonerden und Sand. Rote und blaue und gescheckte Pferde grasten in der Ebene, und auf den Bergen dahinter war dunkle Wildnis. Das Land war still und kräftig. Es war überall schön.

Abel lief. Er war allein und lief, anfangs schwer und angespannt, später jedoch locker und leichtfüßig. Die Straße vor ihm stieg in einer Kurve bergan und verlor sich in der Ferne. Die Stadt vermochte er nicht zu sehen. Das Tal war regengrau, und draußen auf den Dünen lag Schnee. Morgendämmerung. Verschwommen war das frühe Licht unter den tiefen Nebelschichten aufgestiegen, dann blitzte die Sonne hindurch, und ein weiter, gelber Schimmer legte sich unter die Wolke. Die Straße war von Wacholder- und Mesquitegruppen gesäumt. Unter der harten, weißen Kruste sah er die schwarzen Kanten und Knorren des Holzes. Das Eis glänzte und glitzerte. Und er lief und lief. Er sah die Pferde auf den Weideflächen und sah die gewundene Linie des Flusses dort unten.

Für eine Weile stand die Sonne unter der Wolke und war voll sichtbar, dann verfinsterte sie sich beim Höhersteigen, und ein deutlicher Schatten fiel über die Landschaft. Und Abel lief und lief. Sein Oberkörper war nackt, Arme und Schultern hatte er mit verkohltem Holz und Asche bemalt. Schräg prasselte der kalte Regen auf ihn herab, und so sah seine Haut bald fleckig und streifig aus. Die Straße bog sich in einer seitlichen Kurve und führte drüben unter der Regenwand hin. Und Abel lief. Vor dem Winterhimmel und der Weite der lichten Landschaft der Tiefebene in der Morgendämmerung sah es aus, als käme er nicht vom Fleck. Er schien stillzustehen, sehr klein und sehr einsam.

I. DAS LANGHAAR

Walatowa, Cañon de San Diego, 1945

20. Juli

Der Fluß führt durch eine Tiefebene aus Hügeln und Feldern. Das Nordende der Ebene ist schmal, und der Fluß kommt durch einen Cañon von den Bergen herab. Nur wenige Stunden täglich dringt die Sonne bis auf den Grund des Cañons herab, und im Winter bleibt der Schnee in den Klüften seiner Wände liegen. In der Mitte des Tales liegt die Stadt, und im Cañon gibt es noch Ruinen von anderen Städten. Bebaute Felder breiten sich nach drei Himmelsrichtungen hin rings um die Stadt aus, die meisten liegen westlich, auf dem anderen Ufer des Flusses, wo die Ebene einen Schräghang bildet. Im Winter ziehen hin und wieder die weit ausgespannten Spitzwinkel-Formationen der fliegenden Wildenten über das Tal, und die Wildgänse haben fast die gleiche Farbe wie der Himmel, die Luft ist schwer und feucht, aus den Häusern der Stadt steigt Rauch auf. Schwer drücken die Jahreszeiten das Land. Im Sommer ist die Tiefebene sehr heiß, und die Vögel kommen bis zum Tamarak am Fluß. Die Einwohner der Stadt lieben die gelben und blauen Vogelfedern.
Die Äcker sind klein und unregelmäßig. Von der Mesa im Westen aus sehen sie wie ein wirres Flickwerk aus Baumgruppen und Gärten aus – zahllosen Gärten, viel zu vielen für die Stadt. Den Sommer über arbeiten die Stadtbewohner auf den Feldern. Bei Vollmond arbeiten sie auch nachts mit ihren altertümlichen, selbst verfertigten Pflugscharen und Hacken, und wenn das Wetter günstig und das Wasser reichlich ist, gewinnen sie ihren Feldern eine reiche Ernte ab. Sie pflanzen Dinge an, die sich leicht aufbewahren lassen, Getreidefrucht, Cayennepfeffer und Alfalfa. Auf der Seite des Flusses, wo die Stadt liegt, gibt es einige Obstgärten, Melonenbeete, Trauben und Kürbisse am Ufer entlang. Und alle sechs oder sieben Jahre gibt es eine üppige Pinones-Ernte in den weiter weg gelegenen Gebieten im Osten

der Stadt. Diese Frucht ist eine Gabe Gottes, wie das Wild in den Bergen.
Ende Juli ist es heiß. Der alte Mann Francisco kutschierte sein Gespann Rotschimmelstuten zu der Stelle, wo der Fluß das Gehölz aus Baumwollstauden in einem Bogen umfließt. Die Sonne schien auf den Sand und den Fluß und das Laub der Bäume. In Wellen stieg die Hitze von den gleißenden Steinen auf. Die bunten Kiesel am Flußufer waren klein und glattgescheuert, sie rieben sich aneinander und knirschten unter den Rädern des Karrens. Ab und zu warf eine der Rotschimmelstuten den Kopf auf und schüttelte eine Wolke von Fliegen aus ihrer dunklen Mähne in die Luft. Auf der Sandbank, etwas weiter flußabwärts, wucherte dickes Gestrüpp. Der alte Mann sah bereits die Schilfrute. Er lenkte die Stuten ins Wasser und stieg auf die Sandbank. Ein Sperling baumelte an der Rute. Er hing mit dem Kopf nach unten, seine Flügel waren halb ausgebreitet, und an seinem Hinterkopf sträubte sich ein winziges Federbüschel. Seine Augen waren weder offen noch richtig geschlossen. Francisco war enttäuscht, er hatte auf eine Blauracke aus dem Gebirge gehofft, auf ein Männchen, dessen Brustflaum die Farbe des blassen Aprilhimmels hat oder türkisblau ist wie Teichwasser; oder auf einen Sommer-Tanager: eine Gebetsfeder sollte schön sein. Er zog den Schilfstengel aus dem Sand und durchschnitt das Roßhaar, das die Füße des Sperlings umwand. Der Vogel fiel ins Wasser, und die Strömung trug ihn fort. Francisco drehte den Schilfstengel zwischen den Händen. Er war glatt und fast so durchsichtig wie der Kiel einer Adlerfeder, also noch nicht verbrannt und ausgedörrt von Wind und Sonne. Das Roßhaar war zu kurz abgeschnitten, er riß ein anderes aus dem Schweif einer Rotschimmelstute und knüpfte eine neue Vogelschlinge. Als das Rohr entsprechend gebogen und straff gespannt war wie eine Bogensehne, steckte er es sorgsam wieder in den Sand.
Er berührte die Rute leicht mit dem Zeigefinger, sie schnellte los, und die in das Ende des Roßhaars geknüpfte Schlinge zog sich scharf um seinen Finger zusammen und hinterließ eine weiße Linie dicht überm Nagel. *„Sí, bien hecho"*, sagte er halblaut und spannte die Rute nochmals, ohne sie aus dem Sand zu ziehen.

Die Sonne stieg höher, und der alte Mann trieb die Stuten wieder vom Flußbett fort. Bald hatte er die alte Straße nach San Ysidro erreicht. Er sang vor sich hin und sprach hie und da mit sich selbst, und seine Stimme drang durch das Knarren des Karrens: *„Yo heyana oh ... heyana oh ... heyana oh ... Abelito ... tarda mucho en venir ...“* Die Stuten zogen lässig an, mit tief gesenkten Köpfen. Er hielt die Zügel nur lose und überließ sich gewohnheitsmäßig dem Geschaukel des Karrens. Eine Eidechse lief dicht vor den Stuten quer über den Weg und blieb auf einem großen, flachen Steinbrocken sitzen. Ihr eingerollter Schwanz hing über den Rand, dann entrollte er sich, und wieder stand die Luft völlig reglos still.

Er war der einzige, der den Karrenweg benützte. Die gepflasterte Straße führte etwas höher oben parallel am Fuß der östlichen Hügel entlang. Die Lastwagen der Stadt – und ebenso die Laster von den Holzlagerplätzen bei Paliza und Vallecitos – fuhren dort droben auf der Fernstraße in endloser Kolonne dahin, doch der Karrenweg wurde nur noch von Hirten und Pflanzern benützt, deren Felder im Süden und Westen lagen. Als er den Ort erreichte, der Seytokwa genannt wurde, mußte Francisco an die Rennen denken, die für gute Jagd und gute Ernte abgehalten wurden. Auch er hatte sich einst daran beteiligt, er hatte sich mit Ruß eingerieben und war in der Morgendämmerung auf dem Karrenweg gelaufen. Er rannte damals mit solcher Schnelligkeit, daß ihm die Schweißtropfen von Kopf und Armen spritzten, obwohl es Winter war und Schnee in der Luft lag. Er lief, bis ihn der Atem in der Kehle brannte, seine Füße hoben und senkten sich mit einer seltsamen Gleichmäßigkeit, die irgendwie gar nichts mit seiner Angestrengtheit zu tun hatte. Und zuletzt hatte er Mariano überholt, der überall als der beste Langstreckenläufer galt. Ziemlich lange hatte er Mariano zum Greifen nahe vor sich gehabt, dann näherten sie sich den Pferdekoppeln am Rand der Stadt, und da beschleunigte Francisco das Tempo. Er zog gleich mit Mariano und sah sekundenlang dessen Gesicht, das naß und verzerrt war von der Niederlage ... *„Se dió por vencido ...“* Und da schlug er ihm mit dem Handrücken übers Gesicht, so daß ein schwarzer Streifen quer über seinem Mund und seinem Kiefer zurückblieb. Und Mariano brach

erschöpft zusammen. Francisco hielt das Tempo ohne nachzulassen bis zum Zentrum, und selbst dann hätte er noch weiterlaufen können, obwohl jetzt kein Grund mehr vorhanden war, nur so, um des Laufens willen. Und in jenem Jahr erlegte er sieben Böcke und sieben Rehgeißen. Einige Jahre später, als er nicht mehr jung war und ihm von einer Krankheit ein steifes Bein zurückgeblieben war, fertigte er eine Bleistiftzeichnung auf der ersten Seite eines Hauptbuches an und verwahrte sie neben seinem Vorrat an Gebetsfedern unter dem Gebälk seines Wohnraumes. Sie sah aus wie ein gerader, schwarzer Mann, der durch den Schnee lief. Darunter stand die Inschrift „1889".
Unterhalb der Brücke überquerte er den Fluß nach San Ysidro hinüber. Die Stuten mußten sich anstrengen, um den Karren über die Böschung hinaufzuzerren auf die gepflasterte Straße. Es war fast Mittagszeit. Die Haustüren waren geschlossen, damit die Hitze nicht eindrang, und sogar die meist nackten Kinder, die ihm sonst etwas nachschrien oder ihn verspotteten, hielten sich drinnen auf. Hie und da ein Hund, der froh war, irgendwo ein schattiges Fleckchen gefunden zu haben und jetzt den Kopf hob und ihn ansah, dann aber doch ausgestreckt und regungslos liegen blieb. Lange ehe er die Abzweigung erreicht hatte, vernahm er schon das gedehnte Wimmern der Autoreifen auf der Straße von Cuba nach Bloomfield. Es war ein sonderbares Geräusch, es begann mit einem ganz hohen Ton, der immer tiefer wurde, aussetzte und neuerlich anstieg, bis er ganz unhörbar geworden war und in dem näheren Klappern der Holzteile und Hufe unterging – selbst das träge, wirr durcheinanderschießende Schwärmen der Fliegen war imstande, ihn zu übertönen. Aber dann war er auf einmal wieder da, kehrte beharrlich immer wieder. Und dann bog er in die Kreuzung ein und fuhr bis zur Postauto-Haltestelle. Er war etwa sieben Meilen weit gefahren.
Wenige Minuten nach eins tauchte weit unten in der Tiefebene der Autobus auf einer Bodenwelle empor, und seine Scheiben blitzten sekundenlang in der Sonne auf. Der alte Mann starrte hinab und sah ihn allmählich größer werden, dann wandte er den Blick ab, humpelte einmal im Kreis herum und glättete mit beiden Händen die Vorderseite seines Hemdes. „Abelito, Abelito", wiederholte er leise und

sah nach dem Karren und den Stuten, ob dort alles in Ordnung sei. Er spürte sein Herz klopfen und richtete sich unwillkürlich kerzengerade auf, mit jener Würde, die seinem Alter gemäß war. Er hörte das scharfe Kreischen der Bremsen, mit dem der riesige Bus genau vor der Tankstelle stehenblieb, und da erst drehte er sich, anscheinend überrascht, danach um, als habe er ihn gar nicht erwartet. Die Tür flog auf. Schwer plumpste Abel zu Boden und schwankte haltlos. Er war so betrunken, daß er gegen seinen Großvater stieß, ohne ihn zu erkennen. Seine Lippen waren feucht und hingen herab, die Augen waren halb geschlossen und rollten hin und her. Beinahe hätte Francisco sein steifes Bein im Stich gelassen, der gute Strohhut fiel ihm vom Kopf, und er brauchte alle Kräfte, um das Gewicht seines Enkels auszuhalten. Tränen traten ihm in die Augen, und er wußte, daß er jetzt nichts tun durfte, als den Fenstern des Autobusses lachend den Rücken kehren. Er hielt Abel aufrecht und führte ihn zu dem Karren hinüber, und dabei lauschte er, bis der Bus endlich losfuhr und man das Sirren seiner Reifen auf der Straße vernahm. Während der Heimfahrt zur Stadt lag Abel halb bewußtlos auf dem Boden des Karrens, und Francisco hockte, über die Zügel gekrümmt, oben. Die Stuten legten sich auf der Heimfahrt etwas mehr ins Zeug, und bei der Brücke stürzte ein gelber Hund auf sie los und trieb sie an.

21. Juli

Abel lag im Haus seines Großvaters und schlief einen Tag und eine Nacht lang. Beim ersten Morgengrauen stand er auf und ging ins Freie. Rasch durchschritt er die dunklen Gassen der Stadt, und alle Hunde fingen zu bellen an. Er ging zwischen dem Gewirr der Viehpferche hindurch, überschritt die Autostraße und erstieg die steile Böschung des Hügels. Dort oben, hoch über der Stadt, konnte er die ganze Tiefebene überblicken, die allmählich heller wurde, samt den fernen Mesas und dem Sonnenlicht auf dem Kamm des Gebirges. Am frühen Morgen lag die Landschaft da wie ein gewaltiger, träger Koloß, in dem alle Einzelheiten konturlos verschwammen, bis auf den reinen und glitzernden Saum des Horizonts, fern, so weit das Auge eben noch sehen konnte, und dahinter war nichts mehr als die Leere des Himmels. Wie Wasser lag die Stille über dem Land. Selbst das Rasen der Hunde dort unten war weit fort und drang nur schwach und von weither an seine Ohren.

Er war damals fünf Jahre alt gewesen und mit lautem *„Yabah!"* hinter Vidal auf das Pferd geklettert, als sie mit dem Großvater und den anderen aufbrachen zu dem Acker des Kaziken – einige in Karren, die meisten aber zu Fuß oder zu Pferd –, und den Fluß überquerten. Es war ein milder Frühlingsmorgen, und er rannte mit Vidal vor den Feldarbeitern her über die kühlen, dunklen Furchen, und sie warfen mit Steinen nach den Vögeln in den grauen Baumwollstauden und Ulmen. Vidal nahm ihn mit bis zur roten Mesa und führte ihn in einen engen Cañon-Schacht, den er bisher nie gesehen hatte. Die Wände des Schachts waren leuchtend rot und so tief eingeschnitten, daß sich ihre Tiefe der Vorstellung entzog. Es war, als schlössen sie sich über ihm. Und als sie endlich unten waren, da war es kalt und finster wie in einer Höhle. Als er einmal zu der zackigen Kontur des Himmels hinaufsah, zog eben eine Wolke darüber, und das sah aus, als seien die mächtigen, überhängenden Felswände in Bewegung geraten, und da fürchtete er sich und begann zu weinen. Als sie dann wieder zurück waren, blieb er bei seinem Großvater und sah zu, wie der mit der Haue den Boden aufharkte. Die Arbeit war beinahe vollendet, die Männer stachen den Damm des Wassergrabens an, und er stand da und sah zu, wie das schäumende, braune Wasser in jede einzelne Furche kroch und sich in die geborstene Erde einsog.

Seine Mutter war in Franciscos Karren mitgekommen, und sie hatte Brot gebacken und Kaninchen gekocht und Kaffee und runde, bläuliche Kornfladen, die mit einer körnigen, nicht sehr süßen Marmelade gefüllt waren und nach Feigen schmeckten. In Gruppen, je nach Familie und Clan, hockten sie beisammen auf dem Boden und aßen; nur der Kazike, der Ortsvorsteher und die übrigen Oberhäupter der Stadt saßen auf einem Ehrenplatz ganz dicht bei den Bäumen.

Er wußte nicht, wer sein Vater war. Es hieß, sein Vater sei ein Navajo oder ein Sia oder ein Isleta, jedenfalls ein Außenseiter; und somit waren auch er und seine Mutter und Vidal bis zu einem gewissen Grad fremd und anders. Francisco war das Familienoberhaupt, aber der war auch damals schon alt und lahm gewesen. Der Junge erriet schon damals, wie uralt sein Großvater sein mußte, so, wie er instinktiv wußte, daß seine Mutter bald an ihrer Krankheit sterben würde. Es war nicht so, daß ihm dies jemand erst hätte sagen müssen, er wußte es, ohne zu verstehen, so wie er den Gang der Sonne und den Wechsel der Jahreszeiten wußte. Jetzt war er müde, und so fuhr er mit der Mutter im Karren heim und hörte zu, wie sein Großvater sang. Im Oktober starb dann die Mutter, und er brachte es lange Zeit nicht über sich, an ihr Grab zu gehen. In seiner Erinnerung war sie auf ihre Weise schön gewesen, nicht nur für ihn, auch die anderen sahen, daß sie schön war. Und ihre Stimme war sanft gewesen wie Wasser.

Einmal war er sehr erschrocken. Es gab da eine alte Frau. Sie nannten sie Nicolás *teah-wahau*, weil sie einen weißen Schnurrbart hatte und einen Buckel, und sie saß meistens am Straßenrand und bettelte um Whisky. Sie war eine Bakhyush, hieß es, und eine Hexe. Schon als er sie das erstemal sah, war sie alt und betrunken gewesen. Er war damals noch klein und hütete in der Nähe die Schafe, da tauchte sie urplötzlich aus einem Kornfeld auf und schrie einen unverständlichen Fluch hinter ihm drein. Und er rannte davon und rannte, bis er an das Mesquite-Dickicht am Ufer eines Wassergrabens kam. Dort holte er Atem und wartete, daß der Schlangentöterhund die Herde zusammentrieb und ihm mit ihr nachkam. Ein wenig später, als die Schafe, eines hinter dem anderen, in das Wasser getreten waren und er sie vom Ufer aus alle gut im Auge behalten konnte, warf er dem Schlangentöterhund einen Bissen Brot zu. Doch der Hund zitterte und legte die Ohren zurück. Langsam wich er zurück und duckte sich. Er sah ihn nicht an, sah auch sonst nichts, sondern lauschte nur. Und nun hörte er selbst, was es war. Zwar wußte er auch damals, daß es nur der Wind war, aber der Ton klang so anders, so fremd, wie er es nie gehört hatte. Und im selben Augenblick sah er auch das Loch im Gestein, vor dem der Wind absank, sich verfing und wieder erhob. Es war größer als das Loch eines Kaninchens und halb verdeckt von der wilden Kirsche, die daneben wuchs. Das Wimmern des Windes hob sich lauter und erfüllte ihn mit Bangigkeit. Sein Leben lang blieb dieser Ton für ihn das typische Geräusch der Angst.

Er war immer noch ein Kind gewesen, wenn auch ein wenig älter, und er wartete den ganzen Nachmittag lang draußen vor dem Haus. Die alten Männer traten zum letztenmal ein, und er hörte sie beten. Er kannte das Gebet und wußte, was es bedeutete – nicht die Worte, die hatte er nie richtig gehört, aber dieses gewisse leise Murmeln, das ferne Auf und Ab in seinem Geist, das sich hob und senkte, unverwechselbar und ohne Unterbrechung. Doch obwohl er genau wußte, was es bedeutete und worauf er wartete, schien es ihm endlos, bis ihn der Großvater rief. Die Sonne stand tief, und ringsum herrschte Stille. Er betrat das Zimmer und stand neben dem Bett. Der Großvater ließ ihn allein, und er starrte in das Gesicht seines Bruders. Es war entsetzlich mager und farblos, aber der Schmerz war daraus gewichen. Und dann sagte er kaum hörbar, und nur, weil sonst niemand dabei war, den Namen seines Bruders.

Francisco rüttelte ihn wach, und er kleidete sich bei bitterer Kälte an. Wie alt war er damals – etwa siebzehn, und er war schon einmal wie an jenem Tag bei klarem Wetter mit auf die Jagd gegangen und so früh aufgestanden, damit sie bei Tagesanbruch schon unten am Fluß waren. Ja, und als erstes

tauchte eine weibliche Antilope auf, klein und langhaarig, noch keineswegs mißtrauisch, aber von latenter Fluchtbereitschaft erfüllt. Lautlos hob er die Flinte – zumindest ihm erschien es ganz lautlos –, aber die Antilope hob jäh den Kopf und erstarrte. Er stand still, und die Antilope preschte davon. Der Knall der Flinte hallte zwischen den Bäumen, und er eilte auf die Stelle zu. Auf dem Grund waren zwei fast unmerkliche Spuren zurückgeblieben, wo das Tier sich eingestemmt hatte, um durch die Äste zu schlüpfen. Ein Stück weiter fand er Blutspuren, und dann fand er das Tier: es lag quer über einem umgestürzten Baumstamm, es dampfte noch, die Zunge hing ihm aus dem Maul, und aus der Wunde quoll heißes, rotes Blut.
Francisco hatte das Gespann bereits an den Karren geschirrt, und sie brachen auf. Das war am 1. Januar 1937 gewesen. Mond und Sterne standen noch am Himmel, nirgends war eine Spur Morgengrau zu sehen. Sein Gesicht brannte vor Kälte, er kauerte sich zusammen und hauchte in seine Hände. Eine Weile rannte er sogar neben den Pferden her und warf die Arme in die Luft, daß sie erschrocken in Trab verfielen. In Sia warteten sie im Haus Juliano Medinas, bis der Morgen graute. Die Zeit war nahe, und Juliano machte rasch Feuer an und gab ihnen Kaffee. Das Rotwild und die Antilopen waren bereits hinausgegangen und auf die Hügel gestiegen, die Krähen waren in der Kiva beim Ankleiden. Sobald es draußen grau geworden war, begaben sie sich zum Zentrum. Ein paar in Decken gehüllte alte Männer waren schon dort, Navajos und Domingos. Der Gesang hatte bereits begonnen. Eben schien die Sonne über den Horizont, die Antilopen und das Rotwild kamen den Hügel herabgelaufen, die Krähen und die Büffel und die Sänger traten ins Freie, und der Tanz begann. Alles war erregt, die meisten der Männer hatten Flinten bei sich, sie feuerten in die Luft und stießen Schreie aus. Er sah den schwarzen Krähentänzern zu, wie sie hüpften und sich bückten mit ihren bloßen Oberkörpern, und unwillkürlich dachte er daran, wie eisigkalt ihnen sein mochte, wenn sich die großen, glitzernden Conchos wie Eis an ihre Bäuche und Rücken legten. Aber es war alles, wie es sein sollte, sie tanzten sehr gut, fast vollkommen.
Später, nachdem er auch etwas Wein getrunken hatte, legte

sich eine der Töchter Medinas ein Stück außerhalb der Stadt zu ihm auf eine Düne am Fluß. Sie war hübsch, und sie lachte fortwährend – und auch er lachte viel, obwohl ihm der Wein zu Kopf gestiegen war und sein Gelächter künstlich war und nichts weiter bedeutete. Als ihr Körper dann erschauerte und erschlaffte, hatte er nicht genug und wollte sie noch einmal haben. Aber sie zog sich rasch an und lief davon, und er konnte sie nicht einholen, weil er betrunken war und nicht ganz sicher auf den Beinen. Er versuchte, sie zurückzurufen, aber sie blieb in einigem Abstand und lachte ihn nur aus.

Einmal hatte er etwas Sonderbares mit angesehen: Über ihm befand sich ein Adler, der eine Schlange in den Klauen hielt. Das war ein erhabener, ein sakraler Anblick, voll Zauber und Bedeutsamkeit.

Die sechste Gruppe, die sich um die regenlose Zeit im Sommer und Herbst in die Kiva zurückzog, war der „Orden der Adler-Wächter". Diese sehr wichtige Gemeinschaft stand irgendwie außerhalb der übrigen Gesellschaft. Der Unterschied, der ihr einen Vorrang verlieh, bestand seit sehr langer Zeit. Noch vor der Mitte des vergangenen Jahrhunderts war eine kleine Gruppe von Zuwanderern in die Bevölkerung der Stadt aufgenommen worden, und zwar kamen sie aus der Tanoa-Stadt Bakhyula, die siebzig bis achtzig Meilen weiter östlich lag. Die Einwanderer waren geschlagene Leute, sie hatten sehr viel durchgemacht. Ihr Land grenzte direkt an die Südliche Ebene, und viele Jahre lang waren sie eine leichte Beute für marodierende Banden von Büffeljägern und Dieben gewesen. Plagen und Verfolgungen jeder Art hatten sie erlitten, und dann konnten sie es eines Tages nicht mehr ertragen und gaben sich auf. Sie überließen sich der Verzweiflung, sie ließen sich dahintreiben wie der Wind wehte. Aber zuletzt war es nicht ein menschlicher Feind gewesen, der sie besiegte, sondern eine Seuche. Diese Krankheit schlug mit so tödlicher Kraft zu, daß nach dem Abklingen der Epidemie nicht einmal zwanzig Menschen von dem ganzen Stamm überlebt hatten. Und auch dieser Rest wäre in den Ruinen von Bakhyula zugrunde gegangen ohne diese Schutzpatrone, ihre fernen Verwandten, die sie bei sich aufnahmen, trotz der akuten Gefahr, ihr eigenes Leben und das Leben ihrer Kinder und Enkel zu riskieren. Es wurde erzählt, der Kazike persönlich sei hinausgegangen, um sie willkommen zu heißen und in die Stadt zu geleiten. Gewiß hatten die Einwohner der Stadt diesen vom Schicksal Geschlagenen nicht ohne Vorbehalte entgegengesehen, als sie langsam näherkamen, mit dem von Kummer und Verzweiflung wilden Blick in den Augen. Die Einwanderer vom Stamm der Bakhyush brachten nichts mit als die Kleiderbündel auf ihren Rücken, aber selbst noch in diesem Augenblick tiefster Kränkung und Demütigung empfanden sie sich als Stamm. Vier Dinge trugen sie bei sich, die späterhin dazu dienen sollten, zu beweisen, wer sie waren: eine geheiligte Flöte, die Stier- und Pferdemasken der Peco-Indianer und die kleine Holzstatuette ihrer Schutzpatronin, María de los Angeles, die sie die Porcingula nannten. Und heute noch, nach so vielen Jahren und Generationen, floß das Blut dieses vergessenen Stammes in den Adern lebender Menschen.

Der „Orden der Adler-Wächter" war die oberste Organisation für die höchsten Zeremonien der Bakhyush. Ihr Häuptling Patiestewa und alle anderen Mitglieder waren direkte Nachkommen jener Ältesten, Männer und Frauen, die seinerzeit die lange Reise am Rande des Abgrundes mitgemacht hatten. Und sogar heute noch war etwas Besonderes an ihnen. Mag sein, daß das Bewußtsein, beinahe ausgestorben zu sein, eine besondere Demut in ihnen entwickelt hatte, die sie von ihren Wohltätern unterschied, und paradoxerweise auch einen empfindlicheren Stolz. Diese beiden Eigenschaften standen dem alten Patiestewa im Gesicht geschrieben. Er sah hart aus, wie einer, der mehr vom Leben gesehen hat als andere Menschen. In jener äußersten Gefahr vor langer Zeit hatten die Bakhyush die Fähigkeit zu Sehern und Wahrsagern in sich entwickelt. Sie hatten einen Sinn für das Tragische bekommen, der ihrer Rasse eine besondere Würde und Haltung verlieh. Sie waren Medizinmänner, sie waren Regenmacher und Adlerwächter.

Er dachte nicht einmal an die Adler. Er war damals seit Tagesanbruch unterwegs und schritt von den Bergen herab, wo er in jenem Jahr für den Rancher John Raymond ein Pferd zugeritten hatte. Am späten Vormittag erreichte er den Rand des Valle Grande, jenen großen vulkanischen Krater hoch oben am Westhang des Gebirgszuges. Der Krater war das rechte Auge der Erde, mit dem sie weit geöffnet zur Sonne aufblickte. Er kannte keine andere Landschaft, die so sehr geeignet gewesen wäre, der unermeßlichen, raumlosen Majestät des Himmels als Spiegel zu dienen. Die von dunklen Gipfeln eingerahmte Talmulde bildete einen tiefen, runden Kessel, als habe sich einst ein ungeheurer Wirbelsturm hier sein Bett gegraben, in allen Nuancen von dunklem Umbra bis blau und rauchgrau getönt. Die Aussicht über die Weite des Talkessels war überwältigend, schon allein wegen seiner unglaublichen Ausdehnung. So oft er auch hier gewesen war, immer wieder blieb er bei diesem Anblick wie angewurzelt stehen und hielt den Atem an. Zudem lag hier ein fremdartiges, strahlendes Leuchten über der Welt, das jeden Gegenstand in der Landschaft wie frisch gewaschen und weit in die Ferne gerückt erscheinen ließ. Bei Morgenlicht war das ganze Valle Grande von Wolkenschatten gesprenkelt, und der Talgrund flimmerte vom wogenden Wintergras. Wolken gab es hier immer, riesige mit zackigen Rändern und solche, die in der klaren Luft wie Silber schimmerten. Das wirklich Außerordentliche dieses Talkessels war jedoch seine Weite. Der Blick reichte kaum aus für diese Endlosigkeit voll eigentümlicher Schönheit und unendlicher Dimensionen. Solche Ausmaße erzeugen Illusionen jener Art, in der Wirklichkeit enthalten ist, und dabei stellt sich stets ein Gefühl von Staunen und Heiterkeit ein. Er bestaunte die vielerlei Facetten eines liegenden Felsblocks, der dicht am Rand in der Luft zu hängen schien, denn dahinter sah man nur, blaß und blaugrün und meilenweit die verschwimmenden, von Nebeln verschleierten Weideplätze im Talgrund, wo der Felsblock fußte. Er ließ den Blick weiter schweifen und entdeckte unten ein paar in Gruppen beisammen stehende dunkle Tupfen, so weit weg, daß sie fast unsichtbar waren: Viehherden, die in der fernen Ebene den Fluß entlang weideten.

Und dann sah er, genau gegenüber, die Adler in der Weite. Es waren zwei, sie glitten tief unter seinem Standort hin und kamen in schräg ansteigender Diagonale direkt auf ihn zu. Zunächst konnte er nicht genau erkennen, was es war, er stand reglos still und beobachtete das ferne, gelassene Gleiten durch den lichten Morgen, das etwas von Freiheit und Ungebundenheit und Wildheit hatte. Sie stiegen hö-

her, umzogen in weitem Bogen den Kreis des Horizonts und kamen im Halbkreis auf ihn zu, und da kniete er sich hinter dem Felsblock auf die Erde, wie betäubt von Glück und Erregung, und ließ sie nicht aus den Augen.
Es waren goldene Adler, ein Männchen und ein Weibchen, und sie waren auf dem Paarungsflug. Sie schwangen sich auf und kreisten und schraubten sich in Spiralen auf den kalten, klaren Luftsäulen höher, und sie waren sehr schön. Sie stießen wieder herab und schwebten im Gleitflug dahin, von der Luft getragen, sie zogen dicht nebeneinander parallele Kreise und unternahmen Scheinangriffe und schrien vor Entzücken. Die Adlerin war voll ausgewachsen, die Spannweite ihrer Flügel mochte mehr als Menschenlänge betragen. In kunstvollen Wendungen und täuschenden Finten zog sie mit unglaublicher Schnelligkeit Kreise, die sich immer weiter und vollkommen gleichmäßig um einen Mittelpunkt ausdehnten, wie Blüten, die sich entfalten. Trotz ihres Gewichts war sie stromlinienförmig gebaut und völlig sicher in der Steuerung. Sie trug eine Klapperschlange in ihren Fängen, die wie eine schimmernde Schnur von ihren Füßen hing und sich im Flugwind wellte und ringelte. Plötzlich spreizte sie die Schwungfedern und das Schwanzgefieder und stand sekundenlang reglos, vom Aufwind getragen in der Luft, geisterhaft schwebte sie mit ausgespannten Schwingen in der Bläue, indes der Partner an ihr vorbeischoß, einen Bogen machte und sich verblüfft nach ihr umsah. Da stieg sie mit heftigen Flügelschlägen vom Kraterrand in den Himmel, bis sie nur mehr als winziger Punkt zu sehen war, und dann ließ sie die Schlange fallen. Sich windend und ringelnd wie ein Silberfaden fiel sie herab und wurde weit über das ferne Hinterland abgetrieben. Die Adlerin schwebte noch auf der kalten Luftströmung, und ihr Gefieder leuchtete am Kropf und am Nakken wie Kupfer in der Sonne. Das Männchen schweifte im Gleitflug davon. Es war jünger als das Weibchen und höchstens halb so groß. Es war rascher und energischer in allen Wendungen. Es ließ die Beute an sich vorübergleiten, dann raffte es sich auf, neigte sich und stieß mit einer wirbelnden Bewegung darauf nieder. Ohne Richtung oder Schnelligkeit zu ändern, hackte es nach dem Kopf der Schlange, packte ihn und ließ den Schlangenleib wie eine Peitsche knattern.

Dann schwang es sich in weitem Pendelschlag im Halbkreis wieder empor, soweit die Antriebskraft es trug. Am höchsten Punkt des Gleitflugs angelangt, ließ es nun selbst die Schlange fahren, aber das Weibchen stürzte sich nicht mehr darauf. Statt dessen stieg es senkrecht über der Ebene hoch, bis es fast nicht mehr zu sehen war, und verlor sich als blinkendes Stäubchen im Geflimmer über dem fernen Berg. Das Männchen folgte ihm. Abel sah ihnen nach, sah sie noch einmal wenden, herabtauchen und dann verschwinden.

Und dies war die Aufgabe des Ordens der Adler-Wächter: Der November ging zu Ende. Die Adlerjäger machten sich bereit, um in die Berge zu ziehen. Er grübelte, von einem unerklärlichen Verlangen erfaßt, und dann ging er eines Tages zu dem alten Patiestewa und berichtete ihm, was er mit angesehen hatte. „Ich glaube, du solltest mich gehen lassen", sagte er. Der alte Häuptling schloß die Augen und dachte lange nach. Dann antwortete er: „Ja, ich denke, es ist gut, wenn ich dich mitgehen lasse."

Am folgenden Tag machten sich die Adler-Wächter der Bakhyush zu Fuß auf den Weg, und er ging mit ihnen. Sie zogen in nördlicher Richtung durch den Cañon und in das hochgelegene Gehölz dahinter. Sie waren tagelang unterwegs. Da und dort machten sie an den heiligen Orten halt, um zu beten und Opfer darzubringen, wie es die Sitte verlangte. Frühmorgens traten sie aus den Bäumen ins Freie, am Rand des Valle Grande. Die Landschaft unten erstreckte sich im frühen Licht, soweit das Auge reichte, die Hügel falteten sich zusammen, und die Ebene wogte vom grauen Gras. Sie begannen hinabzusteigen. Als der Morgen vorbei war, hatten sie die Wiesen unten im Kessel erreicht. Es war klar und kalt, die Luft war dünn und schneidend wie Glasscherben. Sie brauchten Köder, darum schwärmten sie zunächst kreisförmig aus. Als der Kreis geschlossen war, gingen sie langsam auf die Mitte zu, klatschten in die Hände und stießen dazu hohe, flache Töne aus, die nicht weit trugen. Je näher sie kamen, desto zahlreicher sprangen Kaninchen aus dem Gras auf und hoppelten davon. Anfangs entwischten ihnen die meisten, denn die Männer waren noch zu weit voneinander entfernt, allmählich aber wurde der Kreis immer enger, und die Kaninchen krochen alle in sei-

nem Mittelpunkt zusammen und verbargen sich im Gestrüpp. Hie und da versuchte eines durchzubrechen, und der Mann, der ihm am nächsten war, schleuderte seine Keule nach ihm. Das waren kleine, geschwungene Keulen, und die Adlerjäger wußten sie mit tödlicher Treffsicherheit zu schleudern, so daß nur noch selten eines der Tiere flüchten konnte. Der Kreis hatte sich inzwischen so weit zusammengezogen, daß nur noch wenig Abstand zwischen den Männern war.
Er bückte sich tief über den Boden und hielt den Arm, zitternd vor Spannung, erhoben. Ein riesiger Rammler sprang aus dem Gras auf, direkt auf ihn zu und an ihm vorüber. Er prallte auf und machte einen zweiten Satz, der ihn fast fünfzehn Fuß hoch durch die Luft schleuderte. Abel fuhr herum und warf die Keule, und die Keule traf den Rammler mitten im Sprung, so daß er schwer auf den Boden plumpste.
Das Klatschen und Rufen verstummte. Er spürte sein Herz klopfen, seine Haut war von kaltem Schweiß bedeckt. Etwas wie Reue und Enttäuschung ergriff von ihm Besitz, nun, da die Kaninchen da und dort unbeweglich auf der Erde herumlagen. Er zog eines der toten Tiere aus dem kurzen Gestrüpp hervor – es fühlte sich warm und weich an, und die Augen glänzten mit dem starren Schimmer des Todes, wie Porzellan –, und dann nahm er den großen Rammler, der nicht tot war, sondern nur betäubt und vor Schreck erstarrt. Er fühlte das warme, lebendige Gewicht in den Händen, noch elastisch von Leben und von harter, sehniger Kraft zusammengekrampft.
Nachdem er die Köder zusammengebunden und in einem Sack verstaut hatte, sammelte er Büschel von langem Gras und schnitt von einem der Büsche in der Ebene ein paar immergrüne Zweige ab, band sie zu einem Büschel und hängte sich diesen mit einer Schlinge auf den Rücken. Er ging zum Fluß und wusch sich den Kopf, um sich zu reinigen. Als alles fertig war, winkte er den anderen und machte sich allein auf den Weg zu den Klippen. Als er das erste Plateau erreicht hatte, rastete er und blickte auf das Tal hinaus. Die Sonne stand hoch. Ringsumher lag ein blasses, trockenes, ungleichmäßiges Licht, ein winterlicher Schimmer, auf allen Wolken und Gipfeln. Weit unten sah er eine

Krähe kreisen. Weiter oben in der Landschaft, dort, wo der riesige Block weißen Felsgesteins aus dem Berg hervorragte, sah er die Adlerfänger-Hütte, und er eilte darauf zu. Das war ein kleiner steinerner Turm, den man rund um eine Grube gebaut hatte. Innen war er hohl und oben offen. Unweit davon stand der Altar, eine steinerne Felsplatte mit einer flachen Mulde darin. Dorthin legte er sein Gebetsopfer. Dann betrat er das Steinhaus und fertigte aus den Zweigen ein strahlenförmiges Geflecht, das er oben befestigte und mit Gras zudeckte. In der Mitte hatte er eine kleine Öffnung gelassen, durch diese schob er die Kaninchen und legte sie außen auf die Zweige. Er konnte an einigen Stellen durch das Geflecht hindurchsehen, wenn auch nur senkrecht, aber sein Wild würde dort herkommen, wo die Sonne stand. Er begann zu singen und stieß von Zeit zu Zeit einen kehligen Schrei aus.

Die beiden Adler zogen in südlicher Richtung über das Valle Grande, so hoch oben, daß sie kaum zu sehen waren. Aus dieser Höhe konnten sie das Land nach allen Seiten hin überschauen, bis an die langen, gewundenen Zubringerflüsse des Gebirges auf der einen Seite und durch die breite Toröffnung auf der Südseite bis an die waldigen Hänge und den Cañon und die Steppe dahinter, wo sich der Rand der Welt dem Himmel entgegenwölbte. Als die Adler die Kaninchen bemerkten, änderten sie die Flugrichtung, drehten bei und tauchten im Bogen schräg und immer rascher werdend auf den Krater herunter. Er wußte instinktiv, daß sie sich näherten. In mäßiger Höhe kamen sie aus verschiedenen Richtungen blitzschnell auf die Mulde zu, um sodann in augenblendender Schnelligkeit niederzufahren. Das Männchen fing sich in der Luft auf und ließ dem Weibchen den Vortritt, es klatschte dicht über der Felsklippe mit den Flügeln gegen das Gestein, um die Kaninchen in die Flucht zu jagen, indes das Weibchen senkrecht niederstieß und die Beute im Davonlaufen packen wollte. Aber nichts dergleichen geschah. Die Kaninchen rührten sich nicht. Mit einem wütenden Kreischen schoß die Adlerin über die Falle hinaus und wirbelte in der Luft herum. Mit lautem Flügelklatschen machte sie eine Wendung und stieß wütend auf die Beute nieder. Ihr Fuß schlug zu, und die Krallen rissen die Flanke des Rammlers der Länge nach auf. Er erstarrte zuerst, dann zappelte er, bis sie die zweite Kralle um seinen Kopf schlug und ihm die Schädeldecke zerbrach. Genau im Bruchteil der Sekunde, da das Gewicht ihres Körpers die Falle belastete, griff er zu. Es gelang ihm, sie mit beiden Händen an den Füßen zu packen und mit aller Kraft herunterzureißen. Sie wehrte sich sekundenlang, ihre gewaltigen Flügeldecken peitschten die Zweige und Stäbe, und fast wäre sie ihm entwischt, aber eine Sekunde später war sie unten, in der Finsternis des Gehäuses, eine Haube über den Kopf geworfen. Und nun erst wurde sie still.

In der Abenddämmerung stieß er zu den anderen Jägern in der Ebene. Auch San Juanito hatte einen Adler, ein Männchen, aber verhältnismäßig alt und schäbig. Sie versammelten sich im Kreis um den alten Adler und sprachen mit ihm; sie baten ihn, zurückzukehren, um den anderen Adlern auf den Klippen zu sagen, daß sie ihnen gut gesinnt seien und es ihnen sehr leid tue. Sie befestigten eine Gebetsfeder an seinem Bein und ließen ihn frei. Abel sah, wie er zurückwich und sich duckte, wobei er wütend mit den Flügeln den Boden schlug, kochend vor Wut und Mißtrauen. Dann stieß er vom Boden ab und erhob sich mit einem heftigen Flügelschlag, der durch das lautlose, schattige Tal knatterte. Allmählich wurde er schneller und glitt immer höher empor, bis er die Strahlen des letzten rotgoldenen Lichtes erreichte, die wie Balken quer über dem Krater lagen. Das Licht nahm ihn auf und ließ ihn dunkel erglühen. Dann hob er sich hoch und begann zu gleiten. Und dann war er außer Sicht. Abel jedoch sah ihm noch lange nach. Im Geist konnte er ihn immer noch sehen und hatte noch das schreckenerregende Flügelrauschen in den Ohren. Es erfüllte ihn mit Sehnsucht. Er spürte das bedeutende Gewicht des Vogels, der in seinem Sack gefangen war. Rasch ging die Dämmerung in Nacht über, und so konnte keiner der anderen sehen, daß ihm Tränen in den Augen standen.

In dieser Nacht schlich er sich fort, während die anderen um das Feuer saßen und aßen, denn er wollte den großen Vogel sehen. Er öffnete den Sack. Ihm schien, daß der Vogel zitterte und sich aufrichtete. Gebunden und ohnmächtig wirkte der Adler im Mondlicht nur wie ein graubrauner, formloser Klumpen, viel zu groß und plump zum Fliegen. Sein Anblick erregte Scham und Ekel in ihm. Im Dunkel griff er nach der Kehle des Tieres und drückte sie zu, bis die Luft ausblieb.

Du solltest dieses tun, du solltest jenes tun, sagte der Großvater.
Aber der alte Mann hatte nicht verstanden und wollte nicht verstehen, er weinte nur immer, und so ließ Abel ihn denn allein. Es wurde Zeit, fortzugehen, nun, da der alte Mann draußen auf dem Acker war. Es war kein Mensch da, der ihm Glück gewünscht oder ihm gesagt hätte, wie es kommen würde, und Abel schob die Hände in die Tasche und wartete zu. Er war schon seit Stunden bereit und rastlos, er war aufgeregt und fürchtete sich vor dem Abschied. Es wurde Zeit. Er hörte schon die Hupe, also ging er und machte die Tür hinter sich zu. Und da überfiel ihn plötzlich das Gefühl der Verlassenheit, und er fühlte sich so allein, als sei er schon monatelang fort, meilenweit fort, als habe er die Stadt schon längst verlassen und die Hügel und alles, was er kannte und seit jeher gekannt hatte. Er ging rasch und blickte starr vor sich hin, gänzlich mit sich beschäftigt in diesem Anfall von Angst und Einsamkeit. Er war noch nie in einem Auto gefahren, und nun saß er in dem Autobus am Fenster und spürte das Geratter des Motors und die Stöße der anrollenden Räder. Die Mauern der Stadt entschwanden. Bei der Steigung der Autostraße neigte sich der Autobus und knarrte, und da spürte er die Schräglage und das Loslassen des Getriebes beim Schalten. Und dann gab es sehr viel Geräusch und Tempo, und er bemühte sich verzweifelt, alles zu registrieren und herauszufinden, was das alles bedeutete. Und als er daran dachte, noch einen Blick zurück zu werfen auf die Felder, da war es bereits zu spät dazu.

Alles, was vor seiner Abreise lag, hatte er bis ins Detail im Gedächtnis. Aber die jüngste Vergangenheit, die lange Reihe der darauf folgenden Tage und Nächte ohne Sinn, mit ihrer grauenhaften Ruhe und ihren Widersprüchen, eine Zeit, die ununterbrochen auf der Stelle trat und wirr war, die konnte er in seinem Geist nicht mehr zusammen-

setzen. Nur ein scharf herausgerissenes Erinnerungsfragment kehrte immer wieder und blieb deutlich:
Er kam zu sich und lag auf der Flanke eines bewaldeten Hügels. Es war Nachmittag, und ringsum lagen leuchtende, schräge Lichtbalken, der Boden war mit feuchten, verfilzten Blättern bedeckt. Er hatte keine Ahnung, wo er sich befand, und er war allein. Nein – da waren noch andere Männer neben ihm, die Körper anderer Männer, er vermochte sie kaum voneinander zu unterscheiden, sie lagen in dem Graben zerstreut, und ihre Glieder lagen wie ausgerenkt auf der Blätterschicht, und Blätter fielen durch die Lichtspeere nieder, Hunderte Blätter sanken schaukelnd und kreiselnd und lautlos auf sie nieder. Aber dann war da ein Geräusch, leise, unaufhörlich. Die Ferne schien zu erzittern von einer sehr fernen, langsamen, ständigen Erschütterung, die unaufhaltsam näher kam. Sie war über ihm und hinter ihm, auf der Seite jenseits des Hügelkammes, und sie kam näher. Etwas durchdrang die weite, endlose Ebbe der Stille, es überwältigte die Stille und schwoll ungeheuerlich darin an und kam immer näher. Und jenseits der Geländefalten herrschte die Stille, nur eine dünne Rauchschicht hielt sich noch dort in der Ferne. Die Mörser feuerten nicht mehr. Irgend jemand, irgendeine gewaltige menschliche Macht, die weit fort und nicht zu sehen war, bahnte der Maschinerie, die näher kam, den Weg. Es war die plötzliche Stille, die ihn geweckt hatte, und jenes leise, gleichmäßige Brummen der Maschine, die näher kam. Er wußte nicht, wo er war, er erinnerte sich nicht, daß er zuvor schon hier gewesen und eingeschlafen war. Stundenlang, vielleicht auch tagelang waren das Sirren und die Detonationen des Feuers das einzige gewesen, das sein Bewußtsein in Schlaf lullte, aber jetzt war auf einmal alles so furchtbar still, nichts als diese unheimliche Stille und die seltsame Eindringlichkeit der Maschine. Ganz deutlich sah er nun die zahllosen Blätter, die zwischen den Lichtbalken eintauchten und herabsegelten. Durch die Maschine, die näher kam, wurde die Ruhe auf erschreckende Weise akzentuiert. Er rollte sich auf die Seite, spähte zu dem Hügelkamm hinauf und starrte in die Sonne. Dadurch konnte er nichts ausnehmen als die dunkle Kante des Hügels und die von Licht ausgezackten Bäume. Das Geräusch der Maschine stieg gegen den Hügelkamm

hin an, staute sich und floß über, und jetzt war es nicht mehr nur verwirrend, sondern betäubend und deutlich da. Er fiel mit dem Mund auf die kalten, nassen Blätter und zitterte unbeherrscht. Er griff um sich, wollte irgend etwas fassen und wußte selbst nicht, was, und seine Hand schloß sich um Erde und kaltes, nasses Laub.
Und dann sah er sie, die Maschine, hinter den niederfallenden Blättern. Hinter dem Hügel reckte sie sich empor, schwarz und gedrungen, so ragte sie vor der Sonne auf. Er sah sie höher steigen und sich dann senken und am Horizont Umrisse annehmen, und es war, als berste die Erde mit einer Eruption aus Steinen, mit einer rings von Blendung umgebenen Sonnenverfinsterung, und der kalte Kreis des Lichts war voller zitternder Blätter. Sekundenlang schien sie sich vom Land abzulösen, der wuchtige, eiserne Rumpf stand vor den Bäumen und dem Himmel da, und schon ragte der Schwerpunkt der Masse über den Hügelkamm hinaus. Dann senkte er sich krachend auf den Hang nieder, langsam wie ein Wasserfall, ein dröhnender, sich überschlagender Aufprall, der sich einwühlte in das Spritzen und Überkochen von Trümmern. Er zitterte am ganzen Körper. Und die Maschine neigte sich über ihn, sie kam ganz dicht heran und fuhr an ihm vorbei. Wind erhob sich, lief über den Hang und wirbelte das Laub hinter sich her.

Und danach legte sich das Schweigen des Landes über ihn, das allmählich vom Licht erreicht wurde und zu schimmern begann. Der bleiche Saum der Nacht wich zurück, kam auf ihn zu wie eine steigende Flut, und er wartete, bis sie ihn erreicht hatte. Die bunten Ränder der Berge traten überall deutlich hervor, und die Hügel neigten sich dem Mund des Cañons zu. Jene dunkle Klippe dort drüben, vielleicht war sie nur ein Schatten oder ein Rauchschwaden, man konnte ihre Entfernung und Tiefe nicht schätzen, aber sie folgte dem Lauf des Flusses zwanzig oder dreißig Meilen weit. Für kurze Zeit lag die Stadt scharfumrissen da, ehe der Tag sich neigte, dann glühte die Turmspitze am Missionshaus auf, und das Angelusläuten ertönte, und dann glühten die Häuser am Fluß auf. Immer noch umfingen ihn Kälte und Nacht und hielten sich hinter ihm. Nur drüben im Osten war die Erde wie Asche und der Himmel wie ein Brand.

Die Kontur der schwarzen Mesa war rein, und dort wanderte die Sonne wie eine Wolke hin, die der Sonnenwende vorauszog.
Auf den nördlichen Hügeln tauchte ein Wagen auf, verschwand wieder und wurde immer wieder sichtbar. Er kroch auf die Stadt zu, und kein Laut war zu vernehmen, bis er direkt unter ihm war. Dann bog er in die Stadt ein, wand sich durch die Straßen und bog unter die Bäume am Missionshaus ein. Die Hähne in der Stadt fingen zu krähen an, die Bevölkerung der Stadt wurde lebendig, und dünne Stimmen durchdrangen die Luft. Er roch den süßen Wein, dessen Geruch noch in seinen Kleidern hing. Seit zwei Tagen hatte er nichts mehr gegessen, der Geschmack seines Mundes war der eines Kranken. Aber der Morgen war kalt und tief, und er rieb seine Hände und spürte, wie das Blut einströmte und erwachte.
Lange stand er reglos da, indes sich das Land dem Licht hingab. Er stand einfach da, gedankenleer und ohne Regung; nur die Augen bewegten sich rastlos, dahin und dorthin ... Die weiße, regendurchfurchte Schürze des Hügels hing unter ihm dreißig Fuß tief bis auf die Autostraße hinunter. Die letzten Schattenflecken schwanden vom Bett des Flusses, und der Frost machte die Luft dumpf. Er suchte sich den Weg hügelab. Erde und Gestein kamen unter seinen Füßen ins Rollen. Er fühlte ein Ziehen in den Knien und dann die Last der Sonne auf Kopf und Händen. Aus dem Tal stieg trockenes Licht auf, die Landschaft wurde hart und farblos.
In der Mission hatte der Tag begonnen wie jeder andere. Heute war das Fest eines Märtyrers, und so nahm Pater Olguin das violette Meßgewand von seinem Platz im Kleiderschrank. Er war ein kleiner, dunkelhäutiger Mann mit scharfen Gesichtszügen und stellenweise vorzeitig ergrautem Haar. Obwohl er nicht alt war, hielt er sich gebeugt und bewegte sich ziemlich langsam. Das waren die Folgen eines Leidens, an dem er vor vielen Jahren, noch in seinem Geburtsort Mexico, gelitten hatte. Aus einiger Entfernung wirkte er dadurch alt und verbraucht. Über der Pupille des einen Auges lag ein blaues, durchsichtiges Häutchen, und das Lid hing so weit herunter, daß das Auge fast geschlossen war. Ohne diese Entstellung hätte er ein gutgeschnitte-

nes Gesicht gehabt. Ehe er die Sakristei betrat, hatte er seine Zigarette abgetötet, und seine Finger waren vom Tabak braun verfärbt.

Es war kalt und dunkel in der Sakristei. Der alte Francisco hatte bereits vor der kleinen Glasscheibe, die auf den Altar der Kapelle hinausführte, seine Knie gebeugt, und in einem Winkel streifte soeben Bonifácio, ein verschlafener kleiner Junge, die verblichene rote Soutane über den Kopf. In den Kirchenstühlen auf der anderen Seite der Mauer war bereits das Scharren von Füßen und das Hüsteln der Menschen zu hören. Es war schon eine Minute nach halb. *„Ándale, hombre!"* zischte der alte Herr scharf. Der Junge fuhr zusammen und eilte, erst halb zugeknöpft, hinaus, um die Kerzen anzustecken. Der alte Mann blickte durch die Glasscheibe und sah zu. Er liebte die Kerzen und sah gerne zu, wie die Flamme den Docht ergriff und dort allmählich hängenblieb und schließlich hell aufleuchtete.

Pater Olguin hörte einen Wagen über die Bretter des Bewässerungsgrabens rumpeln und stehenbleiben. Neugierig trat er ans Fenster und sah hinaus. Zwischen den Bäumen hingen rauchige Sonnenstreifen und warfen ein sanftes, helles Ornament auf den Hof. Der Drahtzaun gegen die Straße zu war von den blauvioletten Windentrichtern der Morning-Glories überrankt. Eine blasse, dunkelhaarige Dame in einem grauen Regenmantel entstieg dem Wagen, blieb einen Moment lang stehen und sah sich um. Dann bedeckte sie ihren Kopf mit einem blauen Schal, öffnete die Tür und schritt durch den Hof auf die Kapelle zu. Er verfolgte sie mit seinem gesunden Auge bis zur Tür und wunderte sich, wer sie sein mochte, er hatte sie bisher nie hier gesehen. Als er ihre Schritte im Seitenschiff der Kirche vernahm, ergriff er den Kelch und folgte Bonifácio hinaus vor den Altar.

Die Dame ging nicht zur Kommunion, und so bekam er ihr Gesicht erst zu sehen, als er ihr hinterher an der Tür des Pfarrhauses gegenüberstand. Da erschien sie ihm älter, aber weniger blaß als zuvor.

„Guten Tag", sagte sie. „Mein Name ist Mrs. Martin St. John." Damit streckte sie ihm die Hand hin.

„Guten Tag. Sie kommen heute zum erstenmal zu mir?"

„Ich bin nur zu Besuch hier, ich bleibe einige Zeit in Los Ojos, im Cañon."

„Wollen Sie nicht eintreten?“

Er führte sie durch die Diele in den kleinen Empfangsraum, in dem ein runder schwarzer Tisch mit einigen Stühlen stand. Er bot ihr eine Zigarette an, die sie dankend ablehnte, und sie setzten sich.

„Entschuldigen Sie, bitte, daß ich Sie in aller Morgenfrühe aufsuche – sicher sind Sie eben beim Frühstück, aber es handelt sich nur um einen Rat, eine kleine Gefälligkeit. Und außerdem wollte ich Sie natürlich gerne kennenlernen und die heilige Messe hören.“

„Gewiß, ich freue mich, daß Sie gekommen sind. Ich habe Sie vorfahren gesehen und mir den Kopf zerbrochen, wer Sie wohl sein mögen.“

„Wir wohnen in Kalifornien, mein Mann und ich, in Los Angeles ... Die Landschaft hier ist herrlich. Ich bin noch nie hier gewesen.“

„Nein? Nun, dann herzlich willkommen! *Bienvenido a la tierra del encanto.*“

„Der Himmel ist hier so blau. Als ich vorhin durch den Cañon fuhr, da war er so still und tief wie ein See.“

„Ist Ihr Gatte ebenfalls hier?“

„Nein, das nicht. Er hat in Kalifornien bleiben müssen. Er ist Arzt, wissen Sie, er kann sich schwer freimachen.“

„Natürlich. Zufällig kenne ich ein paar Leute in Los Ojos. Haben Sie Verwandte dort?“

„Nein. Ehrlich gesagt, Martin meinte, ich müsse die Mineralbäder hier versuchen. Ich habe seit Wochen Schmerzen im Kreuz.“

„Das Wasser der Quelle dort soll sehr gesund sein.“

„Ja“, sagte sie.

Sekundenlang sah sie geistesabwesend vor sich hin. Die Sonne war hinter den Bäumen hervorgekommen und schien jetzt direkt ins Zimmer, die Tischplatte verwandelte sich in eine strahlende, rötliche Lichtscheibe, und man sah die zahllosen Stäubchen in der Luft tanzen. Vor dem Fenster schwärmten die Bienen, auf der Straße draußen zogen Karren vorbei. Pferde schüttelten sich schnaubend das Geschirr zurecht und fuhren zum Fluß und zu den Äckern hinaus. Eine leichte Brise wehte durchs Zimmer, köstlich frisch und kühl.

Der Priester betrachtete seinen Gast diskret und staunte,

wie überdeutlich ihm plötzlich ihre Körperlichkeit bewußt wurde. Sie erschien ihm jetzt bedeutend hübscher als anfangs, man konnte sie geradezu schön nennen. Ihr Haar war lang und so dunkel, daß es richtig schwarz aussah, nur bei der besonderen Beleuchtung, die augenblicklich herrschte, hatte es einen tiefen rötlichen Schimmer. Er fand sie zu mager und ihre Nase etwas zu lang. Doch ihre Haut war klar und schön, Augen und Mund waren sorgsam und dezent geschminkt und gut geschnitten. Sie hatte sich im Stuhl zurückgelehnt und die Beine übereinandergeschlagen, die schlank und nackt und ausdrucksvoll waren. Jetzt sah sie im hellen Licht wieder blaß aus, und ihr Haar war von fließenden Lichtfäden silbrig und bronzefarben durchzogen. Ihre Hände waren klein, weich und weiß, die Nägel blaßrosa lakkiert.

„Sagten Sie nicht vorhin, Sie brauchten einen guten Rat?"

„Ja, richtig. Vielleicht wissen Sie hier jemanden, der für mich arbeiten würde. Ich habe Holz gekauft, das gehackt werden müßte. Wissen Sie, ich habe in Los Ojos ein Haus gemietet – das große, weiße Haus gleich neben dem Gebäude der Forstverwaltung ..."

„Das Haus Benevides?"

„Ja, dieses. Nun, dort gibt es in der Küche nur einen Holzherd, dafür brauche ich das kleingehackte Holz."

„Wieviel Holz ist es denn?"

„Ich fürchte, ein ganzer Haufen –. verzeihen Sie, aber ich habe kein Augenmaß dafür. Ein Mann aus dem Dorf hat es gestern geliefert, aber da er im Gebirge oben arbeitet, hatte er nicht Zeit, es zu zerkleinern. Ich bin gern bereit, zu bezahlen, was hier üblich ist ... Ich dachte, vielleicht könnte einer der Indianer ..."

„Sicher, es gibt genug Burschen hier ... ich kann ja den Sakristan einmal fragen."

Mittags und am frühen Nachmittag war die Stadt wie ausgestorben. Leer und verödet lagen die Straßen unterm weißen Sonnenglast. Da es keinerlei Schatten gab, wirkten die Mauern flach und ohne jede perspektivische Ausdehnung, sogar Einfahrten und Fensterhöhlen wirkten flach, als könne man nicht eintreten. Die Luft stand bewegungslos still, in allen Gassen blendete der weiße Staub. Dies war die Stunde, da die Stadt förmlich unter den Staub zu kriechen schien. Und alles in der weiten Ebene nahm eine einzige Farbe an, die Farbe des Staubes.

Abel war schon eine ganze Weile wieder daheim im Haus seines Großvaters, aber der alte Mann war nicht da. Zwischen den beiden war bisher kein Wort gewechselt worden, keine Begrüßung, nichts. Obwohl er sehr hungrig gewesen war, hatte er doch auf nichts richtig Appetit gehabt, weil sein Mund ausgetrocknet und säuerlich schmeckte, und schließlich hatte sich das Hungergefühl abgestumpft, und er empfand keinen Hunger mehr. Er ging in den Räumen auf und ab, eine Anzahl kleiner, kahler Zimmerchen, deren ebenfalls kahle Mauern blank und weiß waren. Die Stille und Hitze ringsum machten ihn rastlos, seine Gedanken ließen ihn nicht zur Ruhe kommen. Am späteren Nachmittag ging er zum Fluß und folgte dem Flußlauf bis an die Kreuzung. Dort schlug er den Weg ein, der am Rand der bebauten Felder entlang immer bergab führte, bis zu der Reihe der Vorberge am Fuße der roten Mesa. Als die Schatten über die Hügel fielen und die erste abendliche Brise sich erhob, setzte er sich hin und sah hinaus über die grünen und gelben Vierecke des Bauernlandes. Er sah den Großvater und ein paar andere dort unten auf den sonnenbeglänzten Feldern bei der Arbeit. Die Brise war noch kaum spürbar, aber sie trug den Geruch nach Erde und Getreide herüber. Und da schien ihm sekundenlang, nun sei alles gut. Er war daheim.

Es war an einem Dienstag, als Abel zum Haus Benevides kam. Er war bereit, für drei Dollar das Holz zu hacken. Angela St. John hatte sich darauf eingestellt, mit ihm zu handeln, aber er zeigte keinerlei Neigung zu kommerziellen Zugeständnissen; er hatte ihr einfach ein für allemal das Wort abgeschnitten. Es blieb ihr anheimgestellt, sich dafür zu rächen. Sie lächelte und sah aus einem Fenster im Oberstock zu, wie er Holz hackte.
Für sie war es etwas ganz Neues, daß ein Mann sich so in eine Arbeit hineinkniete. Stets war da ein gewisses Widerstreben gewesen, eine Antriebshemmung oder eine gewisse Unlust. Bei ihm war das anders; er legte sich total ins Zeug. Leicht nahm er die Axt und wog sie in der Hand, und dann führte er exakte und tiefe Schläge damit. Die Schneide biß sich ins Mark des Holzes ein, und die Späne kräuselten sich und sprangen ab. Er wiegte sich, die Beine breit gegrätscht, beim Arbeiten in den Hüften, und an seinem gesenkten Nacken schwollen die Muskeln. Sie bestaunte ihn und zergliederte den Ablauf seiner Bewegungen. Er hob die Axt und schwang den Stiel in weitem Bogen über seine Taille, und dabei ließ er die Hand zurückgleiten bis an den schwarzen Eisenkeil; dann hoben sich seine Schultern, und das Rückgrat streckte sich empor. Sekundenlang blieb der ganze Körper wie eine Feder angespannt, und alle Kraft konzentrierte sich in diesem Bruchteil der Zeit, und dann ließ er sich fallen. Er ließ sich vom eigenen Schwung mitreißen, die Schneide blitzte und sauste nieder, und das Holzscheit klaffte auf. Angela hielt kurz den Atem an und sagte: „So ist das also!" Eine leise Brise wehte durchs Fenster und hob ihr Haar an den Schläfen. Das Sonnenlicht schüttete Silber auf das Laub der Obstbäume, und plötzlich empfand sie die eigene Unruhe und Spannung.
Nun, da sie es begriffen hatte, kam ihr die Ahnung irgendeines unsinnigen Leidens, das sich da am Holz austobte, einer heimlichen Wunde, die sie zuvor nicht hatte ahnen können. Und als sie später nicht mehr hinsah, lauschte sie immer noch halb zu ihm hinunter. Hinter dem schwülen, feuchten Duftaroma von Rosenblättern und Tee war sonst nichts spürbar als die Arbeit, die er tagsüber verrichtete. Sie

würde ein Bad nehmen und dann etwas lesen, etwas aus dem Leben der Heiligen. Vielleicht würde sie den Kopf zurücksinken lassen und die Augen schließen. Das konnte sie tun, zur Begleitung der improvisierten Musik der Tage und Nächte, und sogar jetzt vernahm man ein Gesumm von Bienen, das Plätschern von dunklem Wasser – und das Klingen der Axt auf dem Holz, gleichmäßig, unaufhörlich.
Angela betrat die Treppe, die hinunterführte. Immer, wenn sie um eine bestimmte Stunde am Nachmittag mit sich allein war, geriet sie in diesen Zustand von Selbstentfremdung. Wenn das Feuer des Tages niedergesunken war, fragte sie sich, wer sie eigentlich sei. Und wenn sie jetzt in solchen Zeiten ein merkwürdiges Hitze- und Schwindelgefühl erfaßte, erinnerte sie sich des Kindes in ihrem Leib und legte beide Hände von unten her auf ihren Körper, als wolle sie das Kind hinaufheben an ihr Herz, um mit ihm zu reden, mit einer Stimme, die schwankte wie das Züngeln einer Flamme. „Mein Liebling", sagte sie etwa. „Oh, du, mein Kleines!" Und sie witterte in den Wind, als wolle sie feststellen, ob er nicht ungünstig wehe. Manchmal sah sie den Vögeln nach, die ihre eilige Schrift unter dem Himmel hinzeichneten, aber immer flogen die Vögel davon, und danach war der Himmel wieder leer und unendlich bis zur Hoffnungslosigkeit.
Das Klingen der Axt widerlegte sie mit seinem beharrlichen, dumpfen, gleich nach dem Aufschlag verhallenden Ton. Sie hatte einmal ein Tier gesehen, das im Wasser plätscherte, ein Dachs oder ein Bär war es gewesen. Und sie hatte sich danach gesehnt, die weiche Schnauze des Bären zu streicheln, seine dünnen schwarzen Lippen, den mächtigen, flachen Schädel. So gern hätte sie die feuchte, schwarze Schnauze mit beiden Händen umschlossen und sekundenlang den heißen Atem gespürt, den Lebensatem des Bären. So ging sie vor das Haus und setzte sich auf die Steinstufen zur Veranda. Da war er, der Bär, aufgerichtet über dem Holzhaufen. Der Cañon war nur noch ein Gewirr scharfumrissener Schatten. Das letzte Sonnenlicht lag bereits höher als der obere Mauerrand der Schlucht, nur direkt über dem Obstgarten lag es noch flammend auf dem Antlitz des Gesteins. Ein Kolibri hing schwirrend über den

Stockrosen, und Zwielicht hing zwischen den Obstbäumen und entfärbte ihr Laub. Sie war bloßfüßig, nur in Mokassins, und auch ihre Arme waren nackt. Aber sie spürte die Kälte nicht, die aus dem Cañon aufstieg, eine seltsame Hitze brannte in ihr. Er schlug die Axt mit der Schneide in den Hackstock bis zum Heft, dann kam er näher. Sie sog die Wangen ein und überließ es ihm, die Initiative zu ergreifen, sie war neugierig, wie er es anfangen würde.
„Es ist sehr gummihaltig", sagte er. „Da brennt es lang."
Er sah sie an, ohne den Mund zu einem Lächeln zu verziehen, aber seine Stimme klang zärtlich und heiter und ruhig. Er wollte ihr nicht die kleinste Möglichkeit lassen, ihn zu demütigen. Sie überlegte.
„Soll ich Sie jetzt auszahlen?" fragte sie.
Er schien zu überlegen, aber man sah, daß es ihm völlig gleichgültig war.
„Freitag oder Samstag hacke ich den Rest, dann können Sie mich entlohnen."
Es beleidigte sie, daß er gar nicht versuchte, mit ihr zu handeln. Aber sie war bereit, aus Niederlagen zu lernen und letzten Endes hatte sie nichts zu verlieren, wenn sie ihren Stolz bewahrte. Gerade in diesem Augenblick mußte sie jedenfalls ihren Platz behaupten und abwarten. Ein Schweigen entstand. Er aber blieb in einiger Entfernung von ihr im schwindenden Lichtschein stehen, und der Blick seiner offenen, gelassenen schwarzen Augen war unbeirrbar auf ihren Blick gerichtet.
„Das war ein schönes Stück Arbeit für einen Tag", sagte sie und wußte selbst nicht, warum sie so mit ihm redete, der stumm blieb und keine Antwort gab – nichts.
„Also", sagte sie. „Sie kommen am Freitag? Oder haben Sie gesagt am Samstag?"
Doch er gab wieder keine Antwort. Sie war ziemlich irritiert. Natürlich war sie fähig, zu widerstehen, aber ihr war indessen klargeworden, daß das wenig Sinn hatte, und das brachte sie innerlich zur Weißglut.
„Hören Sie, entschließen Sie sich gefälligst, sonst bin ich eventuell nicht da, wenn Sie kommen."
Sein Gesicht wurde düster, aber er verharrte wie ein Taubstummer. Er wollte sich einfach nicht provozieren lassen. Ihm fiel das nicht schwer, es erschien ihm nur natürlich,

daß er so neben ihr stand, im Abstand, und beobachtete, was in ihr vorging, als sei das selbstverständlich Privatsache, die ihn nichts anging und nichts zu sagen hatte. Seine Selbstbeherrschung drohte sie aus der Fassung zu bringen, und dabei hätte sie ihn gern aus der Fassung gebracht, ihn zurückgestoßen und entmutigt mit einer gemeinen Handbewegung oder mit Worten, wie: „Mal mit einer Weißen, wie? Mein weißer Bauch, meine weißen Brüste, meine lakkierten Fingernägel und meine Beine – das würde dir so passen, wie?!" Aber auch damit hätte sie nichts erreicht. Sie wußte mit Sicherheit, daß er sich nicht einmal für sie schämen würde – vielleicht würde er sich nicht einmal wundern.

Aber auch er war auf merkwürdige Weise machtlos. Das sah sie erst jetzt. Er stand so benommen und geduldig da, wie sie sich's nur wünschen konnte, vermutlich wußte er bloß nicht, wie er sich nun empfehlen sollte. Es war inzwischen so dunkel geworden, daß sie seine Miene nicht mehr wahrnehmen konnte. Als er wegging, sah sie nichts mehr, sondern hörte es nur.

Sie konnte einfach nicht begreifen, daß jemand ihren Körper als schön empfand. Für sie gab es nichts Ekelhafteres und Unanständigeres als das rohe Fleisch und Blut in diesem Körper, diese Aderstränge, diese Fleischlappen, die an den Knochen hingen. Und nun war auch noch dieses monströse Fötusgebilde da, das bläuliche, blinde Ding mit dem viel zu großen Kopf, das in ihrem Leib wuchs und sich von ihm nährte. Als kleines Kind hatte sie einmal ihr eigenes Blut fließen sehen, es trat aus einem Schnitt auf ihrem Handrücken aus, und seither vermochte sie nur noch mit Angst und Abscheu an den eigenen Körper zu denken und konnte sich nicht davon frei machen. Vor dem Tod hatte sie eigentlich keine Angst, wohl aber vor den Vorgängen im Körper beim Sterben. In manchen Augenblicken wünschte sie sich allen Ernstes den Tod durch Verbrennen in einem Feuer von solcher Intensität, daß sich der Körper sofort in Nichts auflöste und zerfiel. Ohne dieses Blasenziehen von Fett, dieses Verkohlen von Gebeinen. Und vor allem wollte sie um keinen Preis Todesgeruch, Verwesungsgestank verbreiten.

Sie trat hinaus in das weiche, gelbliche Licht, das aus den

Fenstern fiel und den Holzhaufen und ein Stück Boden beleuchtete. Sie kniete nieder, hob die kalten, harten Scheite auf und schichtete sie in ihren abgewinkelten Arm. Die Schnittflächen waren ausgezackt, und man konnte sich daran schneiden, die Axt hatte sie zugespitzt wie einen Bleistift. Und sie dufteten nach Harz. Beim Aufstehen stieß sie versehentlich an den Griff der Axt, aber die blieb starr und kalt im Hackstock stecken und fiel nicht herunter. Unter den Füßen spürte sie die Späne, die zwischen dunklen Kieseln und Unkrautbüscheln überall auf dem Erdboden lagen. Die langgestreckte schwarze Kontur der Cañonwände hob sich deutlich vom dunklen, schweigenden Himmel ab. Und sie blieb stehen und mußte an die heilige Wut denken, die den Wald dort oben versehrt hatte. Eins der niedrigeren Plateaus, zu dem man von hier aus nicht sehen konnte, war einst einem Waldbrand zum Opfer gefallen. Sie hatte bei Tag gesehen, wie es dort oben von den schwarzen Gerippen der toten Bäume starrte. Sie stellte sich vor, wie die Flammen daran hinaufgerannt waren und den süßen, harzigen Saft ausgebrannt hatten. Und dann schälte sich die Rinde vor Hitze, und die inneren Schichten aus fasrigem Holz barsten krachend, und zwischen den Spalten verbrannte das Holz zu Holzkohle und Asche, und in der Sonne glänzte nun jede Faser des toten Holzes wie Samt, und wenn man es berührte, fühlte es sich ganz weich und samtig an, und auf der Hand, die es berührte, blieb die Spur des sanften Todes zurück.
Sie trug das Holz hinein und legte es auf den Rost des Herdes. Es brannte so langsam an, daß sie den Augenblick, da es Feuer fing, gar nicht wahrnahm, obwohl sie darauf niederstarrte. Dann sah sie den gelblichen Flammen zu, die sich um das Holz wanden, ohne je den harten, lebendigen Kern zu erfassen.
Etwas später an diesem Abend kam Pater Olguin noch zum Haus Benevides.
„Morgen ist das Fest des Heiligen Santiago", sagte er. „Und da gibt es eine große Feier in der Stadt. Werden Sie kommen?"
„Gerne. Danke schön."
Er wäre gern geblieben, um sie noch eine Weile ansehen und auf ihre Stimme lauschen zu können, aber sie war

nachdenklich und geistesabwesend, und so sagte er ihr gute Nacht.

Angela mußte an Abel denken – wie er sie angesehen hatte – wie ein holzgeschnitzter Indianer, mit kaltem, ausdruckslosem Gesicht. Einige Tage zuvor hatte sie den Getreide-Tanz in Conchiti miterlebt. Das war schön und seltsam gewesen. Ihr war es gewesen, als wollten die Tänzer für alle Ewigkeit in dieser langsamen und bedächtigen Art weitertanzen. Das Ganze hatte etwas sehr Feierliches und Geheimnisvolles, diese alten Männer und ihr Gesang in der Sonne, und diese Tänzer, die so ... so erschreckend ernsthaft waren bei ihrem Tun. Keiner von ihnen lächelte. Jetzt erschien ihr dies irgendwie bedeutsam. Die Tänzer hatten geradeaus und über alles hinweggeblickt, aber damals war ihr das nicht recht bewußt gewesen. Und nie hatten sie gelächelt. Sie waren ernst und unbeschreiblich feierlich gewesen, nicht nur traurig oder gemessen oder fromm; das war es nicht. Eben ernst und entrückt, sehr weit weg, auf etwas hin ausgerichtet, das sie nicht sehen konnte. Ihre Blicke waren auf das den Augen Unerreichbare gerichtet, auf etwas jenseits jeder Ferne, eine Wirklichkeit, die ihr verschlossen war, die sie nicht einmal ahnte. Was war es, was sie sahen? Wahrscheinlich gar nichts, überhaupt nichts. Und darin lag vielleicht der Trick. Möglich. Gar nichts Bestimmtes sehen, überhaupt nichts. Über die Landschaft hinwegschauen, über Formen, Schatten, Farben, *das* hieß doch, gar nichts sehen? Das hieß frei und vollendet, vervollkommnet und geistig sein. Zumindest allmählich und gradweise zu sehen aufhören; zuerst noch die nahen Gegenstände in ihren reinen, bunten Farben, dann ein Farbfleck, die Dinge vermischen sich, verwischen sich, werden unscharf, und zuletzt durch die Wolken und den blassen Himmel hindurchsehen. Auf das Nichts, hinter dem nichts mehr ist. „Jenseits des Berges" sagen und es wörtlich meinen, im Sinne von jenseits von allem, denn der Berg steht ja nur für alles, was da ist. Wenn sie doch nur einmal dorthin sehen könnte, empfand sie, mußte es dort das geben, was weder nichts noch etwas war. Und dort, nur dort war reine Wirklichkeit. So ähnlich, in dieser Haltung der Selbstvergessenheit, des Nichtseins, hatte Abel das Holz gehackt. Sie hatte seine Augen aber erst gesehen, als es zu spät war, als sie bereits wieder den Dingen zugewandt waren. Da waren sie weich und farbig und schweifend gewesen; sie hatten in ihr Inneres geschaut, hatten durch sie hindurch geschaut, aber jene Wirklichkeit hatten seine Blicke nicht erreicht, jene äußerste, letzte Wirklichkeit. Auch er war also nur bis zu der alltäglichen, dichten, undurchdringlichen Welt vorgedrungen. Und aus diesem Grund, einzig aus diesem Grund, konnte sie es wagen, sich mit ihm zu messen. Sie schob die Gedanken beiseite und starrte ins Feuer. Es war zu glühender Asche niedergebrannt, über die nur noch abwechselnd gelbe und blaue Flämmchen zuckten, um schließlich zu erlöschen.

25. Juli

Aus den Aufzeichnungen Pater Olguins:

Santiago ritt südwärts gegen Mexiko. Obwohl sein Pferd glänzend und aus guter Zucht war, hatte er sich als Tagelöhner verkleidet. Als er eine weite Strecke gereist war, hielt er an, um zu rasten, und zwar beim Hause eines alten Mannes und seiner Frau. Es waren arme und bescheidene Leute, aber sie waren dennoch gütig und großherzig und hießen Santiago willkommen. Sie gaben ihm frisches Wasser, um seinen Durst zu stillen und gute Worte, um ihn aufzumuntern. Zu essen gab es nichts in dem Hause; nur ein betagter Hahn stolzierte im Hof auf und ab. Dieser Hahn war ihr einziger wertvoller Besitz, doch der alte Mann und seine Frau schlachteten den Hahn und kochten ihn für ihren Gast. Für die Nacht überließen sie ihm ihr Lager, indes sie sich auf dem kalten Boden zur Ruhe legten. Als es Morgen ward, verriet ihnen Santiago, wer er sei. Er gab ihnen seinen Segen und setzte seine Reise fort.

Er ritt viele Tage lang, und zuletzt erreichte er die königliche Stadt. An diesem Tage hatte der König ein großes Fest angeordnet, mit Spielen und gefahrvollen Wettkämpfen, die Geschicklichkeit und Kraft erforderten. Santiago beteiligte sich an den Wettspielen. Zuerst wies man ihn ab, weil ihn jedermann für einen gewöhnlichen Arbeiter und einen Dummkopf hielt. Aber er siegte, und als Preis wurde ihm angeboten, eine der Königstöchter zu heiraten. Er wählte sich eins der Mädchen, das Mandelaugen hatte und langes, schwarzes Haar, und dann machte er sich auf, um mit ihr nach Norden zurückzukehren. Der König aber grollte ihm innerlich, weil dieser Tagelöhner ihm seine Tocher entführte, und da schmiedete er einen Plan, wie er den Heiligen töten könnte. Offiziell befahl er einer Kompanie Soldaten, die Reisenden in Sicherheit heimzubegleiten. Insgeheim aber befahl er, daß man Santiago töten solle, sobald der Zug die Stadttore hinter sich gelassen habe.

Da tat Santiago ein Wunder, und der Hahn entstieg heil und lebend seinem Munde, den ihm der alte Mann und seine Frau vorgesetzt hatten. Und der Hahn verriet ihm, was die Soldaten im Schilde führten und warnte ihn und gab ihm den Sporen von seinem rechten Fuß. Als die Soldaten nun über ihn herfallen wollten, erschlug Santiago sie mit einem Zauberschwert.

Als die Reise endete, brauchte Santiago sein Pferd nicht mehr, und das Pferd sprach also zu ihm: „Nun sollst du mich opfern zum Wohle der Menschen." Demgemäß erstach Santiago das Pferd, und aus seinem Blute entsprang eine große Herde an Pferden, genug für das Volk der Pueblo-Indianer. Danach begann der Hahn zu sprechen und sagte zu Santiago: „Nun sollst du mich opfern zum Wohle der Menschen." Demgemäß zerriß Santiago den Vogel mit bloßen Händen und verstreute seine Teile überallhin auf den Grund. Das Blut und das Gefieder des Vogels verwandelten sich in eßbare Pflanzen und Haustiere, genug für das Volk der Pueblo-Indianer ...

Am späten Nachmittag am Festtag Santiagos war es still und heiß, und keine Wolken standen am Himmel. Der Fluß war seicht, und das Laub an den Weinstöcken kräuselte sich von der Sonnenhitze. Das blasse, vergilbte Gras in der Flußebene stand hoch, denn man hatte das Vieh und die Schafe hinaufgetrieben in die höher gelegenen Weiden, und die alkalischen Salze lagen wie Rauhreif in den zersprungenen Flußbetten der Bewässerungsgräben. Es war ein farbloser Mittsommertag, zwei bis drei Stunden vor Sonnenuntergang.
Pater Olguin und Angela St. John verließen gemeinsam das Pfarrhaus. Sie gingen langsam und plaudernd die Straße entlang, die bergauf führte zum Zentrum. Auf der Nordseite der Straße standen Häuser, auf der Südseite lagen Weingärten, Mais- und Melonenbeete. Es hatte seit langem keinen Regen mehr in der Ebene gegeben, und die Straße war mit einer dicken Staubschicht bedeckt. Vor einem Haus kämmte ein alter Mann sein langes Haar, ohne auf die Vorübergehenden zu achten. Er kauerte vornübergeneigt, so daß sein Haar fast den Boden berührte. Den Kopf hatte er seitlich geneigt, und die Haare hingen auf dieser Seite über das Gesicht und fielen vor der Schulter hinab. Er bürstete es langsam auf der Innenseite, immer vom Ohr abwärts, und verwendete dazu ein Büschel Federn. Seine Hände bewegten sich leicht und zärtlich durch das grobe, glänzende Haar, das spröde war, ohne Weichheit, obwohl das Licht darauf glänzte wie auf einer Lache Öl.
In den dunklen Fenstern und Toreinfahrten sahen sie Gesichter auftauchen, halb verborgen, und mit weiten, ernsten Augen. Der Priester hielt an, und Angela hielt sich ein wenig abseits von ihm. Sie befand sich inmitten der Häuser, und überall herrschte Erregung, ein unaufhörliches Gemur-

mel von Stimmen, übertönt vom Klang der Trommel. Hinter den Mauern drang es hervor, außerhalb des tödlich stillen Nachmittagslichtes. Als sie zu weit vorausgegangen war, wartete sie neben einem Brunnen mit einem Trog, der von einem schlammigen, schwarzen Kreis voller Tierfährten umgeben war. Gegen Ende Juli roch die ganze Stadt nach Vieh und Rauch und nach zersägtem Holz, und nach dem süßen, feuchten Brotgeruch frisch aufgeschnittener, zum Auskühlen hingestellter Brotfladen.

Als sie sich dem Zentrum näherten, vernahmen sie laute Geräusche. Die Stadtbewohner hatten sich bereits vor den Hausmauern versammelt, eine Gruppe kleiner Jungen rannte herum und stolperte über den Boden und kreischte laut. Das Zentrum war ein sehr alter Platz, fast hundert Fuß lang und etwa vierzig Fuß breit. Das glatte, festgepreßte Erdreich war nicht eben, wie es zunächst den Anschein hatte, sondern wellig und konkav und gegen die Wände ringsum leicht ansteigend, so daß die trockene Tonerde des Bodens und der Häuser ohne Kanten und Winkel ineinander überging; nichts war, als die abgeschliffenen Kanten und Mulden von Dingen, die die Zeit längst abgenützt und zerstört hatte. Von innen wirkte der Platz auf allen Seiten abgeschlossen, es gab jedoch in jeder der vier Ecken einen Durchgang, und inmitten der Südseite befand sich eine breite Öffnung. Früher stand dort ein Haus, aber davon war nur mehr ein flacher, ungleichmäßiger Ruinenhaufen aus Lehmziegeln geblieben, der sich vom Untergrund und der Nische dahinter, die die Mauerreste bildeten, kaum unterscheiden ließ. Von dorther betrat Angela mit dem Priester die Mitte, und sie sahen sich in nüchterner Erwartung um, aber doch innerlich bereit, sich von dem allgemeinen Tumult und der Erregung anstecken zu lassen, von der die ganze Stadt ergriffen war.

Die ältesten Bauten, am Westende und im Norden der Stadt, waren aufgestockt, bis zu zwei oder drei Stockwerken hoch, und auf den Dächern standen Männer und Frauen dichtgedrängt beisammen. Auch der Trommler stand auf einem der Flachdächer. Pausenlos, in strengem, gemessenem Rhythmus bearbeitete er mit sehr raschen, aber kaum wahrnehmbaren Handbewegungen die Trommel. Er stand dabei unbewegt und mit teilnahmslosen Augen da, sehr alt und gelassen. Sein Anblick bewirkte, daß Angela das dumpfe Grollen der Trommel noch lauter und dunkler erschien, als sie es vor einer Stunde, da sie, eine halbe Meile von hier entfernt, allein im Zimmer des Pfarrhauses gestanden war, jählings bewußt empfunden hatte. Doch selbst drüben, jenseits des Flusses, zwischen den Hügeln, hätte man sich dem eindringlichen Klang nicht entziehen können, die Trommel beherrschte die ganze Weite der Ebene mit ihrem fernen, endlos vom Echo wiederholten Donnern, das aus einer Sphäre außerhalb jeder Zeit zu ertönen schien. Man kann es nur über sich ergehen lassen wie einen aufziehenden Sturm, in der Gewißheit, daß jeden Augenblick einer der seltenen Regengüsse einsetzen wird. Sie riß sich vom Anblick des Trommlers los und bemerkte die blauen und weißen Fensterrahmen, die Backöfen, die wie aus Lehm geformte Bienenkörbe aussahen, die vielen Hunde und Fliegen. In der Mitte des Platzes befand sich, in gleichem Abstand von allen Seiten, ein etwa zwanzig Zentimeter tiefes Erdloch, eine mit Sand gefüllte Mulde.

Es dauerte nicht lange, und die ersten Reiter tauchten von Westen her auf, immer zwei oder vier Männer nebeneinander, auf ihren besten Pferden. Im ganzen waren es etwa acht Männer und ebenso viele Jünglinge. Sie ritten zuerst quer über den ganzen Platz, dann wendeten sie und nahmen, einer neben dem anderen, ihre Plätze die Mauer entlang ein. Abel ritt eine der schwarzmähnigen Rotschimmelstuten seines Großvaters. Er hielt sich etwas zu steif im Sattel und behandelte die ohnedies sanfte Stute mit größter Vorsicht. Zum erstenmal, seit er wieder daheim war, hatte er die Uniform abgelegt und seine früheren Kleider angezogen: khakifarbene Hosen mit breitem, schwarzem Gurt, ein graues Alltagshemd und den Strohhut mit dem flachen Kopf und der breiten, aufgebogenen Krempe. Er hatte die Hemdsärmel hinaufgerollt, und man sah, daß seine Hände und Arme von der Sonne gebräunt waren. Einer unter den Männern fiel sogleich auf. Er war hochgewachsen und sehnig, und seine Haut war weiß; er trug eine dunkle Brille mit kleinen, runden Gläsern und ritt ein edles Pferd aus bester Zucht. Dieser Rappe war rassig und nervös, und der weiße Mann hielt ihn straff am Zügel und stemmte die Füße in den Steigbügeln seitlich weg, damit er den Leib des Pferdes nicht berührte. Er war der letzte in der Reihe, und nachdem er hinter den anderen seinen Platz im Schatten der Mauer eingenommen hatte, kam ein Würdenträger der Stadt mit einem weißen Hahn in der Hand aus einem Haus. Er legte den Hahn in die erdige Mulde und häufte den Staub über ihn, bis der Hahn darunter begraben war. Nur der Hals und der Kopf sahen heraus, und der weiße Kopf bewegte sich ruckend hin und her, daß die roten Lappen und der Kamm flogen, indes die Federkrause am Nacken gesträubt rings auf dem Sand ausgebreitet war. Die Leute lachten den Hahn aus, der fast begraben und voller Angst dalag und mit runden, starren, gelben Augen in den sterbenden Tag blickte. Der Würdenträger entfernte sich wieder, und gleich darauf jagte der erste Reiter auf seinem Pferd aus dem Schatten hervor, und ihm folgten, einer nach dem anderen, die übrigen. Sie sprengten über den Hahn hinweg und suchten ihn zu greifen, indem sie sich am Sattelknauf festhielten und sich heftig über die Schulter des Reittieres hinabbeugten. Die meisten Tiere waren nicht dressiert und stiegen erschrocken, sobald ihre Reiter sich niederbeugten. Einer der Jünglinge stürzte vom Pferd, und dann wieder einer, und jedesmal brach die Zuschauermenge in entzücktes Geschrei aus. Als Abel dran war, bot er keinen großartigen Anblick, er war zu vorsichtig und weich in der Bewegung. Angela verachtete ihn fast ein wenig; das würde sie sich jedenfalls merken, aber im Augenblick war ihre Aufmerksamkeit zu sehr von der ganzen phantastischen Gesamtszene gefangengenommen, ihr Wille war erschlafft. Schon das erste Vorpreschen von Pferd und Reiter hatte alle ihre Sinne aufgewühlt. Die Sonne, tief unten und orangerot, brannte auf ihrem Gesicht und den Armen. Sie schloß die Augen, aber sie sah trotzdem alles, ein grelles Getümmel aus Bewegungen: das Gold der Tonerde und der Lehmmauern, das allmählich dunkler wurde, und die tief eingeschnittenen Schatten und die schemenhafte, wilde Kavalkade der Kentauren. So gänzlich unverständlich all dies war, die harten Laute der Stimmen und Hufe, der Geruch der Tiere und des Schweißes, so völlig bedeutungsleer – dennoch, welch ein Schauspiel! Als er auf dem Rückweg im Schritt an ihr vorüberritt, war sie wieder bereit, ihn zu täuschen. Sie lächelte ihn an und sah dann rasch zur Seite.

Der weißhäutige Mann war groß und untersetzt und kraftvoll und sicher in jeder Bewegung. Das schwarze Pferd startete rasant und rannte leichtfüßig und gleichmäßig, auch in dem Augenblick, als der Weiße sich herunterbeugte. Er bekam den Hahn zu fassen und hob ihn auf. Und ohne seinen Schwerpunkt auf dem Rücken des galoppierenden Pferdes nur ein einziges Mal zu verlieren, saß er blitzschnell wieder aufrecht im Sattel. Er zügelte das Pferd scharf, und es stieg auf der Hinterhand und pflügte mit den Hufen den Boden auf. Für Angela war die Art, wie er es bändigte, ein erregender Anblick, es war, als sei der weiße Mann der Wille des Tieres, dessen zitternde Kraft wie ein gespannter Bogen in seiner Hand lag. Die Darbietung war vollkommen gewesen, ausgewogen bis ins letzte und fehlerfrei durchgeführt. Dennoch, etwas daran wirkte unpassend, gleichsam von Übertreibung und Zurschaustellung befleckt, etwas daran war unnatürlich gewesen. Was immer es gewesen war, sie spürte dem Vorgang genießerisch nach, und eine alte Faszination überwältigte sie. Das schwarze Pferd tänzelte im Kreis. Der weiße Mann blickte über das Zentrum hin auf die anderen Reiter und hielt den Hahn, der mit riesigen Schwingen die Luft schlug, in der hochgestreckten linken Hand. Langsam ritt er auf dem unruhig tänzelnden Pferd entlang der südlichen Mauer zurück, und die Leute der Stadt machten ihm Platz. Dann war er ihr von Angesicht zu Angesicht gegenüber, und Angela sah, daß das blaßgelbe Haar unter seinem Hut dünn war und dicht über der Kopfhaut abrasiert ... Die straffe Kopfhaut war drunter zu sehen, bleich und rosa. Das Gesicht war unförmig und weiß und rosa gefleckt, und die dicken, halboffenen Lippen waren blauviolett. Das Kinn war verfettet und schlaff, und das Fleisch hing von den Kiefern herab. Er hatte überhaupt keine Augenbrauen, und die kleinen schwarzen Brillengläser waren sehr nahe beisammen und wirkten wie Pfennigstücke auf dem flachen, riesigen Gesicht. Sekundenlang befand sich das Gesicht des Albinos direkt über ihr, so unförmig und gräßlich, wie es dem zum äußersten geängstigten Hahn erscheinen mochte. Und in diesem Moment zog die schwere, blutlose Hand, die sich würgend um die Kehle des Vogels schloß, ihren Blick wie gebannt auf sich. Diese Hand schien aus Marmor oder Feuerstein zu sein, sie war in ihrer steinernen Unbeirrbarkeit das genaue Gegenstück zu der schrecklichen Raserei des Vogels. Eingeklemmt lagen die hellroten Fleischlappen des Hahnes zwischen den langen, bläulichen Fingernägeln, und der Kamm hing auf die geschwollene Beuge der Hand. Und schon war der Mann vorbei, er ritt zwischen die anderen Reiter, und auch sie wichen zur Seite und warteten gespannt, respektvoll und sehr auf der Hut, wen er sich aussuchen würde. Er zog das Spiel in die Länge, dann ritt er plötzlich an Abel heran, fiel unerwartet über ihn her und schlug ihn mit dem Hahn. Die beiden Pferde tänzelten aufgeregt im Kreis, die anderen Reiter zogen sich etwas zurück. Und der Mann schlug immer wieder auf Abel ein, schwer und brutal, er schlug ihn auf die Brust und den Rücken und über den Kopf, und als Abel die Hände hob und seinen Kopf vor den Schlägen schützen wollte, schlug er sie ihm mit der vollen Wucht des großen Vogels nieder. Abel hatte keine Übung in derlei Kampfspielen, außerdem war der weiße Mann bedeutend stärker und flinker als er. Die Rotschimmelstute wollte ausbrechen, aber sie befand sich zu nahe an der Mauer, und das schwarze Pferd drückte sie gegen die Wand, daß sie beinahe das Gleichgewicht verlor und sich, an die Mauer gepreßt, nur mit irren Blicken aufbäumen konnte. Und der weiße Mann holte aus und schlug zu, immer wieder, mit einem zielbewußten, wortlosen Haß, ohne zu beachten, wohin er traf, gleichgültig fast und in unerbittlicher, zum Äußersten entschlossener Ruhe. Auch als der Vogel schon tot war, holte er noch damit aus und ließ ihn niedersausen, mit gebrochenem Genick, das Fleisch in Fetzen, bis alles von Blut bespritzt war. Die Stute stampfte wild, stieg und brach in die Knie, daß Abel sich kaum im Sattel halten konnte. Und der Rappe wich keinen Zentimeter breit und vereitelte jeden Ausbruchsversuch, so dicht hielt er die verschreckte Stute an die Mauer gedrückt fest.

Das Ganze war wie eine Szene aus einem Traum gewesen, ein wirres Schattentheater, von vorn beleuchtet vom rötlich verblassenden späten Sonnenschein, darin Silberschmuck und Fensterscheiben aufglommen im milde blühenden Licht, das die Mauern der Stadt aufsogen. Die Federn und Fleischfetzen und Därme des Hahns lagen auf der Erde und lockten die Hunde an, sie schlichen heran und hockten sich dazu, und endlich war es vorüber. Ein paar Frauen besprühten den Boden mit Wasser und vollendeten die Opferhandlung.

Es ist irgendwie derselbe Vorgang – dachte sie zuletzt, dieses totale innerliche Verbrauchtsein nachher. Sie war todmüde, und ihre Füße schleiften im Staub der Straße, als sei sie am Umfallen. Genauso hatte damals ihr Körper dagelegen, als gehörte er nicht zu ihr, und hatte sich allmählich erholt, und sie hatte zum ersten und zum einzigen Mal geweint, als sie bei einem Mann lag. Und es war um dieselbe Stunde gewesen, die Opferstunde des Tages. Sie war viel zu müde gewesen für Schuldgefühle oder Glück und hatte noch lange Zeit in halbwachem Zustand so dagelegen, frei von Begierde, leergebrannt, im warmen Strom ihres Blutes. Es war genau wie heute – aber das hatte sie damals noch nicht wissen können – in dieser reinen Schwärze der Landschaft, indes über Obstplantagen und Gemäuer ein scharlachroter Himmel hing, auf dem, dreiviertel voll, die Mondsichel stand.

Angela war in das Haus Benevides zurückgekehrt, und Pater Olguin ging die Stiege hinauf in sein Zimmer, um sein Brevier zu beten. Einige Minuten nach elf ging er wieder hinunter und heizte den Küchenherd an, um sich eine Kanne Kaffee zu wärmen. Er war müde, aber er schlief meist erst beim Morgengrauen ein. Er brauchte nur wenig Schlaf und erwachte regelmäßig mit dem Gefühl, etwas versäumt zu haben. Spätnachts war die Zeit, da er sich wohl fühlte und sich mit Vorliebe geistiger Arbeit hingab, dem Lesen und Schreiben bei Zigaretten und schwarzem Kaffee. Er genoß seine Einsamkeit und nützte sie, um anhand von Quellen und Hinweisen seinen eigenen Standort zu bestimmen. Das Priesterkleid hatte er abgelegt und statt dessen eine schäbige Segeltuchhose angezogen, dazu ein Unterhemd, das ihm bis in die Kniekehlen hing. Im unteren Teil des Hauses war es kalt, er schloß die Küchentür und setzte sich an den Tisch. Er hatte das Buch mit heruntergenommen, das er, kurz nach seinem Amtsantritt, unter den Akten der Pfarre gefunden hatte. Der Kaffee und die Hitze des Feuers wärmten ihn wohlig. Im Haus herrschte Stille, nur ein Knacken des Feuers hörte man hie und da, und gele-

gentlich das Summen der Lichtmaschine draußen, deren An- und Abschwellen die gelbliche Deckenbeleuchtung abwechselnd heller und matter schimmern ließ. Eine Weile gab er sich dem Genuß des Kaffees und der Zigarette hin und sah geistesabwesend auf das Buch nieder, ohne es aufzuschlagen. Er ließ den langen Tag allmählich in sich ausklingen, rieb sich die Bartstoppeln an der Kehle, stellte schließlich die leere Tasse beiseite, drückte die Zigarette aus und zündete sich sofort eine neue an. Eine Küchenschabe rannte aus der Speisekammer in den hellen Raum, schoß auf eine Ecke zu, erstarrte wie gebannt vor der Stelle, wo ein Stück des grauen Linoleums abgerissen war und der braune Holzboden freilag, und gleich darauf war sie verschwunden.
Das Buch war ein altes Tagebuch, in Leder gebunden, das aber schon so dünn war, daß die Pappe des Deckels durchkam. Die Kanten waren abgewetzt, und der Einband wies Sprünge auf und war stellenweise ganz abgeschält. Mit den Fingerkuppen schlug er es auf, und dann ließ er den Finger langsam die verblaßte Schrift entlang gleiten, als seien die Schriftzeichen erhaben und man könne die Worte gleichsam ertasten. Die Seiten waren vergilbt und an den Rändern zerschlissen, sie waren blaßbraun liniert. Auch die Schrift, die er entzifferte, war bräunlich verblaßt, doch wie gestochen und so untadelig, als sei sie von einem Kalligraphen ins reine geschrieben worden.

Unter der Jahreszahl 1874 stand:

16. November

Heute Morgen frischer Wind und Schnee. Wieder von Husten befallen & kaum imstande, die Messe zu lesen, Herr, Dein & mein Diener Viviano hat wieder gesagt *María Birginä und Homo Fatuos!* Wolle Du gnädigst diesem Deinem schwarzen & blökenden Schafe verzeihen. Sein jüngerer Bruder Francisco ist nicht gekommen, da es so kalt, obgleich Du wohl weißt, wie gerne er sich am Glockenstrange schaukelt & immerzu auf den Saum seiner Soutane steigt. Mit Deiner allmächtigen Hilfe wird er im nächsten Monat so weit sein, um Dir das „Ehre sei Gott in der Höhe" zu Deiner Heiligen Geburt zu singen. Es ist so wenig Zeit bis dahin & Du hast mir gesagt, Nicolás, Dein ganzes Leben lang bist Du die Hebamme Meiner Niederkunft. Gewiß & ich harre immer noch Deiner.

17. November

Wenn aber einer von euch seinen Vater um ein Brot bittet, wird er ihm einen Stein reichen? Oder um einen Fisch, wird er ihm statt des Fisches eine Schlange geben? Oder er bittet ihn um ein Ei, wird er ihm einen Skorpion geben?

19. November

Hast Du es angesehen, Herr? Als Du heute zerbrochen auf meiner Zunge lagest, hast Du mitangesehen, wie ich erzitterte? Niemals habe ich Dich inniger geliebt & niemals will ich Dich weniger lieben. Gewiß nicht weniger, soferne ich bei Gesundheit bin zu jener Stunde & geheilt. Ich wage nicht, darum zu beten!
Doch am heutigen Nachmittage schien die Sonne durch den Sturm & da faßte ich Mut, zumindest bis ich hineinging, um die alte Tomacita Fragua zu besuchen. Das üble Wetter hatte sie an den Rand des Todes gebracht & ich bin froh, daß ich sogleich dahin gegangen bin & ich empfehle ihre arme Seele Deiner Barmherzigkeit. Zurückgekehrt, erlitt ich einen neuerlichen Anfall & spuckte Blut in den Schnee & kam dies von Dir, oh Herr?
Nun sehe ich, daß es morgen aufklaren wird.

22. November

Wachet, denn ihr wisset weder den Tag noch die Stunde. Tomacita Fragua starb später an diesem Morgen & wieder hat man mich nicht zu ihr gerufen. Hingegen kam der Schwiegersohn am Nachmittag & gab mir Erlaubnis, das Begräbnis vorzunehmen. Ich sah wohl, daß sie ihr ein Ende bereitet hatten, gemäß ihrem finsteren Aberglauben & überall auf dem Boden lag blaues und gelbes Mehl umhergestreut. Dieses war auf dem Stein fein zerrieben worden, fast wie Blütenstaub & 4 Federn staken in den Händen der Toten, türkis und braune vom Adler. Sie hatten sie eng in eine Decke eingewickelt & da sah ich wie nie zuvor, daß ihr Leib geschwollen war als trüge sie ein Kind & es herrschte bereits ein gräßlicher Gestank. Mich wunderte, daß es so rasch gekommen. Wir machten eine kleine Prozession zu

dem Friedhof Campo Santo: Antonio und Carlos trugen sie auf einer Leiter & Viviano ministrierte für mich. Juan Chinana, mein guter Sakristan, ebenfalls, wiewohl dieser schon zuvor mit dem Kriegshauptmanne dort war & das Grab im Südosten bei dem Flüßchen geschaufelt hatte & er hatte auch schon ein weiß gekalktes Kreuz aus Weidenruten und Draht angefertigt. Danach schaufelte Juan Erde über sie, aber die war unter dem Sand hart gefroren & konnte man die großen Brocken nur schwer zerschlagen & einige davon hätten ihr wohl wehe getan, wenn sie noch gelebt hätte, mußte ich da denken.
Abends. Bin ich Dir noch nicht genug untertan? Wenn ich unfähig bin, Deinen Namen zu sprechen, so habe ich am meisten Verlangen, daß Du mich wieder heil machen mögest. Erlöse mich! Kommt aber Dein Geist über mich, so bin ich zu kraftlos, Dich zu ertragen!
5 Std. seit ich hier schrieb & nun finde ich mich hier erwacht mit Husten vor lauter Kälte & furchtbarer Dunkelheit & Fremdheit und da stürzte ich auf die Knie nieder und lag bebend vor Kälte auf dem Boden. Es war mir, als hätte ich etwas Böses getan & ich

12. Dezember

Haben die kleinen Ministrantenbuben Dir und Deiner Mutter nicht schön ministriert? Ich gab Viviano 1 Bonbon & Francisco 2.

25. Dezember

O Herr in Deiner Geburt. Denn heute ist in der Stadt Davids der Heiland geboren, welcher ist Christus der Herr.
Du sagtest mir, Nicolás, fasse Mut & Vertrauen in Mich, denn der Tag wird kommen, da ich Dein Kreuz auf Mich nehmen & hinausgehen muß in die Straßen. Ja, Herr, ja ja, ja. Bei Nacht habe ich mich an Dir geweidet & ich bin noch ganz von Dir erfüllt & habe sonst nichts zu mir genommen, noch will ich es diesen Tag & diese Nacht.
Die Kirche, ein Drittel oder halbvoll bei Deiner 1sten Heiligen Messe & einige gute Spanier & Sias auch, aber später viel mehr. Ich muß denken, daß Don De Lay O Dich nicht vollendet hat oder daß Du säumest auf Deinem Weg. Doch diese kleine Zederstatuette Deiner Mutter ist wahrhaft ein

wunderbares und heiliges Sinnbild & fand sogar das Gefallen Seiner Exzellenz Conquistadora, obgleich sie gar nicht groß ist & kein echtes Haar hat. So also bis Du auch in diesem Jahr unser Heiliges Kind von Prag & Deine Krone paßt wohl, denke ich, obgleich Du auf Stroh gelegen bist & Deine Besuche nur Deine eigenen tierischen Kreaturen waren. Ynocencia wird wieder den Engel des Herrn machen. San Juanito Deinen Nährvater Joseph. Avelino wiederum & Pasqual & Viviano die Heiligen Drei Könige. Lupita Dein Esel & Ochs. Agustín & Francisco Deine Lämmer, da sie doch noch die Größe und den Verstand von Lämmchen haben. Aber sie sangen so, daß Du es hättest hören müssen, wärst Du selbst taub & ich bete inbrünstig darum, daß Du nicht geschlafen habest!
Ich habe Dich in langer Prozession dem Domingo Gachupín übergeben, in sein Haus, bis Epiphania. Behüte Deine Gastgeber wohl, Du Kleines Kind, da ich von Dir ausgeschlossen bin. Nun die Gesänge und die Trommeln & ich habe kein Teil daran & bin allein & ermüdet. Ich hoffe, Francisco wird am Morgen für eine Weile hereinsehen.

Unter der Jahreszahl 1875:

5. Januar

Deine Beschneidung. Als die acht Tage der Beschneidung erfüllt waren, gaben sie ihm den Namen Jesus, wie ihn schon der Engel genannt hatte, ehe er im Leibe seiner Mutter empfangen war.
Gestern kehrte ich spät aus Cuba zurück & stürzte unweit auf dem Wege, wo ein Kaninchen aufsprang & ich wäre fast eingeschlafen in der Kälte. Wäre nicht Tío gewesen & der hob mich auf & rannte & ist heute viel lahmer, obwohl ich den Rest dann mit ihm ging. Avenido Lucero & Jesús Baca starben in Cuba, seitdem ich das letztemal dort war. María Delgado beichtet 9 Todsünden und 32 läßliche Sünden! & wundert sich noch außerordentlich über die neune, als sei dies ein wahres Wunder.
Ich hörte heute ein sonderbares Ding am 3. & so ging ich, um das Kind zu sehen, das Manuelita & Diego Fragua geboren wurde. Es ist, wie man dies nennt, ein Albino, weißer als jedes Kind, das ich je sah und wäre es selbst von weißer Rasse gewesen. Es sieht wie tot und roh aus um die Augen

und den Mund herum, aber ansonsten ist es heil, glaube ich, & es hat spärliches weißes Haar auf dem Kopf wie ein Greis & sein Wimmern hört man kaum. Ich riet, es denselben Tag zu taufen & tue dies um 3 Uhr. Es soll den Namen Juan Reyes bekommen.
Nachts. Da mich nun jede Nacht ein Schüttelfrost übermannt & ich dann wieder glühe, kann ich kaum schlafen. Es ist mir wohler bei Tag, wenn auch 4 bis 5 Anfälle mindestens & manche von längerer Dauer. Ich beginne nun viel daran zu denken, daß ich bei solchem Wetter ausgehen werde, aber Du hast mir ein Maß an Arbeit gegeben. Mir mundet nichts, als nur Du & nehme ich nur ein wenig Brot & in Wasser geweichtes Mehl, obwohl mir Franciso ein schönes Stück vom Wildbret gegeben hat, das ich früher mehr liebte als Schaf oder Rindfleisch.

Hier folgten mehrere Seiten, deren Eintragungen einzig aus Texten und Erklärungen von Bibelstellen bestanden. Pater Olguin überblätterte diese und schlug das Buch weiter hinten auf. Dort war ein Brief eingefügt, den Pater Nicolás an eine nicht genannte Person geschrieben hatte, vielleicht an einen Verwandten. Obwohl er den Brief schon gelesen hatte und auch ein- oder zweimal das ganze Tagebuch, sah Pater Olguin nun zum erstenmal, daß die Handschrift sich in gewissen kleinen Einzelheiten geändert hatte. Sie hatte ihre einstige Sicherheit verloren, diese gewisse Geduld und Intensität. Sorgfältig hob er den Brief mit beiden Händen und entfaltete ihn. Er war mit solchem merkwürdigen Eifer bei der Sache, als sei der Brief sein eigenes Erzeugnis und er wolle ihn als Testament und Zeugnis seiner Gläubigkeit niederlegen, damit er abgeschrieben und wieder gelesen werde in späteren Zeiten.

17. Oktober 1888

Mein geliebter Bruder J. M.,
Hab herzlichen Dank für die Bücher & Zeitung & Gott in Seiner unendlichen Güte wird Dir Deine Großherzigkeit entsprechend lohnen. Sei versichert, mein lieber Bruder, daß es mir so gut geht, als den Umständen nach möglich ist. Dies ist ein großes Wunder. Ich sehe in meinem Tagebuch, daß es 10 Jahre & mehr her ist, als Du zu mir kamst, um mir Deinen reichsten Segen zu spenden auf mei-

nem Totenbette. Ich bin wahrhaftig ein Lazarus & Du bist mein Zeuge dafür. Du magst wohl mit mir sagen, wie geschrieben steht Kor. I.: O Tod, wo ist Dein Sieg? O Tod, wo ist dein Stachel? Aber in all der Zeit habe ich doch nicht meine ganze Kraft wiedererlangt & dieser sehr finstere Engel ist keine Stunde lang aus meiner Nähe gewichen. Ich beobachte ihn, ob er mir näher kommt, er aber spottet meiner und läßt auf sich warten. Er zögert, Bruder. Ich bin für ihn ausgesondert, das weiß ich. Ich muß annehmen, daß Du mich für einen Phantasten hältst. Hör mich an, Bruder, ich habe ihn Deinen Namen sprechen hören. Du freust Dich, mir mitzuteilen, wie Dir alles gedeiht, aber Deine Zeit wird kommen. Sei weise und nimm tagtäglich Abschied von Deinem Weib Catherine, denn ihre Zeit wird kommen & die Zeit Deiner Kinder wird kommen.

Hör zu, ich habe Dir von Francisco berichtet & habe recht behalten. Er ist böse & will mir übel & dies, nachdem ich sein Leben lang freundschaftlich an ihm teilnahm. Bewahre dies auf, was ich Dir schreibe, damit Du ihn zur Verantwortung ziehen kannst, falls ich sterbe. Er ist einer von jenen & geht oft in die Kiva & legt ihre Hörner an & ihre Tierhäute & betet die Schlange an, die gar unser Einer uralter böser Feind ist. Dennoch schämt er sich nicht, bei mir den Sakristan zu machen & ich, Bruder, habe große Furcht, es ihm zu verbieten. Ich glaube, auch Du wirst es als Schmähung empfinden, zu hören, daß er die Patene & die geweihte Hostie an sich bringt, um mich so in den Augen meiner Feinde zu entwürdigen. Wo bleibt er, der Hochheilige Geist, daß er nicht in jenem Augenblick zerschmettert wird? Ich warte stündlich drauf und bin enttäuscht. Warum werde ich, der unfähig ist, auf Betrug zu sinnen, also betrogen? Ich täusche mich nicht, daß er bei Porcingula Pecos gewesen ist, die ein schlechtes Weib ist, wie Du mir glauben kannst & nun ist sie bereits hochschwanger davon & vermutlich außerdem krank, Gott gebe es! Er war ein so hübsches Kind & ich liebte es, mit ihm zu spielen und ihn danach zu kitzeln, daß er lachte. Habe ich Dir erzählt, daß er einmal in den Fluß fiel & da war er nicht älter als 6 oder 7 & da ließ ich ihn die Kleider ausziehen & nackend am Feuer stehen & er zitterte & schämte sich sehr & brachte mir am nächsten Tage Pinones von den Bergen mit?

Warum hast Du mir nicht das Rasiermesser und den Streichriemen gesandt & ein wenig Geld? Ich hatte darauf gewartet. Die Klinge, die ich besitze, wie ich Dir schon sagte, taugt nicht mehr viel & ich habe nur ein Stück Kuhhaut & das ist voller Wülste & Löcher. Ich kann darauf keine scharfe Schneide erzielen & mißhandle mein Ge-

sicht sehr & bin gezwungen, mir aus Wurzeln eine sehr armselige Seife herzustellen. Gewiß ist es von übel, wenn man bettelt & Du hast Dich gewiß selbst als mein Wohltäter eingesetzt. Du begehrst sehnlich meinen Platz bei IHM & suchst darum ein gutes Wort von mir zu erlangen, nicht wahr? Sei aber meiner gütlichen Fürsprache nicht allzu sicher, Bruder, ehe Du nicht Schätze zu Deinen Gunsten angehäuft hast. Ich habe noch Freunde und Beschützer, die hoch über Dir stehen, sei dessen versichert, & diese haben mehr Anspruch darauf & wenn ich ehrlich bin, weiß ich nicht, wie ich Dich noch unterbringen soll. Du solltest lieber ernstlich darüber nachdenken, wessen ich bedarf und wessen Du selbst. Vertraue Dich mir ruhig an, sollte es so sein, daß Catherine Schlechtes über mich spricht. Es wird Dir und Deinen Kindern vergolten werden. Ich glaube, daß sie mich überall verleumdet, aber nur Du kannst mir mitteilen, in welcher Weise sie es tut & ich will Dich überdies segnen & weiß wohl, daß Du mein geliebtester Bruder & Freund bist. Du weißt, daß ich Dich erretten kann. Ich habe lange darüber nachgedacht, obwohl es ein schwieriges Unterfangen ist, aber letzten Endes doch nur eine Kleinigkeit für mich.

An manchen Tagen erscheint Er mir als ein Licht ohne Lichtquelle, das sich erhebt aus Seinem Bildnis neben meinem Bett & dann erfaßt es mich und auch ich leuchte auf wie ein Blitz. Ich denke, daß Er mich tröstet, aber ich bin nicht getröstet, so sehr ich es ersehne – mehr als alles andere. Er gebietet mir, meine ganze Liebe in Worte zu fassen, aber ich vermag es nicht, denn gerade dann bin ich zu sehr niedergedrückt von der ganzen Bürde & bin unter der Last verstummt, als läge ein kleiner Berg auf mir & so kann ich gar keine Hilfe aus dem ziehen, was mit mir geschieht. Dennoch vernehme ich es innerlich, den Schrei, der mir auferlegt ist & in mir verharrt & ich wundere mich hinterher, wenn Er mich wieder verlassen hat, ob Er denn wirklich da gewesen sei. Also schwer straft Er mich & ich richte meinen Sinn ein wenig daran auf, denn gewiß würde ich nicht zugleich gestraft und verdammt sein. Du siehst also, daß dem so ist. Du siehst sicherlich ein, daß kein Zweifel daran besteht.

Würdest Du mir die Güte erweisen, zu bezeugen, daß Du es siehst? Für mich ist es keine Selbstverständlichkeit, wie denn auch, aber ich wäre froh, wenn Du mir sagen würdest, es sei gewiß so, Du denkst recht & bist keineswegs getäuscht worden. Soviel schulde ich Dir, um einzusehen, daß Du Dich zu Recht darauf verlassen kannst & auf andere Dinge, die Deine Seele bewegen.

Oh, wie freue ich mich, zu hören, an welchen Neuigkeiten Du mich teilnehmen läßt & versäume nicht, mir einen kleinen Teil dieser Dinge zu berichten, die Dich & Deine gute Familie ergötzen. Gerne sinne ich darüber nach & gebe meinen Segen dazu von ganzem Herzen. Von Herzen biete ich Dir und den Deinen die freundlichen und aufrichtigen Dienste

Deines demütigen Bruders
N. V.

Als Pater Olguin auf solche Weise dem Heiligen ins Herz geblickt hatte, fühlte er sich getröstet. Genau dies hatte er erwartet, einen besonderen Aspekt seines eigenen Geistes, eine kleine, harmlose Ekstase. Natürlich war er darüber auch beunruhigt; dazu war er verpflichtet. Aber ihm war diese Gabe zuteil geworden, tatsächlich die Gnade, an der Heiligkeit eines anderen Menschen teilzunehmen, und er würde sie gut brauchen können. Er legte den Brief wieder hinein und schloß das Buch. Nun würde er schlafen können, und ab morgen würde er eine beispielgebende Persönlichkeit werden, ein Beispiel für die Stadt. Er würde den Stadtbewohnern, indem er unter ihnen weilte, die Ordnung des Fleißes und des inneren Friedens schenken. Er schloß das gesunde Auge, das andere stand einen Spalt breit offen und starrte glanzlos ins gelbe Licht, der Augapfel war hart und opak wie ein Klumpen eingefrorenes Knochenmark.

Als Angela in jener Nacht heimfuhr zum Benevides-Haus, war sie besonders empfänglich für die schwarze, stumme Welt des Cañons. Wie ein Sturzbach aus grauweißen verwischten Formen sausten die Straßenränder an ihrem Blick vorbei, wie unaufhörlich fallende Hagelkörner, die allzu rasch vom oberen Rand der Scheinwerferstrahlen herunterprasselten und im Nichts, im Kielwasser aus Schwärze verschwanden. Sie fuhr weiter und wußte, daß es nur der eigene Fahrtwind war vor den Scheiben, den sie in der kalten, schwarzen Stille erzeugte, die zwischen den Mauern des Cañons herrschte. Sie jagte auf etwas zu und vorbei, vermutlich ein Kater oder ein Fuchs, der rasch zur Seite sprang und sie mit seinem fremden, sekundenschnellen Blick anstarrte. Die runden Augen glühten vom Reflex der Scheinwerfer, und sie sah sie hinterher noch lange innerlich glühen, viel zu hell für Tieraugen, jedenfalls heller als die

Fenster des Benevides-Hauses, in denen sich ihr langsames Vorfahren und Anhalten nun spiegelte. Und dann das Ersterben des Fahrtwinds, das Verstummen des Motors und das Erlöschen der Scheinwerfer. Und als sie ausstieg und ihre Augen sich an die Dunkelheit gewöhnt hatten, stand da nicht mehr ein hohes, weißes Gebäude aus Stukkatur und Steinen, scharf abgehoben von dem Obstgarten mit seinem Laub, sondern eine schwarze, gleichsam von der Nacht aufgeworfene Masse aus Materie, aus Zeiten, die ebenso fern lagen wie jene, da der Cañon gewaltsam aufgeklafft war, mit seinen Schichtenlinien aus rotem und weißem und violettem Gestein, der jeden Tag wieder seine Farben und Formen verlor, daß nichts davon blieb als sein erschreckendes, massiges Vorhandensein und die Stille darüber. Dies hier war nicht mehr nur ein zufälliger Urlaubsort, und heute war nicht nur der zehnte Tag ihrer Anwesenheit, sondern das Reich für ihren nächsten Tag und den übernächsten und so weiter, so weit sie sehen mochte. Am Morgen würde sie von der Straße aus auf das Haus Benevides blikken, während des Spaziergangs den Fluß entlang von dort herübersehen und würde eine Orange essen oder sich einbilden, daß sie ganz zart die Regung des Lebens in ihrem Innern spürte. Sie würde in die Fenster und Türen hineinschauen und ganz genau wissen, wie ihre Tage und Stunden, oben und unten im Haus, ablaufen würden, und dies würde für sie der Beweis sein, daß sie hier existierte und existiert habe. Sie würde nachsehen, ob die Stockrosen sich unter den Bienentrauben bogen und wie die Vögel in der Dachtraufe lärmten. Sie würde das Haus bei Tageslicht betrachten. Genaugenommen war dieses Haus geheimnisvoll, genau wie sie selbst. Das war seine Eigenart, das Besondere daran: daß es die Welt abwies wie eine Gruft. Sie mochte drinnen sich räuspern oder schreien oder schweigen. Und das Haus Benevides, das sie vom Fluß aus oder von der Straße aus gesehen hatte, das sie auf Grund ihres Wunsches einfach in Besitz genommen hatte, dieses Haus würde zur Kulisse und Bühne werden, auf der Rechenschaft abgelegt wurde. Irgendwo in der Schwärze zirpten die Heimchen.

28. Juli

Der Cañon bildet eine Leiter, auf der man zum Hochplateau aufsteigen kann. Das Tal ist Ende Juli ausgebleicht, die Melonen und das Getreide sind reif, die Äcker bringen ihre Frucht. In der Luft liegt schon zart und trügerisch der Herbst – für das Land unten vorerst noch eine Illusion –, aber in den hochgelegenen nördlichen Gebieten erhebt sich ein Wehen, und auf den fernsten Gipfeln liegt es rot und gelb wie ein erster Verdacht. Die Stadt im Herzen des Tieflands, wo die Erde ein Kalkofen ist und die Ackerkrume vom Wind überallhin verweht wird, sieht aus wie ein im Tal verstreuter Haufen weißlicher Knochen. Und die Ernte ist kärglich, als habe es eben gereicht, damit das Saatgut nicht ausstirbt. Dieses Gebiet ist abgeschieden von allem außerhalb, im Norden und Westen durch gewaltige gegabelte Gebirgsketten, im Süden und Osten umgeben von Steppengebieten, wo nichts ist als Dornengestrüpp und glühende Luftsäulen, aber noch mehr abgeschlossen ist es von Zeit und von Stille.

Im Sommer herrscht hier wohl Leben – eine gewisse behutsame Geschäftigkeit entfaltet sich, und die warme Jahreszeit macht, daß Geruhsamkeit und Regsamkeit einander die Waage halten. Der Wüsten-Laufvogel bewegt sich wie die leibhaftige Eile und schießt in planlosem Zickzack hastig hierhin und dorthin oder nimmt jählings das Aussehen gewundener, aus der Erde starrender Wurzeln an, um in dieser für die Landschaft typischen Tarnstellung unbeweglich zu verharren, anscheinend für immer. Die Wachteln sind so schwerfällig, daß man sagen könnte, sie watscheln. Wenn es Abend wird, suchen sie Deckung, als gäbe es nichts, was sie aus der Ruhe bringen könnte, indem sie sich einfach mit ausgebreiteten Flügeln flach auf die Erde hocken. Jagt man sie dennoch auf, erlebt man mit eigenen Augen, daß ihnen nichts auf der Welt gefährlich werden kann: wie aus der Pistole geschossen sind sie weg, und man merkt nur am pfeifenden Schwirren und der vorbeischießenden Flugbahn, daß sie da waren.

Unzählige Pärchen weißer und rotbrauner Falken steigen in die Sonne empor, um zu jagen. Und wenn sich eines davon absondert und herabstößt, dann gibt es ein Totes im Land, denn zwischen der Beute und dem Erdloch, aus dem es sich wagte, stößt der Habicht wie das Schicksal zu; und dann wendet der andere Habicht, der Hühnerhabicht, am Himmel, unterbricht seinen Gleitflug und taucht nieder. Es heißt, daß die Falken, wenn keine Gefahr zu befürchten ist, im freien Land einen Tanz über dem Blutbad vollführen, indes das Opfer noch warm ist. In der heißesten Mittagsglut liegen die Klapperschlangen lang ausgestreckt in den Dünen, als hätte die Sonne sie aufgerollt und sich wie eine feurige Schnur auf sie gelegt, oder sie spüren plötzlich am Zittern der Luftschwingungen, daß irgendwo irgendwas los ist und schießen in Windungen davon, in zeitloser Schnelligkeit. Und bei Sonnenuntergang verkriechen sie sich ganz von selbst in der Erde, als seien sie hoffnungslos dazu verdammt, in der Unterwelt zu weiß Gott welcher Rechenschaft gezogen zu werden. Die Coyoten haben fast die Gabe, sich unsichtbar zu machen, sie halten sich stets just außerhalb des Blickfeldes auf und huschen auf den Ebenen und Hochländern von Deckung zu Deckung. Und nachts, da ihnen die Welt allein gehört, unterreden sie sich unten am Fluß mit den Hunden, und ihre Stimmen sind schriller und schärfer und voll Autorität. Sie sind seither ein Konzilium von Clowns, aber man hört auf sie.

Weiter oben zwischen den Hügeln und Mesas und Sandsteinklippen gibt es Füchse und Raubtierkatzen und Berglöwen. Hie und da, bei Witterungsumschwung, wenn die Nahrung im Gebirge knapp wird, wandern auch der Bär und das Hochwild hinab in die Cañons. Einst gab es Wölfe in den Bergen, die ältesten Jäger der Stadt können sich noch an sie erinnern. Angeblich sollen es sehr viele gewesen sein, und sie kamen bei Nacht bis an die Feuerstellen der Jäger und hockten außen im dunklen Gehölz wie alte Männer, die sich nach einer Friedenspfeife sehnen. Aber es waren Prämien auf sie ausgesetzt, und sie wurden ausgerottet, und in einiger Zeit wird sich niemand mehr an sie erinnern können. Große goldene Adler nisten auf den allerhöchsten Felszacken der Berggipfel. Sie sind heilige Tiere, und eines von ihnen, ein gewaltiges Adlerweibchen, das vor Alter schon gezähmt ist, wird lebend in einem Käfig in der Stadt gehalten. Aber selbst so, seines weiten Himmels beraubt, steigt der Adler auf in der Phantasie der Menschen; eine

göttliche Heimtücke glitzert in den wilden Augen, eine gnadenlose Entschlossenheit. Der Adler beherrscht das ganze Land weit und breit, weiter als jedes andere Geschöpf, und es lassen sich alle Dinge aufs Einfachste zueinander in Beziehung setzen, indem man sie als Vorhandensein im vollkommenen Blick des Vogels ansieht.
All diese Tiere und natürlich auch die minderen Kreaturen, wie Eidechse und Frosch, Insekt und Gewürm, haben Anteil am Land. Die anderen, späteren Dinge – die Lasttiere und Tauschobjekte, die Pferde und Schafe, der Hund und die Katze – sind nur Eindringlinge, fremd und inferior, arm an Ausblick und Instinkten, und dadurch der wilden Natur entfremdet und Versuchungen erlegen. Sie werden auf diesem Boden geboren und sterben hier auch, aber danach sind sie verschwunden, als hätten sie nie existiert. Der Wind verweht ihren Staub, ihre Schreie hallen nicht wider im Regengeräusch und Flußrauschen, im Flügelschlag und im Sichaufrichten von Zweigen, die bei Morgendämmerung und Abenddämmerung vom Vorüberstreichen dunkler Schatten beiseite gebogen wurden.
Der Mensch stieg die Felsleiter zur Tiefebene herab. Das war vor langer Zeit, ganz allmählich erfolgte die Besiedlung, obgleich der Mensch doch nur aus seinen Höhlen in den Cañons kam und von den Gipfeln der nächstgelegenen Mesas. Auf den Hochplateaus findet man noch niedriges, zerbröckeltes Gemäuer, und in den Klippen gibt es rauchgeschwärzte Höhlen, in denen noch Geräte und zerbrochenes Geschirr und Getreideähren aus grauer Vorzeit liegen, als sei die prähistorische Zivilisation nur ein wenig fortgegangen in die nahen Hügel und werde bald nach Hause kommen; und dann würde alles wieder hergestellt werden, wie es in alten Zeiten war, und die Zeit würde in sich selbst münden, und der Alptraum der Invasion und der Veränderung würde sich in einer kurzen Stunde, knapp vor Morgengrauen, in Nichts auflösen. Denn auch der Mensch hat Anteil an dem Land; er hat in diesem Land schon vor fünfundzwanzigtausend Jahren gewohnt, und vor ihm lebten hier seine Götter.
Die Stadtbewohner sind sehr bedürfnislos. Sie jagen nicht hinter dem Fortschritt her und haben ihre Lebensweise im Grunde überhaupt nicht geändert. Die Invasoren brauchten

sehr lange, um sie zu besiegen; und heute, nach vier Jahrhunderten Christentum, beten sie immer noch in Tanoan zu den alten Göttern der Erde und des Himmels und bestreiten ihr Leben aus jenen Dingen, die da sind und immer für sie da waren; indes haben sie in all ihrem Stolz, anders zu sein, doch von ihren Eroberern einiges zum Vorbild genommen. Sie haben ihre Namen übernommen und ein paar äußerliche Gesten der Feinde, aber ihre ureigenste, verborgene Seele haben sie behalten; und darin liegt die Kraft zum Widerstand und zum Überdauern und der längere Atem für die Wartezeit.

Abel betrat den Cañon. Seine Rückkehr in die Stadt war gescheitert, so sehr er sich darauf gefreut hatte. Er hatte in den ersten Tagen wiederholt versucht, mit seinem Großvater zu sprechen, aber er war nicht imstande, sich auszudrükken; er hatte mit Beten und mit Gesang den alten Rhythmus der Sprache wiederzufinden versucht, aber er war aus der Harmonie gefallen. Und trotzdem war alles noch vorhanden wie eine Erinnerung, gerade noch in Hörweite, so als ob Francisco oder seine Mutter oder Vidal aus vergangener Zeit zu ihm redeten und die Worte von damals den Augenblick festgebannt hätten für die Ewigkeit. Hätte er es sagen können, ganz gleich was, in seiner eigenen Sprache – nicht mehr als die gewöhnliche Grußformel „Wohin gehst du?" –, die keinerlei Sein außerhalb des Tonfalls besaß, keine sichtbare Substanz, er wäre vor sich selbst wieder heil und ganz erschienen; so aber war er verstummt. Nein, nicht stumm – denn das Schweigen war immer noch der ältere und bessere Teil der Sitte –, sondern unfähig, sich zu verständigen.

Dort, wo das Pflaster sich ansteigend einem Hügel zuwand, verließ er die Straße und empfand plötzlich tiefe Erleichterung über seine Einsamkeit in dem sonnenerhellten Cañon und sein langschrittiges, leichtes Schlendern neben dem langsam ziehenden, glänzenden Fluß, dessen Wasser kühl und seicht und durchsichtig über den Sand strömte. Mit den Blicken folgt er den parallel zusammenlaufenden Kanten der Cañonwände mit ihren von der Ferne verdunkelten Konturen, die zuletzt von den waldigen Bergen abgelöst wurden, die vor dem Himmel aufragten. Riesige Wolken zogen blendend auf und segelten, schwer von Feuchtigkeit, über das Valle Grande. Und dann hielt er an, um aus dem Fluß zu trinken, und wandte sich um und sah das Tal unten liegen wie einen ausgedehnten Tümpel aus sonnenerhelltem Himmel mit roten und blauvioletten Bergen; und ringsum und aufwärts bis an den Gipfel des Kontinents war die Luft geläutert zu einer Essenz aus Sommer und Mittag, in der zwischen dem Gegenstand und dem Auge kein Raum lag.

Fast hätte er innerlich Frieden gefunden, so als habe er einen Schluck lauwarmen, süßen Wein getrunken, und für eine kurze Zeit vergaß er sich selbst. Er war mit sich allein, und er hätte gern aus der Buntheit des Cañons ein Lied geformt, so wie die Frauen aus Torreón auf ihren Webstühlen Gesänge aus buntem Garn woben, aber er konnte die richtigen Worte nicht finden. Es wäre ein Schöpfungsgesang geworden, er hätte ganz tief von jener ersten Welt gesungen, von Feuer und Wasser, und vom Auftauchen der Frühdämmerung zwischen den Hügeln. Und hätte er sich etwas zu essen für den weiten Weg mitgenommen, dann hätte es knuspriges Brot aus dem Ofen sein müssen, schwer und feucht und von verglühten Kohlenstückchen und Asche gesprenkelt oder eine bläuliche Kornflade voller Schrotmehl und süß vom Rauch.

So ging die Stunde des Mittags vorbei und die nächste brach an, und er befand sich eben unter einer alten Kupfermine auf der anderen Seite der Straße, die ebenso ein Gespenst war wie die uralten Städte, die über ihm und hinter ihm auf dem Grat lagen, preisgegeben an die Erde, die sie allmählich aufsog; verlassen inmitten der Rückstände eines frühen, rätselhaft überstürzten Aufbruchs: zerbrochenes Gerät, rot und vom Rost zerbissen; verkohltes und verfaulendes Holz; Tausende Splitter klaren grünen und bernsteinfarbenen Glases lagen dort auf dem aufgeworfenen Grund umher, als seien zahllose Legionen von Ameisen dagewesen, um eine Belagerungsstätte aufzurichten in Alesia. Das schwarze Antlitz auf dem Pfahl, etwas höher oben am Hang, wenn auch noch nicht so hoch wie der Fuß der sonnenbestrahlten Felsklippe, umrahmt von dem grauen Holz, erinnerte ihn an etwas. Es war dunkler als ein Schatten, und er wußte, ohne hinzusehen, daß keine Höhle und Felsspalte auf der gegenüberliegenden Wand ähnlich geformt war, es gab im ganzen Cañon kein Ding, das so scharf umrissen war. Er wandte die Augen wieder ab und blickte auf das ziehende Wasser, auf dem das Licht glänzte, und auf die kleinen Treibgutanhäufungen da und dort, die zwischen Steinen hängengeblieben waren oder auf und ab tanzten. Etwas weiter kam er zu einer Erhebung und erblickte die Siedlung an der Quelle mit ihren glimmenden Wellblechdächern, den lichten Obstplantagen und dem hohen weißen Gemäuer von Haus Benevides. Und da eilte er weiter.

Angela Grace St. John saß im Parterre und erwartete ihn. Sie wartete schon seit Tagen auf ihn, ohne die Tage zu zählen, wartete zwischen den Lichtfiguren in den Räumen, die am Nachmittag ein Labyrinth aus Farben bildeten, auf den Kanten der Gläser und Krüge glühten und auf der Glätte des Porzellans und der Politur des Holzes einen dunklen Schimmer weckten. Sie lauschte. Es gibt ganz und gar unbestimmbare Geräusche, die man leicht überhört: Wassertröpfeln aus einem Wasserhahn und Bienensummen, stetige, lange andauernde Arbeitsgeräusche, wo man nicht hinsieht. Auf dem Acker jenseits der Straße fuhr ein Traktor langsam auf dem Heuplatz hin und her. Sie war von dem Geräusch aufgewacht, obwohl es schon lang vorher ertönt war, und seither ging es weiter, nur hörte sie es schon eine Weile gar nicht mehr, und jeder der Tausende hohler Stöße der Maschine hallte weit über das Land hin und widerhallte. Und dann hörte sie plötzlich das Gatter aufschwingen und wußte, daß er es war. Und just da hatte sie kein Bedürfnis mehr, ihn zu sehen, und blieb reglos sitzen und lauschte.

Er arbeitete noch rascher als das erstemal, mit einer leichten Überspannung seiner Kräfte: vier, manchmal sogar fünf oder sechs schräge Axthiebe, eilig und ungleichmäßig geführt, dann eine kurze Pause und das Wirbeln der Späne und das blanke Holzscheit, das leichthin auf den Holzhaufen fiel und zu Boden klapperte und zugleich schon wieder das Scheuern des nächsten Klotzes auf dem Hackstock.

Später, wenn der Schatten im Cañon höher wuchs und die lange unechte Dämmerstunde anbrach, mußte sie wohl oder übel hinausgehen. Sie schloß die Türen ab und machte sich auf den Weg zum Bad. Die Wärterin dort legte schweigend die Handtücher in einer Kabine zurecht und ließ das dampfende Mineralwasser in die Wanne ein. Angela zog

die Vorhänge zu, entkleidete sich und legte sich ins Wasser. Nach einer Weile fühlte sie wohliges Erschlaffen und hörte nur noch den eigenen, langsamen und stetigen Atem und das Geplätscher des Wassers im gleichen Rhythmus. Sie ließ alle Anspannung mit einem tiefen Seufzer aushauchen und lehnte den Kopf hinten an den Wannenrand. Wie Treibgut hoben und senkten sich ihre Glieder im dampfenden Wasser. Die Füße und Knie waren von der Hitze gerötet. Sie spürte reine, warme Wasserperlen an den Augenbrauen entstehen, stillhalten und dann über die Schläfen hinabrinnen in das Handtuch, mit dem sie ihr Haar zurückgebunden hatte. Es tat ihr wohl, das Vergehen der Zeit nicht wahrzunehmen, tat wohl, sich in die Willenlosigkeit sinken zu lassen und für eine Stunde wenigstens dem vagen Vorgefühl der Beschämung zu entgehen, das in ihr auf der Lauer lag. Danach legte sie sich auf eine Pritsche, und die Wärterin wickelte sie in leichte Baumwolldecken und ließ sie schlummern.
Als sie zum Haus Benevides zurückkam, saß Abel still und gelassen auf der Veranda – anscheinend ohne zu warten. Der letzte Lichtstreifen war hinaufgewandert bis zur oberen Kante der Felswand im Cañon und erstarb soeben auf dem blutroten Felsen über den Bäumen. Die ungeheure Finsternis, die nun den Cañon füllte, war unerwartet kalt, weit kälter, als die Nacht sein würde. Ein blasser Halbmond stand frei am Horizont. Ein Kolibri schaukelte sich auf einem Bündel Schleierkraut unter der Traufe. Auch die Bienen waren noch nicht fortgeflogen.
Stumm ging er hinter ihr her ins Haus und durch die dunklen Zimmer. In der Küche drehte sie das Licht an und fuhr ein wenig zusammen, als es plötzlich hell wurde. Sie schenkte ihm Kaffee ein, und er saß da und hörte ihr zu und wartete auf gar nichts, sondern nahm nur leise ihr Elend an sich und machte es zunichte. Sie empfand Dankbarkeit – aber auch Verdruß. Dieses Platztauschen, dieses Die-Dinge-auf-den-Kopf-Stellen, das hatte sie nicht vorhergesehen, sie hatte sich gar nicht vorstellen können, daß er den Spieß umdrehen könnte. Sie hatte sich amüsieren wollen, nun aber war sie zugleich dankbar und ärgerlich. Und was sie am meisten betroffen machte und sie zwang, ihren Stolz aufrechtzuerhalten, war ein schwacher Lachreiz, kei-

neswegs so spöttisch, wie sie es vielleicht vorgehabt hatte, aber eine kalte, unsichere Munterkeit – und ein wenig Angst –, die von ihr Besitz ergriff. Die sonderbare Tatsache, daß sie sich schämte, wurde ihr überdeutlich bewußt. Sie war nicht ganz sie selbst, nicht das, wofür sie sich gern gehalten hätte, nicht so wissend und selbstsicher. Sie hatte nicht den Willen und die Kraft, mit einem Achselzucken über ihn hinwegzugehen. Und er saß da und sah sie an, ohne etwas zu erwarten, still und gelassen, instinktsicher, auf Grund eines Instinkts für die Machtverhältnisse und die Begierde. Und sie kreiste um diese kompakte Flamme.

Als sie seine Tasse und Untertasse blankwischte und wieder in den Geschirrschrank stellte, atmete sie kurz und stoßweise. „Nun, meinetwegen", sagte sie matt und seufzte. Dieses „Meinetwegen" bedeutete weder Zustimmung noch Resignation, es war nur gesagt, um irgend etwas zu sagen. Sie hatte gehofft, daß er nun auch etwas sagen werde, es hätte die Angelegenheit vereinfacht. Aber er sagte nichts.

„Abel", sagte sie nach einer kurzen Pause, „findest du mich hübsch?"

Sie war an die gegenüberliegende Wand getreten und wandte sich nach ihm um. Die Hände auf dem Rücken, lehnte sie sich an und warf den Kopf leicht nach hinten, um eine Locke zurückzuwerfen, die ihr in die Stirn hing. Nachdenklich sog sie die Backen ein.

„Nein, hübsch nicht", sagte er.

„Aber du möchtest mich gerne umarmen?"

„Ja."

Sie sah ihn prüfend an, diesmal ohne zu grübeln.

„Du möchtest es doch wirklich, oder nicht? Ja. Ich habe ja gesehen, wie du mich manchmal anschaust."

Er reagierte nicht.

„Und kannst du dir vorstellen", fuhr sie fort, „daß auch ich es gerne hätte?"

„Das weiß ich nicht", erwiderte er. „Aber ich glaube schon."

Angela blieb der Atem weg, und es dauerte eine lange Sekunde, ehe sie zu ihm hinüberging. Sie beugte sich hinab und küßte ihn, und er legte beide Hände um sie und zog sie an sich. Sie spürte die Kraft in seinen Händen und die Hitze seines Leibes. Seine Hände waren hart von der Arbeit

und rochen würzig nach Holz. Sie ergriff eine von diesen beiden Händen.
Sie führte ihn durch die Zimmer und die Treppe hinauf, rasch, rasch und lautlos. Im Korridor war es finster, aber in ihrem Zimmer brannte die Nachttischlampe. Das Zimmer war warm und voll breiter Schatten. Sie ließ seine Hand los und wandte sich ab, um sich auszuziehen. Er konnte ihr Spiegelbild, dunkel wie einen Schattenriß, in dem ovalen Spiegel an der Wand sehen. Als sie sich ihm wieder zuwendete, waren sie beide nackt. Sekundenlang standen sie einander unbeweglich im weichen, blauen Lichtschein gegenüber. Abel betrachtete sie aufmerksam, doch sie wich seinem Blick nicht aus. Sie war sehr bleich in ihrer Nacktheit, blaß und zartgliedrig. Aber der Körper war üppig und gerundet. Der Hals war lang, die Schultern schmal und spitz zulaufend. Ihre Brüste waren klein und etwas zu tief angesetzt, aber straff und spitz. Ihr Leib war leicht vorgewölbt, und die Schenkel wuchsen blendend aus den Hüften hervor. Ihre Beine waren schlank und wohlgeformt und standen ein wenig weit auseinander.
„Was wirst du mir tun?" fragte sie. Sie schwankte leicht, und ihr Mund war willenlos weich und offen. Das vom schwarzen Haar umrandete Gesicht und der Hals waren schön und edel gebildet.
Sie näherten sich einander, und Angela empfand mit dem ganzen Körper seine Magerkeit und Härte und Vitalität und die Wärme und Feuchtigkeit und die Erregung, die seine Haut spannte. Sie spürte seine Bauchmuskulatur und die Muskeln seiner Schenkel, die sich bewegten und an ihrem Körper spielten, und da rang sie nach Luft. Er ließ sie sehr vorsichtig auf das Bett niedergleiten und legte sich über sie. Er küßte sie auf die Stirn und die Augen und den offenen Mund, und langsam senkte sich das Gewicht seiner Schultern und seines Brustkorbs auf sie herab, bis sie meinte, unter der Last erdrückt zu werden.
„Gut, meinetwegen", wiederholte sie hastig und atemlos.
„Nein, noch nicht", sagte er, und sie erschlaffte sekundenlang und spürte, wie ihr Verlangen erlosch. O nein, o nein! dachte sie, aber dabei wußte sie genau, was er wollte. Seine Zunge und seine Fingerspitzen berührten sie überall, und ganz langsam weckte er die Erregung wieder in ihr und

machte, daß ihr Fleisch vor Verlangen glühte und sie am liebsten laut aufgeschrien hätte. Endlich richtete er sich auf, und sie legte sich für ihn zurecht. Sie stöhnte leise, und ihre Augäpfel rollten hin und her. Dunkel und breit war er über ihr, schwebend und gesprenkelt von bläulichem Licht. Und im Bruchteil dieses Augenblicks mußte sie wieder an den Dachs denken, dort im Wasser, und an den großen blauschwarzen, schnaubenden Bären.

Wie immer im Sommer überfiel der Abend die Stadt jäh und übergangslos. Und außerhalb der Stadt waren die Schatten der Hügel und Felder plötzlich zusammengewachsen und hatten das Dämmergrau überwältigt, bis das ganze Tal nur mehr ein weicher, grauer Schattenfleck war. Doch selbst um diese Zeit gab es noch die feinsten Farbschattierungen, reicher als die Tönungen des Himmels, der sich bereits gerötet hatte und wieder zu erblassen begann. Und die Pastellfarben der Felsbrocken und des Schlamms wurden fließend und weich, der Glanz auf den Blättern verblich.
In den Ähren erhob sich ein Flüstern. Der alte Mann hielt ein, die Fäuste um die Stiele der Harken geschlossen. Schon seit fast einer Stunde hatte er nicht mehr bis auf den Grund der Furchen schauen können und nur am Anprall der Harke erkannt, wie tief sie waren, er hatte es gespürt, wenn die Fransen und Quasten, die ihm von den Armen und Schultern baumelten, sie berührten beim Bücken. Schweiß trocknete auf seinem Nacken und Schlamm an seinen Füßen, und er rastete noch ein Weilchen, um den Augenblick hinauszuzögern, da ihm beim Aufrichten des Rückens und Zupacken der Finger wieder alles weh tun würde. Endlich richtete er sich aus der verkrümmten Haltung auf, streckte das Kreuz gerade und zog den verkrüppelten Fuß an sich. Das kostete ihn solche Anstrengung, daß er stoßweise ausatmete. Seine Hände ließen die Harke fahren, und sie fiel in die Armbeuge und blieb dort lehnen. Die Plackerei hatte noch lange kein Ende, er würde sich noch ein paarmal bükken müssen, etwa, um den Pferden die Beinfesseln zu lösen, und dann mußten seine Finger sich mühen, um sie über die Hufe herabzustreifen, den Bolzen des Leiterwagens packen und dann die Riemen und Schnallen des Pferdegeschirrs, dies noch dazu zweimal; er mußte noch Wasser

zum Trog schleppen, etwas von den Futterballen ausraufen. Daran dachte er allerdings im Augenblick noch nicht, er dachte jetzt einzig und allein an den Kaffee und das Brot daheim in seinem finsteren Zimmergeviert.
Aber – war es tatsächlich nur das Flüstern der Ähren? Irgend etwas durchbrach die Schicht seiner tiefen Müdigkeit, drang ins Bewußtsein und ließ ihn aufhorchen; vielleicht war es nur der Pfeiflaut eines kleinen Lebewesens, einer Feldmaus oder eines jungen Kaninchens gewesen. Die Luft war von der Abendbrise bewegt, sie stieß die langen Schäfte des Getreides zusammen und verursachte ein raschelndes Scheuern der Halme aneinander. Wenn die Dämmerung beginnt, hört man überall dieses Geraschel, mit dem die Halme sich aufrichten und zurechtschütteln für die Nacht … Aber das war es nicht, es war etwas anderes gewesen. Den Tag über hatte er seinen Gedanken freien Lauf gelassen, und sie verweilten wie gewöhnlich in der Vergangenheit, unbeeinflußt von seinem Willen, indes sein Bewußtsein trotzdem unaufhörlich durch ein dünnes Band der Aufmerksamkeit an die Arbeit gefesselt blieb. Die immer wiederholten, gleichmäßigen Schritte nach hinten Stunde um Stunde – das Aufblinken der geschwungenen Harke, die sich in den Boden biß, und gleich darauf das Einschießen des braunen Wassers in die frisch gegrabenen Löcher – in diesem engen Ausschnitt der Wirklichkeit war sein Geist pausenlos befangen gewesen, er mußte sich erst allmählich davon lösen und zu ihm zurückkehren. Aber nun, da die endlose Mühsal nahezu überstanden war, vermochte der alte Leib den Geist nicht mehr zur Konzentration auf etwas Bestimmtes zu zwingen, und so wurde ihm plötzlich hinterher bewußt, daß sich irgendwer in seiner Nähe aufhalten mußte. Er empfand etwas wie Anwesenheit. Und ebenso plötzlich wurde ihm klar, daß diese Anwesenheit schon eine ganze Weile andauerte, jemand hielt sich seit Minuten, vielleicht schon seit Stunden, in seiner Nähe auf, ohne näherzukommen, in drohender Unentschlossenheit verharrend. Es lag in der Luft, es legte sich auf die Pflanzen und das ganze Land ringsum. Er hielt den Atem an und lauschte. In seinen Ohren rauschte das Blut vor Übermüdung, aber sonst war nichts Verdächtiges zu hören, nichts als das leise Gluckern des Wassers, das Rauschen des Win-

des und das eilige Getrippel einiger Wachteln in den Furchen weiter hinten; und dann noch das dumpfe Blasen und Schnauben der Stuten im angrenzenden Acker, das ihn daran erinnerte, daß es spät geworden war. Trotzdem – da war noch etwas, etwas anderes, das nicht zu den gewohnten Geräuschen der Stille passen wollte: erregtes Atmen, von überallher zugleich, fast unhörbar zwar, aber doch unabweislich, selbst noch, nachdem es aussetzte. Er spähte die dunklen Ährenzeilen entlang – dorther war das Geräusch nicht gekommen, dort wurde keinerlei Anwesenheit fühlbar. Nichts, als die tiefschwarzen Ährenzeilen und Halmreihen, die vor seinem ermüdeten Blick bebten wie Wasser. Er war bereits zu alt, um sich zu fürchten. Das Fremde und Unheimliche weckte in ihm höchstens noch ein dumpfes Trauergefühl und das unbestimmte Verlangen, zu weinen, denn das Unglück hatte ihn seit jeher verfolgt, es war ihm nur zu gut bekannt. Er murmelte einen Segenswunsch über dem Getreide und griff nach dem Harkenstiel, dann schlurfte er zwischen den Getreidezeilen hinaus, auf das schwache Licht am Rand des Feldes zu.

Dort, wo er so lange gestanden hatte, sickerte das Wasser in die Vertiefung und floß über den Rand. Es breitete sich auf dem Boden aus und füllte die Doppelreihe seiner Fußabdrücke, wo die Absätze der Schuhe tief eingesunken waren. Schwarze Schlammstreifen zeigten an, wo er den Matsch von der Harke geschüttelt hatte. Und an dieser Stelle setzte nun der Atem wieder ein, ein vor Erregung rascher, stoßweiser Atem. Die halbblinden Augen starrten dem alten Mann, über dem offenstehenden Mund, blicklos nach, indes er den Acker verließ. Und hinter den dunklen Brillengläsern begannen die Lider hilflos zu flattern.

1. August

Drei Tage waren vergangen, und Pater Olguin ging wie immer seiner Arbeit nach. In diesen reifen Hochsommertagen sog er etwas weniger rastlos die kühle, abgestandene Luft des Pfarrhauses ein, und nach der Messe, um die Zeit, da sein Blut nicht so recht in Schwung kommen wollte und es ihm schwerfiel, sich zu konzentrieren und die äußeren Geschehnisse zur Kenntnis zu nehmen, vermochte er, sich rascher zu sammeln. Die Gnade der letzten Tage hatte es ihm möglich gemacht, alle Pfarrangelegenheiten ordentlich zu erledigen. Er war es zufrieden. Endlich war es ihm nun gelungen, der alten Siedlung ihren Lebensrhythmus abzulauschen, und so wußte er auch, wie er ihr seinen eigenen Pulsschlag anpassen mußte. Das bedeutete eine ernsthafte Befriedigung für ihn. Ehrfurcht, das war die Eigenschaft, die er seit jeher schätzte, und nun hatte er hier eine Heiligkeit gefunden, die tiefer hinabreichte, als er sich's bisher hatte träumen lassen – das feierlich-langsame, druidenhafte Wandeln einer Prozession aus Jahreszeiten durch die engen, alten Gassen.

Heute war der erste August, und da herrschte reges Treiben in der Stadt. Nur wenige der Männer gingen auf die Felder hinaus zur Arbeit, und die Frauen schossen herum, flink wie die Eichhörnchen; unter lebhaftem Schnattern liefen sie türein-türaus und von Tür zu Tür. Alles war von fröhlicher Eile und geräuschvoller Tätigkeit erfüllt. In den schimmernden Hitzesäulen über den Lehmziegelöfen stiegen Funken und Aschenteilchen auf, wirbelten herum und senkten sich über die Gassen, und der würzige Duft des Zedern- oder Gummibaumholzes wehte mit dem Rauch bis an den Stadtrand und weiter hinaus über das Tal, das in der Vormittagsstille ruhte. Und im Süden kamen schon auf der alten Landstraße nach San Ysidro die ersten gedeckten Planwagen in Sicht. Darin reisten die Ältesten der Karawane, die Abgesandten der alten Dîné, indes die späteren Nachkommen, die den ganzen Nachmittag und Abend über in die Stadt strömen würden, noch weiter hinten blieben, obwohl sie sich schon an der Kreuzung versammelt hatten und um Wein feilschten. Den ganzen Nachmittag über würden Wagen aus dem Süden hier eintreffen, so langsam, daß sie bewegungslos wirkten auf dem ebenen Gelände, aber sie wurden doch langsam größer, bis sich zuletzt die großen, grauen Planen wie Segel blähten und auf der fernen Ebene Gestalt annahmen, und dahinter, in den Zwischenräumen, kamen hagere junge Männer zu Pferde, die verschmutzt und besoffen auf den Pferden hingen; und die wunderschönen Mädchen mit der kerzengeraden Haltung, im Schmuck von Silber und Baumwollsamt, die in der Sonne leuchteten, die geschmeidigen, schlanken Mädchen, die im Sattel aufgewachsen waren; und die hechelnden Hunde. Und später, wenn sie ihre Pflicht getan hatten, würden die Stadtkinder hinausrennen, um zuzusehen, und würden die Zäune entlang Aufstellung nehmen und hurra schreien und streiten; und es würde das seit jeher gebräuchliche Gelächter und Erstaunen geben. Das Ende des Zuges bildeten dann die Narren, die eine armselige Karikatur des Stolzes darstellten: die verfetteten, degenerierten Squaws, sinnlos betrunken, und die traurigen, mürrischen Stutzer, die sich anhängten. Die man aber jetzt zu sehen bekam, das waren die Stammesmitglieder, die weisen Bewahrer eines alten, geheiligten Bündnisses, die gekommen waren, um die Qual des Wiedersehens und der Zuflucht für ein weiteres Jahr zu verlängern.

Als Pater Olguin später dabei war, Honig aus den Bienenkörben zu nehmen, und der allgemeine Tumult das Summen der Bienen übertönte, mußte er an Angela denken. Er konnte dies nun schon ohne jene gelinde Erregung, die sie anfangs jederzeit in ihm erweckt hatte. Gewiß, er war sich ihrer Weiblichkeit bewußt, aber sie irritierte ihn nicht mehr. Und sie hatte stillschweigend dazu beigetragen, den Abstand zu wahren. Wie sollte man ihr Schweigen sonst auslegen? Sie war fähig, Respekt zu empfinden. Nun, gut, er würde ihr mit gleicher Münze lohnen, er würde ihr sofort entgegenkommen, nun, bei dieser sicheren Gelegenheit, schlicht seinen guten Willen zu zeigen. Des Alleinseins sicherlich ungewohnt, würde sie sich zweifellos hier einsam fühlen – nun, so mochte sie einfach ohne jede Einschränkung an seinem Glück teilnehmen. Sie würde begreifen, wie beschäftigt er war, wie ganz und gar seinem außergewöhnlichen Glauben ergeben, und sie würde ihn darum beneiden – vielleicht weniger um seine Erfahrungen, als

vielmehr um seine Möglichkeiten. Die Vorstellung ihres Neides freute ihn, und er ging summend in den Zimmern umher, bis es Mittag wurde, und dann läutete er lang und laut zum Angelus.
Der allgemeine Tumult legte sich auch nach dem Mittagessen nicht, obwohl dann meistens die Stille spürbar über der Stadt lag, aber heute hörte das Lärmen nicht auf, es nahm sogar noch zu. Der gewohnte Trubel des Tages dehnte sich weiter aus und vermittelte ihm das Gefühl einer nahe bevorstehenden Revolution, als sei eine neue und hastigere Folge von Ereignissen im Begriff, sich in der Welt durchzusetzen. Und dieses warnende Vorgefühl legte sich auch nicht, als er nahezu widerwillig aus der Stadt hinausfuhr, in den Cañon einbog und den Trubel des beginnenden Festes hinter sich ließ. Eine seltsame Maßlosigkeit hatte ihn ergriffen, eine unterschwellige Heiterkeit wie ein Feuer.
Hoch am Horizont, hinter den nördlichen Spitzen, stand eine Reihe von Gewitterwolken. Sie waren so fern und so immer schon da am äußersten Rand des Gesichtsfelds, dunkel und unbeweglich und irgendwie polar und nächtlich. Er behielt sie im Auge und fuhr schneller, als hoffte er halb und halb, dem Regen auf die Spur zu kommen. Das Regengespenst im August ist das gefilterte Licht über der Landschaft, eine kristallische Schärfe der Felspartien und ein steriler, fremdartiger Schimmer auf dem Fluß und dem Laub. Eine ungewisse und zaudernde Verfinsterung des sommerlichen Himmels macht, daß sich ein dünner und farbloser Glanz auf dem Sand und den Klippen und den bestaubten Zedern- und Pinienästen niederschlägt; und in der Luft liegt etwas wie vergeblicher Widerstand.
Dach und Mauern des Benevides-Hauses leuchteten in der Sonne. Er bremste und bog in den Weg ein, der zu der mit weißem Kies bestreuten Zufahrt führte, in der es ein paar bräunliche Flecken harten Erdbodens gab und einzelne herausragende Felsrippen, die zu tief eingesunken waren, um sie herauszuschaufeln. Die Neigung des Bodens bis vor die Verandastufen war uneben, und der Kies rutschte ihm unter den Sandalen nach hinten weg. Um die Veranda summten bedeutend mehr Fliegen als sonst, und der wilde Wein läutete von Bienengesumm. Angela öffnete und nickte ihm stumm, einzutreten, sie lächelte in ihrer matten Weise, was

andeuten sollte, daß sie geistesabwesend oder zumindest soeben in Gedanken versunken gewesen sei. Hätte er auch nur den geringsten Verdacht gehabt, er hätte es ihr ansehen müssen, daß sie erschrocken war, als sie ihn plötzlich vor sich sah, und auch eine gewisse beklommene Ruhe an ihr hätte ihm auffallen müssen. So aber betrat er ahnungslos das verdunkelte Zimmer, vor dem alle Sonnenblenden herabgelassen waren, und nahm Platz. Er setzte sich behaglich zurecht, wie daheim. Sie bereiteten alles vor in der Stadt, sagte er. Sie möge es sich ansehen.

Er hatte vor, sie von allem Anfang an offiziell zu behandeln, auf der Basis seiner eigenen Vorurteile: eine Eifersucht auf Äsop und den Kreislauf der Zeugung, eine instinktive Forderung, daß alles Geschichtliche nur Fabel sei. Und so fuhr er noch einige Minuten lang fort: Die Stadt, behauptete er – wenn auch weniger wortreich –, gehorche einem alten Sonnenkalender, in dem alle Advente und Leidenszeiten aller Gottheiten festgelegt seien, bis auf das letzte und leiseste Geflüster von Weissagungen und die genauen Tage und Jahre aller Verdammung und aller Erlösung. Sie hörte ihm zu. Sie lauschte und vernahm hinter seinen Reden das Geräusch des Donners und den Regen, der niederging auf Bergen, die meilenweit entfernt waren, das Aufreißen des Himmels und das Erzittern der Bäume. Sie hörte den Regenfall auf die Tannenzapfen schlagen und auf die immergrünen Dornen, sie hörte sogar, wie die schweren Zweige sich bogen, und sah Wasserflächen aufsteigen und über die schwarzen Schlünde rasen. Und all dies, indes er zu ihr redete und draußen die dörrende Hitze auf die Fenster und Mauern prallte. Sie war süchtig nach Regen. Ihre Augen brannten vor Begierde nach kühlendem Regen, und die Linien neben ihrem Mund vertieften sich. Urplötzlich verstummte er und ward sich bewußt, daß sie hinter ihm stand. Er drehte sich um und sah sie zum erstenmal an. Sie sah ganz klein aus in dem verdunkelten Raum. Er wartete, daß sie etwas sagen werde. „O Du, mein Gott", sagte sie lachend. „Ich bereue es von ganzem Herzen, wenn ich Dich beleidigt habe." Und sie lachte hart und scharf, aber es war nicht das Lachen der Verzweiflung, sondern einer fast zu beherrschten perfekten Bewußtheit der Person. Und genau das entsetzte ihn weit mehr als der Inhalt und der Spott in

ihren Worten. Er erstarrte vollkommen. Das ganze Zimmer war erfüllt vom Klang ihrer Stimme, die bis zum Überdruß weitertönte ohne jede Modulierung, noch lange, nachdem er sie vernommen hatte.
Als Pater Olguin danach wieder in die Stadt kam, wimmelte es in allen Gassen von Menschen. Kinder riefen ihm zu, und Tiere flüchteten erschrocken vor den Rädern des Wagens, Hühner und Hunde und Schafe. Er fuhr mitten hinein, und sie stoben auseinander. Er drückte auf die Hupe und riß den Wagen herum. Aus dem Augenwinkel sah er mit seinem gesunden Auge, wie ein kleines Kind zur Seite sprang und hinfiel. Es rollte auf dem Boden weiter und lachte. Es war, als widerhallte lautes Gelächter von allen Hauswänden und kreiste ihn ein. Er bog da und dort in Seitenstraßen ab, aber sie führten alle nur bis an eine endlose Reihe von steilen Tonwällen, und auf diesen Wällen hockten in Reihen Menschen, zahllose, grotesk anzusehende Menschen. Wohin er die Augen wandte, sah er Männer und Frauen, die vor Alter aufgequollen oder eingeschrumpft waren, rennende Horden von Kindern, die von der überschäumenden Lustbarkeit wie von einer Woge erfaßt waren; und in ihren Augen stand allenthalben der gleiche Ausdruck der Abwesenheit, es war das eine, immer gleiche zeitlose, blicklose Gesicht des von idiotischer Verzückung übermannten Geschöpfs. Furcht und Widerwillen befielen sein Denken. Der Wagen kam unter ihm ins Schleudern und schoß haarscharf um eine unübersichtliche Straßenecke, der Reifen auf seiner Seite drehte sich in der Luft, von der Kante des Randsteins spritzte Sand in den Blechkasten, der ihn ringsum und unten umgab; und da – dicht vor ihm die hohen, umkleideten Räder eines Karrens, die Eisenbänder um die Reifen und die schwarze Höhlung unter dem Karren. Er bremste gewaltsam und hörte die Reifen im Sand scheuern und einsinken, bis sie harte Erde griffen. Er spürte den Impuls wie einen Peitschenschlag im ganzen Körper, die gewaltige Wucht des Antriebs, der jäh gedrosselt worden war. Und danach das zitternde Verebben des Anpralls und das Hin- und Hergeschleudertwerden, nachdem die Wolke aus Staub und Gelächter sich über ihn gesenkt hatte, und da sah er plötzlich die Bretter der an dem Karren festgemachten Wiege. Genau über ihm, so nahe, daß nur die Fransen der

Kapuze dazwischen baumelten, sah er in Augenhöhe das Gesicht des Säuglings, der darin lag. Die winzigen Äuglein waren fast zu einem Spalt verengt von Fettpolstern, die Backen und das Kinn quollen über das an der Kehle eng zusammengebundene Wickelband hinaus. In nassen Ringeln klebte das Haar an der Stirn bis an die Augen, und das formlose Fleisch des Gesichts war schweißüberströmt und leuchtete kupferrot in der Sonne. Fliegen krochen ihm übers Gesicht und hingen in dichten Trauben rings um die Augen und den Mund. Unter den Fettpolstern zuckten die Muskeln krampfhaft, der Kopf drehte sich belästigt von rechts nach links und zurück, und das Kind wurde von einem ohnmächtigen, peinigenden Lachen geschüttelt. Dann verdeckte der niedersinkende Staub das Gesicht, und er hörte das schrille, nicht enden wollende Geschrei der Kinder, die im Chor brüllten: „Pater! Pater! Pater!“

Ein Donnerschlag krachte am Himmel und rollte über die Berge hin. Der Ton erfüllte, immer tiefer werdend, den Schacht des Cañons und brach sich in endlosem Echo an den Wänden. Ein flammender Blitz zerfetzte die finstere Regenwand und tauchte sie in unheimliches Licht, dann begann der Regen zu fallen, zuerst nur langsam und zögernd, dann aber erfüllte er den Cañon, die warmen Windstöße wurden schwächer, und der goldene Saum des Lichts zerging hinter Feuchtigkeitsschleiern und löste sich auf. Und hinter dem ersten böigen Windstoß zogen, vorläufig noch unsichtbar, wahre Sintfluten auf, angekündigt vom Geräusch einer Riesenturbine, vom Geheul des Windes und vom Rauschen des Wassers, das auf den Fluß und die Felsen prasselte, denn die kräftigen Aufwinde wurden, vom Regen herabgedrückt, zu Wirbelwinden und wühlten die Teiche und Tümpel auf, wobei sie die Wassermassen mit solcher Wucht gegen die Ufer warfen, daß ganze Erdklumpen abbröckelten und in die Tiefe glitten.

Ein Windstoß fing sich unter der Dachtraufe, und in den Zimmern im Haus Benevides geriet alles ins Zittern, dann wurde es pechschwarz darin. Angela richtete sich auf und wartete gespannt. Die Regentropfen fielen nur vereinzelt auf das Dach und schienen bereits nachzulassen, doch dann schossen die ersten breiten Wasserstrahlen aus der Traufe und fielen schräg auf den Ausguß, sie stiegen an der Nordwand höher, klatschten auf Scheiben und Dachrinnen wie Hagelkörner und vollführten ein ohrenbetäubendes Getrommel auf dem Blechdach. Das Unwetter brach mit solcher Kraft und solchem Getöse über sie herein, daß sie sich die Nägel in die Handballen grub und sich instinktiv zusammenduckte. Sie bog den Hals zurück und warf einen Blick auf die dunkle Decke, durch die so mächtiger Lärm herunterdrang. Der intensive Nachhall des Getöses schlug über ihr zusammen, und sie riß die Tür auf, um ins Freie zu sehen. Nichts war zu hören bei diesem Regenbrausen und Donnerhall, dessen dumpfes Krachen über ihr in der schwebenden Finsternis hing. Sie sah nichts, geblendet von dem Zucken der Blitze, betäubt von den verheerenden, grauen, schräg herabschießenden Fluten, die farblos, aber undurchdringlich waren, die alles Sichtbare in Wasserfransen auflösten und zersplitterten, daß ihr die Augen weh taten. Der erste, mächtige Ansturm des Windes kam und verging, ohne daß der Tumult nachgelassen hätte; die Tröge unter den Regenrinnen füllten sich und flossen über, dicke Regenschnüre hingen zwischen den Stockrosen und Minzen und peitschten die Erde, so daß die Wurzeln schon bloß lagen; die blanken, weißen Steine waren wie lasiert vom Regenwasserglanz, und der Weg war von breiten Regenlachen bedeckt; von jenseits des Weges tönte das dumpfe Rauschen des dahinschießenden Flusses herüber. Wieder erhob sich eine Sturmbö, der Donner krachte, und Regengüsse schlugen schräg im Cañon nieder. Es trieb sie in den offenen Vorbau der Veranda, prasselnd wie Schüsse prallten die Tropfen auf ihre bloßen Beine. Die tiefschwarze Wolkenbank am Himmel, aus der der Regen kam, schwoll und wallte und zog langsam unter den Felskanten der Cañonwände nach Süden. Und inmitten der kalten, immer dichteren Dunkelheit stand Angela, eingeschlossen von Geräuschen und Bildern des allgemeinen Aufruhrs, wie gebannt in der offenen Tür und sog den reinlichen Duft nach elektrischen Entladungen, der in der Luft lag, tief ein. Sie schloß die Augen, und das deutliche innere Bild des Regens, dessen Rauschen sie dabei vernahm, erfüllte sie gänzlich, es verdrängte jede andere Wahrnehmung aus ihrem Bewußtsein und löschte all die nichtigen und unzähligen

Befürchtungen aus, die sie in der Vergangenheit beherrscht hatten. Grelle Lichtkeile tanzten über ihre geschlossenen Lider, und wieder schlug die Lärmlawine über ihr zusammen.

Das Fest hatte begonnen, über der Stadt lag erwartungsvolle Stille. Der lahme alte Mann schlurfte am späten Nachmittag in seinen Mokassins und der weißen, für Zeremonien üblichen Hose ins Freie. Er wischte sich mit dem Ärmel die Augen trocken, und ein letztes, leises Wimmern entrang sich seiner Kehle. Ich bin schon zu alt dazu, dachte er. Er begriff nicht mehr, was geschehen war. Aber selbst sein Kummer war jetzt weniger deutlich, er war sozusagen geschrumpft, nicht anders als sein Bein im Lauf der Jahre allmählich eingeschrumpft war und nur noch hie und da, wenn es ihm durch einen ungewöhnlichen Vorfall wieder zu Bewußtsein kam, sich fühlbar machte bis an die Grenze des Schmerzhaften. Indes er unterwegs war zum Versammlungsort im Zentrum, von wo schon der Geruch nach Essen und brennenden Feuern und Festlichkeit herüberdrang, geschah es ihm, daß er sich fragte, worin dieser Kummer denn eigentlich bestehe, und da wußte er es selbst nicht mehr. Immer noch fuhren neue Karren ein, und er hörte das Gelächter, mit dem sie willkommen geheißen wurden, in Abständen aus der Ferne herüberklingen. Nun klang es fast wehmütig, gleichsam müde geworden und seltener. Es würde bald Zeit sein, daß der Stier der Pecos kam, die kleineren Kinder waren schon zu seinem Geleit versammelt. Aus den Eingangstüren, an denen er vorüberging, drang das seltsam gebrochene Reden der von altersher befreundeten Tanoan- und Athapascanmänner, mit englischen und spanischen Bruchstücken durchsetzt. Er roch das Aroma des kochenden Kaffees, und es tat ihm wohl. Aus dem süßlichen Duft nach Piki und dem Geruch der feuchten, aufgebrochenen Sotobalau-Fladen machte er sich weniger, das galt auch für den heißen Fettgeruch der Teigkuchen und der Bohnensuppe; denn alte Leute haben nicht mehr viel Appetit. Da waren die kleinen, offenen Feuerstellen an den Lagerplätzen der Karren schon besser, das war einmal etwas Neues, dieser süßliche Geruch, mit dem das Fett auf die glühenden Holzkohlen niedertropfte und verzischte, das

angesengte, überm offenen Feuer gebratene Hammelfleisch und geröstete Brot. Aber köstlicher als all diese Gerüche war die dicke, von Rauch geschwängerte Luft, die, langsam aufsteigend, Rauchschwaden in langen, dünnen Strichen hoch über den Dächern dahintrug und mit ihrer Dichte schon den nahenden Regenguß ankündigte. Die riesige Wolkenbank, die den Sturm in sich barg, verdeckte am Norden den ganzen Horizont mit tiefer Schwärze. Dort, wo sie sich in ihrer Mitte zu einem kompakten Klumpen verdichtete, sah sie aus wie eine zusammengerollte Schlange, die nun aus dem Maul des Cañons hervorschoß und sich über das ganze, warme, ausgedehnte Tal hin entrollte, um sodann langsam und unaufhaltsam näherzukriechen, über die dazwischenliegenden Entwässerungsgräben und die Hügel und Felder hinweg, die höher lagen als die Stadt. Und der alte Mann hatte als Bauer eine heidnische Vorliebe für Ernten und Regen. Und plötzlich stand auf dem feuersteinfarbenen Himmel, weitausgespannt über den ganzen Osthang der Tiefebene, ein klarer, deutlich sichtbarer, vollkommen gewölbter Halbkreis aus leuchtenden Farben: ein Regenbogen.
Er freute sich, mit dabei zu sein, umgeben von Rede und Festesfreude, und das Vorgefühl der Befreiung zu kosten, die der Regen über die Reihen aus Bohnen und Chillies und Getreide ausgießen würde; es war schön, zu sehen, wie alles wiederkehrte, das Wetter, Handel und Wandel und die Menschenansammlung in dieser Stadt. Er nickte den scheuen Navajo-Kindern zu, die sich in den Feldlagern verkrochen und schüchtern herausspähten, weil die alterskrumme Erscheinung sie erschreckte. Denn auch die Kinder waren Frucht und Ernte und bedeuteten in einem gewissen Sinn unbeirrbar die Regeneration seiner eigenen Gebeine, seines eigenen Blutes für ihn. Wenn es einen Stamm gab, der es verstand, schön zu sein, so waren das die Dîné. Da und dort sah er im späten, goldenen Lichtschein, der an den Mauern hinabfloß, die bunten Decken und den blinkenden Silberschmuck, der ihren Reichtum ausmachte: die glänzende Last ihrer schweren Spangen und Gürtel, Armbänder und Pfeilköcher, den Schmuck aus Kürbisblüten und lichtblauen Steinen. Hätte er irgend etwas besessen, was einen Tauschwert hatte, er hätte gern einen dieser Steine dagegen eingehandelt, einen der aussah wie das Ei

eines Rotkehlchens, ein mit Einschlüssen wie ein Spinnennetz überzogenes ovales Stück, das man als Schmuck an der Hand tragen konnte. Und er wäre gewiß gerissen und anscheinend desinteressiert beim Handel gewesen und hätte nicht draufgezahlt. Ein solcher Stein war eine Medizin, hieß es, er war imstande, einem das Augenlicht zu erhalten. Er konnte machen, daß ein alter Mann wieder gut sah. Es gab darüber weiß Gott wie viele alte Lieder.

Er erreichte das Zentrum, den geheiligten Ort. Gleich neben der Kiva, in der Mitte des nördlichen Endes, hatte man die Porcingula, Unsre Liebe Frau von den Engeln, erhöht aufgestellt. Die Kiva war ein kleines, grünes Gehäuse, ein Gerüst aus Holz und Draht, das mit frischen Zedern- und Pinienzweigen besteckt war. Er verneigte sich davor, obwohl zur Zeit noch nichts drinnen war als der kahle Altar und die Sitzbänke. Aber morgen würde die Kiva wunderschön geschmückt sein mit Kerzen und Tüchern und geweiht mit dem Weihrauch. Dafür würde er sorgen, schließlich war er der Sakristan. Zwei kleine Jungen mit Flinten würden am Eingang aufgestellt sein, und er würde sie daran erinnern, daß sie sich dieser Ehre würdig erweisen müßten. Und nach der Messe würde die wunderschöne Heilige Frau in einer Prozession aus der Kirche getragen werden, und man würde das kleine Pferdchen in die Kirche führen, um sie zu begrüßen, und es würde dann vor ihr her gehen bis zum Campo Santo und an ihrer Seite durch die Straßen tänzeln; und der Stier würde sich zwischen ihnen herumtreiben und sich drehen und mit den hölzernen Hörnern die Luft aufspießen, indes die Kinder mit den geschwärzten Gesichtern die Angreifer spielen und hinter ihm herlaufen würden, samt den Spaßmachern, und sie würden ihn auslachen und mit Schimpfworten anstacheln und ihm stets auf den Fersen bleiben. Die Heilige Jungfrau würde den ganzen Tag dort in ihrem Schrein stehen, während der Statthalter und die übrigen Würdenträger zu ihren Füßen saßen als Gefolge, und dann würden die Tänzer aus dem Melonenblütenstamm und dem Türkisstamm der Reihe nach auf der Spitze der Kiva erscheinen und in ihren prächtigen Feiertagstrachten vor dem Himmel zu sehen sein, bis sie dann die Leiter herabstiegen zur Erde, um vor ihr auf die Knie zu fallen.

Er hielt sich mit beiden Händen an den glatten Pfählen fest und zog sich von Sprosse zu Sprosse hinauf, und dabei achtete er genau darauf, den verkrümmten Fuß stets so niederzustellen, daß der Knochen wie ein Stock dazu diente, sein Gewicht in der Balance zu erhalten, solange er es darauf ruhen lassen mußte. Doch seine ganze Vorsicht hatte wenig Sinn, nicht so sehr, weil seine Kräfte ihn verlassen hätten, sondern vielmehr wegen der unbestimmten Zweifel und Ängste, die ihn seit einiger Zeit befielen wie ein Schatten, den das Greisenalter vorauswarf. Seine Arme und Hände waren kräftig, und die Schultern wölbten sich hinten vom Nacken an so stark, daß sein Rückgrat eine tiefe Rille bildete. Er kroch dicht an der hohen, steilen Wand der Kiva entlang und drückte sich mit der ganzen Körperfläche gegen die schrägen Seitenstäbe und die Sprossen der Leiter, und durch die fast kriechende Haltung wurde das Gewicht seines Oberkörpers beinahe gänzlich aufgehoben und hatte nirgends einen Schwerpunkt. Oben angekommen legte er die Wange an die oberste Sprosse und sah deutlich die grauen Knorren im Holz, das von der Sonne ausgedörrt und zersprungen war, und sah die vom Rost gerötete Metallschraube, mit der die Sprosse an den Seitenstangen befestigt war, tief ins Holz eingesunken, das dort vom Rost verfärbt war. Und nun vermochte er, ohne hinzusehen, nach oben zu greifen und sich an der Wand festzuhalten. Er zog sich hinauf und hinüber und blieb einen Augenblick stehen, um nach der Anstrengung Atem zu schöpfen. Der Regen hatte die Hügel über der Stadt bereits hinter sich gelassen, und der Himmel zu seinen Häupten verfinsterte sich. Er spürte die kreiselnden Windstöße über die Dächer fahren und hörte das ferne Blöken und Muhen der Herden, die vom Unwetter durcheinandergejagt wurden. Und unter sich spürte er die starken Balken der Kiva erbeben vom Donnergrollen und Trommeldröhnen. Er sah nach Süden und Westen, wo die Felder noch von der Sonne bestrahlt waren; als Muster aus Flecken lagen sie in einem Tümpel aus Licht; und dahinter war die schwarze Kontur der Mesa von einem Lichtstreifen gesäumt. Dann ließ er sich hinab in die geräumige, lehmige Finsternis des Innenraums.

Als er mit den anderen geweihten Männern wieder aus der

Kiva emportauchte, war die Abenddämmerung angebrochen, und der erste Regen fiel in alle Gassen, anfangs noch unregelmäßig, daß im Staub Tupfen und kleine Grübchen entstanden, die zu runden Flecken auseinanderliefen. Dann wurde der Regen feiner und gleichmäßiger, und die festgestampfte Erde des Zentrumsplatzes begann zu glänzen. Die Menschen waren vor die Türen getreten und blieben im Freien stehen, um den Regen zu erwarten. Er wickelte seine Decke fester um sich und schritt mit den anderen auf das Haus zu, aus dem das kleine Pferdchen, das man schon geschmückt hatte, kommen sollte. Als sie vor dem Eingang ankamen, öffnete er das Gatter, und das Pferd begann seinen Tanz. Zuerst fingen die Metallglöckchen an seinem Kragen zu läuten an, worauf der Trommler sogleich anfing, der Trommel mit den Trommelstäben ein unaufhörliches Dröhnen und Rattern zu entlocken. Das kleine Pferd kam ins Freie, in das schwache Dämmerlicht und den Regen, und der Trommler schritt mit den geweihten Männern hinter ihm drein. Das Pferd war ein uraltes Idol, ähnlich wie der schwarze Araber bei den Mauren, es hatte einen viel zu kleinen, zierlich geschnitzten Kopf, und der Nacken war übertrieben gebogen. Aber es war ein schönes, zerbrechliches Ding, und die Bewegungen des Tänzers hauchten ihm Leben ein. Die gescheckte Haut spannte sich eng und glatt über den Rahmen, und das Gestell saß auf den Hüften des Tänzers auf und schnitt ihn tief in die Taille. Er war es, der dem Gebilde Beweglichkeit und Geheimnis verlieh. Er war von Kopf bis Fuß schwarz gekleidet, und unter der bunten Decke, die von den Schultern und Hinterbacken des Pferdchens hing, sah man seine schwarzen Stiefel die Erde aufhacken mit so winzigen und raschen Bewegungen, daß man kaum mit den Augen folgen konnte. Sein ganzer Körper, wie auch der Körper des Pferdchens, befand sich in höchster nervöser Erregung, erzitternd wie ein Blatt bei heftigem Wind. Doch dieses seltsame, wilde Beben pflanzte sich nicht bis in den Kopf fort, der völlig reglos und geistesabwesend darüber zu stehen schien, ohne Anteilnahme, unsichtbar unter dem Schleier. Und der schwarze Hut, samt der schwarzen Maske unter dem fliegenden Schleier, der von Regen und Wind dicht an die Gesichtsknochen gepreßt wurde, bildete in der Dämmerung eine dunkle, reglose Sil-

houette, die frei auf dem Wirbel aus Bewegung dort unten zu schweben schien.
Die Medizinmänner führten den Vorsitz über das kleine Pferd, mit Gebeten und Federn, Blütenstaub und Mehl. Und von einer anderen Stelle der Stadt kam bereits, getragen von einer Woge aus Geräuschen, der Stier angerast. Die Spaßmacher waren ihm dicht auf den Fersen, und er machte eine Wendung, stutzte und duckte sich, fuhr wie ein Wirbelwind zwischen sie und rannte weiter. Und die Spaßmacher mit den schwarzen Gesichtern machten Jagd auf ihn und riefen ihm unanständige Scherzworte nach, während die kleinen Angreifer eine absurde Pantomime der Furcht vollführten, wenn sie sich an die Körperteile griffen, die angeblich durchbohrt waren und sich vor den Beinen des Untiers auf die Erde purzeln ließen. Und der Stier war ein trübseliges, unglaubhaftes Ding, ein rohes, notdürftiges Gebilde, als Totem und Symbol für übermütige Scherze und Entzücken gerade gut genug. Er hatte nichts Geheiligtes, nichts von der sakralen Haltung und Bewegung eines Kentauren, einzig böse sah er aus. Er bestand aus einem großen hölzernen Skelett, mit einem losen Überwurf aus schwarzem Baumwollstoff bedeckt, den man mit zahllosen weißen Ringen wie Brandmarken bemalt hatte. Seine Hörner bestanden aus einem Holzscheit, das waagrecht auf dem mit Schaffell bezogenen Kopf abstand, die Augen aus schwarzen Blechknöpfen, und die Zunge war ein Streifen verblaßten, roten Stoffes. Aber es gehörte Mut dazu, den Stier zu spielen, diese Aufgabe hatte etwas von primitiver Agonie an sich, man war eine Art Opfer, Gegenstand der Belustigung und des Hasses; und dies um so mehr, als die Männer der Stadt heutzutage die alten Sitten nicht mehr so ernst nahmen; sie waren gleichsam aufgeweicht und zweifelhaft geworden. Oder aber, sie waren einfach zu alt. Der alte Mann vernahm das Geschrei der Spaßmacher. Ohne den Kopf zu wenden, erkannte er daran, daß der Stier den Hauptplatz erreicht hatte und sich hinter ihm befand, innerlich sah er ihn deutlich vor sich. Da mußte er an Mariano denken und an das Rennen. Der Regen und die Kälte ließen ihn an vergangene Zeiten denken: Es war im Morgengrauen gewesen, Schneetreiben hatte begonnen, und seine Beine waren noch gesund. Und er rannte gesund und

in tadellosem Lauf auf die Stadt zu. Und dann war er, ein anderes Mal, der Stier gewesen – vielleicht sogar zwei- oder dreimal. Er wußte nicht mehr, wie oft, aber er wußte, daß er seine Sache gut gemacht hatte. Weit vorgebeugt unter dem Abbild des Stiers, das er auf dem Rücken trug, hatte er ihm dabei täuschend ähnlich das Haupt zum Angriff gesenkt, und sogar in dieser anstrengenden Haltung wäre er noch imstande gewesen, den Spaßmachern ohne Mühe zu entkommen, wenn er gewollt hätte. Doch daran wollte er jetzt lieber gar nicht denken. Würdevoll und ernst erbebte das kleine Pferdchen vor ihm, und der verschleierte Reiter hielt den vornehmen Kopf hoch aufgerichtet und die Kruppe waagrecht, ohne den ihm obliegenden Anschein der Lebendigkeit auch nur vorübergehend einzubüßen. Die schwarze Mähne und der Schweif wurden stolz zur Schau getragen, obwohl der Regen darauf niederprasselte. Das kleine Pferd drehte sich bald hierhin, bald dorthin, und die Ältesten der Stadt nahmen es in die Mitte und salbten es. Der Kazike sagte einen Spruch und bestreute es mit Mehl. Und die Einwohner der Stadt samt den Gästen der Stadt hockten im Regen und sahen zu. Der Stier aber rannte durch die Straßen, verfolgt von den Spaßmachern und der Antilope.

Allmählich ließ der Regen etwas nach. Als es Nacht wurde, zogen die letzten Ausläufer des Gewitters über der Ebene ab. Die letzten Karren hatten die Kreuzung hinter sich gelassen, bei Paco waren nur drei oder vier junge Navajos zurückgeblieben, von denen einer in sinnlos betrunkenem Zustand in seinem eigenen Erbrochenen auf dem Fußboden lag. Die anderen lümmelten schweigsam und mißgelaunt herum, lehnten sich an die Bartheke, schnauften und vermochten die Weingläser nicht mehr an die Lippen zu führen.

Der Boden der runden grünen Flasche war noch von einem Rest des kostbaren, süßen Rotweins bedeckt, in dem die dunkle Wölbung des bauchigen Glases sich spiegelte und auffunkelte wie ein Smaragd. Die grüne Flasche stand mitten im gelblichen Lampenschimmer vor ihnen auf dem Bartisch, sie brauchten nur danach zu greifen. Sie aber starrten sie in ohnmächtigem Erstaunen an. Abel und der Weißhäutige würdigten sie keines Blickes. Sie führten mit leisen

Stimmen eine Unterredung und setzten die Worte so wohlüberlegt, als habe jedes Wort eine seltsame, hintergründige Bedeutung. Der Weiße lachte ab und zu, und sein Lachen kam jedesmal etwas zu hoch heraus und endete mit einem sonderbar unmenschlichen Kreischen – als habe es ihm den Schmerz abgepreßt. Es war das kreischende Gelächter eines alten Weibes, dünn und kraftlos wie Wasser. Es entstand ganz vorn in dem großen, bösen Mund zwischen Zungenspitze und Vorderzähnen und kam flach zwischen den bläulichen Lippen hervor und erstarb ohne Widerhall. Aber der Mund hing hinterher weiterhin offen, obwohl er keinen Laut mehr entließ, und der große Leib zuckte noch, und die weißen Hände waren von einem hilflosen Zittern befallen. Jetzt wurden die Navajos auf ihn aufmerksam. Und Abel lächelte unentwegt; er nickte und verstummte; und sein Lächeln war dünn und ihm selber nicht bewußt, eine harte, durchsichtige Maske schien über seinem Mund und seinen Augen zu liegen. Er wartete, bis ihm der Wein richtig ins Blut ging.

Und dann war es soweit zwischen den beiden. Sie traten hinaus in Dunkelheit und Regen. Sie überquerten die Überlandstraße und schritten hinaus in die Dünen. Matt schimmerten die Lichter der Kreuzung aus der Ferne herüber, hinter den kreiselnden Nebelschwaden flackerten sie wie Kerzenflammen. Auf halbem Weg zwischen dem Fluß und der Landstraße blieben sie stehen. Nicht weit von ihnen ragte eine Telegraphenstange, glänzend wie Kohle, in den Himmel. Lautloses Schweigen ringsum, nichts als das Geräusch des Regens und das Jammern des Windes in den Telegraphendrähten. Abel wartete. Da hob der Weiße beide Arme, als wolle er ihn umschlingen, und griff an. Doch Abel hatte blitzschnell nach dem Messer gegriffen und es aus der Scheide gezogen. Er hing in den Armen des weißen Mannes und stieß ihm das Messer unter dem Brustbein in den Magen und dann seitwärts. Die Fäuste des Weißen lagen auf Abels Schultern, und er stand sekundenlang wie erstarrt still. Sein Gesicht war ohne jeden Ausdruck, bar von Zorn oder Schmerz, es zeigte die immer gleiche durchscheinende Blässe, und der Mund schien ein wenig verzerrt von Kummer und Erstaunen, das sich unsichtbar hinter den dunklen Gläsern fortsetzte. Er schien über Abel hinweg in die Dunkelheit und den Regen hinaus zu blicken, in eine schwarze Unendlichkeit aus Rauschen und Schweigen. Dann schlossen sich seine Hände, und er preßte Abel fester an sich. Abel hörte seinen merkwürdig aufgeregten Atem, das hastige, schnaufende Ausatmen an seinem Ohr, er spürte die blauen, zitternden Lippen auf seinem Körper und spürte sogar die rissigen Stellen auf diesen Lippen und die heiße, nasse Zungenspitze, die sich wand. Ihm wurde übel vor Abscheu und Entsetzen, und er wollte sich losreißen, aber der Weiße hielt ihn fest. Die weiße Fleischmasse neigte sich nach vorn und wollte ihn zerquetschen. Er zog das Messer heraus und stieß nochmals zu, etwas tiefer unten, in die Weichen. Er stemmte mit angespannten Arm- und Rückenmuskeln das Messer ein und zog ihm die Schneide quer durch die Gedärme, daß das Fleisch klaffte und das dampfende Blut über seine Hand schoß. Aber die weißen Hände lagen noch immer über ihm, als wollten sie ihn segnen, und immer noch lastete der gräßliche, starrende Kopf auf ihm, dessen Blick auf irgend etwas weit jenseits, weit hinter ihm, gerichtet war. Dann neigte sich der Kopf leicht, als wolle er ihm etwas zuflüstern, was die Dunkelheit und der Regen nicht hören sollten, das bleiche Fleisch des Antlitzes zuckte krampfhaft, aber der immer noch weit offen hängende, große blaue Mund brachte keinen Laut hervor. Die weißen Hände packten Abel und preßten ihn noch fester an sich, und die furchtbare Kraft dieser Hände ließ sich nur durch Abels Widerstreben annähernd ausgleichen. In seinem Entsetzen blieb ihm nichts übrig, als das Messer zu gebrauchen. Er stach auf die gewaltigen weißen Arme los, und da löste sich endlich der Zugriff der Hände, und der Weiße taumelte rückwärts und stieß ein erschöpftes Wimmern aus. Abel ließ das Messer zu Boden fallen, und der Regen, der darauf fiel, wusch es rein. Als er aufblickte, stand der weiße Mann immer noch aufrecht da, immer noch angespannt und wartend auf etwas hin gerichtet, das er in einiger Entfernung zu sehen schien. Doch nun schien er rasch zu verfallen und zu altern. In dem Augenblick, ehe er niederstürzte, richtete sich sein riesiger, weißer Leib nochmals gerade auf und schien das Alter und das Gewicht abzuwerfen; er wurde zusehends biegsamer, dann sank er langsam zu Boden, als hätten sich seine Knochen aufgelöst.

Und nun fiel alle Furcht von Abel ab, ein Gefühl des Staunens und der Anerkennung überkam ihn. Immer noch auf der Hut und mit gespannter Aufmerksamkeit näherte er sich und kniete im Regen nieder, um zu sehen, wie sich auf das Antlitz des weißen Mannes der Tod herabsenkte. Er nahm die kleine, dunkle Brille sorgfältig von dem Gesicht des weißen Mannes und legte sie beiseite. Die Augen des weißen Mannes waren starr geworden, und der Regen konnte ihnen nichts mehr anhaben. Der eine Arm lag seitwärts, in rechtem Winkel vom Körper fortgestreckt. Abel kniete innerhalb dieses hellen Dreiecks, das der weiße Mann im Tod bildete. Der Ärmel war aufgeschnitten, und der ganze, lang ausgestreckte Arm, samt der Handfläche, lag frei. Und dieser weiße, unbehaarte Arm schimmerte wie ein Fischbauch, und die schwärzlichen Nägel an seiner Hand sahen aus wie eine Kette aus schwarzen Steinen. Er kniete lange so, über den weißen Mann gebeugt, im Regen und starrte auf ihn herab.

2. August

Das Klingeln des Weihrauchfasses und das Trommeln war zu hören. Die Prozession, Männer und Frauen, wand sich, von der Kirche ausgehend, durch die Gassen. Die Statuette schwebte hoch über dem Zug und leuchtete in der Sonne. Auf ihrem Weg tanzte das kleine Pferdchen, und der Stier lief herum und wandte sich zum Stoß. Und die Sonne stand hoch, und das ganze Tal erglänzte, und die Felder sahen leuchtend und reingewaschen aus vom Regen.
Etwas später trat die Reihe der Tänzer aus der Kiva. Sie tanzten in zwei langen Reihen, und die Flaschenkürbisse und die immergrünen Zweige in ihren Händen tauchten im Takt des Gesangs und der Trommeln auf und nieder. Ihre Füße stampften den Boden in exaktem Rhythmus, ihre Augen waren feierlich und ernst geradeaus gerichtet. Und der Klang des tiefen, einstimmigen Chors übertönte den Tanz, er übertönte auch das Tal und die Weite der Erde, einig und unerforschlich und immerdar.
„Abelito." Der alte Mann Francisco war mit dem Karren unterwegs auf die Felder. Die Zügel lagen lose auf den Flanken der Stuten, aber die kannten den Weg ohnedies und gingen ganz von selbst an den Fluß hinab und zu den Feldern. Der Fluß trug viel Wasser. Sie zogen den Karren hinein und tranken davon. Instinktiv und ohne einen Gedanken daran zu wenden, wußte der alte Mann die Stelle und sah nach dem Schilfstengel. Der war zwar noch da, aber als das Wasser im Fluß anstieg und ihn erreicht hatte, war die Falle aufgeschnellt. Schräg neigte sich das Schilfrohr über die Wasserfläche, und die zierliche Schlinge hing wie ein Spinnfaden herunter.
Und nachdem er dann vom Karren geklettert war und die beiden Stuten angepflockt hatte, nahm er die Haue und schritt in die Kornreihen hinein. Das Korn stand hoch, die langen Halme blitzten in der Sonne. Ringsum trug alles Frucht, die Büschel waren dunkel und feucht vom Regen, die länglichen, grünen Ähren hingen schwer und duftend. Er hörte das ferne Trommelgeräusch bis hierher, und auch das tiefstimmige Anschwellen und Absinken des Chors. Er versuchte, nicht an den Tanz zu denken, aber der Tanz war da, er spielte sich in seinem Gehirn ab. Im Geiste war er im-

stande, die Tänzer bis in jede Einzelheit zu sehen, er sah, wie sie sich verneigten und drehten, und wie weit weg sie waren von den Mauern und Türen und dem erdigen Wall. Er besaß einen uralten und unfehlbaren Sinn für jede Geste, die sie ausführten, und wußte genau, wie sie ausgeführt gehörte. Noch nie war er dem Tanz ferngeblieben. „Abelito“ sagte er nochmals, und damit fing er an, die Reihen aufzuharken. Rundum verging der lange Nachmittag, und er war ganz allein draußen auf den Feldern. Und er wußte nur, daß er nun wieder allein war.

II. DER PRIESTER DER SONNE

Los Angeles, 1952

26. Januar

Es gibt einen kleinen, an den Flanken silbrigen Fisch, der an der Küste Kaliforniens lebt. Im Frühling und im Sommer laicht er am Strand, und zwar während der drei ersten Stunden nach jeder der drei Flutzeiten, die auf die höchste Flut folgen. Die Fischchen kommen dann zu Hunderten aus dem Meer. Sie schnellen sich ans Land und krümmen sich unter dem Licht des Mondes, des Mondes, des Mondes; sie krümmen sich, krümmen sich im Licht des Mondes. Sie gehören zu den wehrlosen Kreaturen, die das Antlitz der Erde trägt. Vorüberkommende Fischer und Liebespaare können sie mit bloßen Händen fangen.

Der Priester der Sonne wohnte mit seinem Jünger Cruz im ersten Stock eines zweistöckigen Rohziegelhauses in Los Angeles. Der Oberstock diente der A.-A.-Kaul-Bürobedarfs-Gesellschaft als Lagerraum. Der Unterbau war eine Art Kirche. An der Wand über der Kellertreppe war ein Firmenschild unter Glas angebracht. In sauberen, auswechselbaren Lettern auf schwarzem Grund stand dort zu lesen:

Los Angeles
Heilige Pan-Indianische Befreiungs-Mission
Rev. J. B. B. Tosamah, Pastor und Priester der Sonne
Samstag 20 Uhr 30
„Das Evangelium nach Johannes“
Sonntag 20 Uhr 30
„Der Pfad zum Berg des Regens“
Tun Sie heute eine gute Tat an einem Weißen

Das Kellergeschoß war kalt und trüb und von zwei Glühlampen zu 40 Watt spärlich erhellt, die rechts und links über dem Podium an den Wänden befestigt waren. Das Podium war aus ungehobelten Brettern unterschiedlicher

Länge und aus mehreren Holzsorten roh zusammengefügt, ohne Verwendung von Hammer und Nägeln. Es trug das Kohlenbecken aus Zinnblech und den halbmondförmigen Altar. Etwas abseits stand auf der einen Seite eine Art Lesepult, das mit roten und gelben Sonnen- und Mondsymbolen dekoriert war. Hinter dem Podium war ein violetter, faltiger Vorhang aufgehängt, der bis zur Unkenntlichkeit verblichen und abgeschabt aussah. Zu beiden Seiten des auf den Altar zuführenden Kirchenschiffs standen Stühle und Lattenkisten, die als Betstühle dienten. Die Mauern waren kahl und grau und streifig von Feuchtigkeit. Statt der Fenster gab es nur hoch oben unterm Plafond ein paar schmale Öffnungen, etwa in der Höhe des Straßenniveaus; ihre rechtekkigen Scheiben waren mit einer dicken Schicht aus Kohlenruß, Staub und Spinnweben verklebt, die zwischen den Fensterrahmen hingen oder wie Rauch in den Raum hereinflatterten. Die Luft hier war dick und abgestanden, überall hing der Weihrauchduft und der Geruch nach kaltem Rauch. Die Menschen zwängten sich der Reihe nach in die Betstühle und warteten stumm.

Cruz war ein untersetzter Mann mit öliger Haut und blauschwarzem Haar, das ihm wie Stacheln um den Kopf stand. Er betrat das Podium und hob Ruhe gebietend beide Hände, obwohl es ohnedies mäuschenstill war. Alle sahen ihn sekundenlang neugierig an. Seine schweißbedeckte Haut sah im trüben Lichtschein ganz gelb aus. Er sagte, indem er mit leichter Wendung den Arm nach hinten ausstreckte: „Hochwürden John Big Bluff Tosamah."

Der dunkle Vorhang bewegte sich leicht, er teilte sich, und der Priester der Sonne erschien und begab sich schattenhaft an das Lesepult. In dem dünnen, schonungslosen Licht wirkte er struppig und furchteinflößend: sehr groß, aber gewandt wie eine Katze, mit schmalen Schlitzaugen, im großen und ganzen in jeder Geste ein Bild des Hochmuts und der seelischen Pein. Er kleidete sich schwarz wie ein Geistlicher, und seine Stimme klang wie das Gebell eines großen Hundes:

„*In principio erat verbum.* So heißt es in der Genesis. Gedenket, wie es war, ehe denn die Welt geschaffen wurde. Da war das Nichts, so sagt die Bibel. ‚Und die Erde war wüst und leer; und Finsternis waltete über dem Abgrund.' Es war dunkel, und es gab nichts. Es gab keine Berge, keine Bäume, keine Felsen, keine Flüsse. Es gab nichts. Aber Dunkelheit herrschte allenthalben, und in der Dunkelheit geschah etwas. *Etwas ging vor!* Ein einzelner Ton ward hörbar. Fern, in der Dunkelheit, ein einzelner Ton. Von nichts hervorgebracht, aber vorhanden; und es war niemand vorhanden, der ihn hätte hören können, dennoch war er da. Der Ton war da, und sonst nichts außer ihm. Er erhob sich in der Finsternis, klein und gering, fast ein Nichts – wie ein einzelner, leiser Atemzug, wie ein Windhauch; ja, wie das Flüstern des Windes, der allmählich anhebt und aushaucht in der Morgenfrühe. Aber es war kein Wind vorhanden. Nichts war da, als das Geräusch, der winzige, leise Ton. Der fast ein Nichts war, der winzigste Same eines Geräusches – aber er überwältigte die Dunkelheit, und siehe, es ward Licht; er überwältigte die Stille und schuf Bewegung für alle Ewigkeit; er überwältigte das Schweigen, und es entstand der Ton. Er war fast ein Nichts, ein einziger Ton, ein Wort – ein Wort hatte sich losgerissen aus der tiefsten Mitte der Nacht und tönte weiter in der furchtbaren Leere, für immer und ewig. Und dennoch war er fast unhörbar. Er war kaum vorhanden; aber er war doch da, und dies war der Anfang von allem."

In diesem Moment ging etwas Bedeutsames vor. Der Priester der Sonne schien tief betroffen, er vergaß sein Auditorium und versenkte sich in sich selbst, versenkte sich in eine fremde Kraft seines Inneren. Seine Stimme, bis dahin tief und volltönend, wurde plötzlich mißtönend und flach; seine Schultern hingen, und der Bauch stand hervor, als habe er bis an die Grenze des Erträglichen den Atem angehalten; sekundenlang glitt ein Ausdruck der Verwunderung über sein Gesicht, dann wechselte er zu totaler Achtlosigkeit. Der Rest seines Sermons war nur noch ein Hin und Her zwischen Überzeugtheit, Gläubigkeit, deren Zerrbild und empfindungsloser Härte.

„Tausend Dank, Bruder Cruz. Guten Abend, meine Blutsbrüder und Schwestern, und seid mir willkommen, willkommen. Meine Güte, ich sehe da heute abend so viele neue Gesichter vor mir. Meine Güte! Möge der Große Geist – hätten Sie dort hinten die Güte, Ihr Gespräch zu beenden? – bei euch sein allezeit.

„‚Im Anfang war das Wort.‘ Ich habe mir als Motto für den heutigen Abend das allmächtige Wort höchstselbst auserwählt. Begreift daher folgendes: ‚Es war ein Mensch, von Gott gesandt, namens Johannes. Dieser trat zum Zeugnis auf, um von dem Lichte zu zeugen, damit alle durch ihn glaubten.‘ Amen, meine Brüder und Schwestern, Amen. Und das Rätsel der Welt, ‚Im Anfang war das Wort …‘ Nun, was meint ihr, was der alte Johannes wohl damit gemeint hat? Der Lumpenkerl war ein Prediger, und, nun ja, ihr wißt selbst, wie das mit den Predigern ist; er hatte etwas sehr Großes auf dem Herzen. Und wie groß, o meine Güte; dieses Große, das war nämlich die Wahrheit, und die wurde ihm schwer, und da beeilte sich der gute Johannes, sie niederzulegen. Und so hat er, in seiner Eile, ein Wörtchen zuviel gesagt. ‚Im Anfang war das Wort, und das Wort war bei Gott, und Gott war das Wort.‘ Die Wahrheit war es schon, gewiß, aber es war etwas mehr als die Wahrheit. Die Wahrheit war sozusagen mit Fett überwuchert, und dieses Fett war Gott. Das Fett, das war der Gott des Johannes, und dieser Gott stand zwischen Johannes und der Wahrheit. Der gute alte Johannes, wißt ihr, der stand eines Morgens auf, und da erblickte er die Wahrheit. Das muß wie ein Blitzstrahl gewesen sein, dessen Anblick ihn blendete. Und der Anblick glühte sekundenlang hinter seinen Augendeckeln nach, und da wußte er, was es gewesen war. In jenem Moment sah er, was er zuvor noch nie geschaut hatte und nie wieder sehen würde. Es war der Augenblick der Erleuchtung, der Inspiration, der Wahrheit. Und da ist der alte Johannes wohl auf die Knie gefallen. Menschenskinder, was muß er da gezittert und gelacht und geweint und geschrien und gepredigt haben – alles in einem – und wie muß er da trunken gewesen sein und irre gewesen sein vor lauter Wahrheit. Wißt ihr, er hatte sein Leben lang auf diesen Augenblick gewartet, und als er dann wie ein Blitz aus heiterem Himmel kam, da war er auch schon wieder vorbei. Und da sprach er: ‚Im Anfang war das Wort …‘ Und, wahrlich, Leute, genau da hätte er aufhören sollen zu reden. Es war nichts weiter zu sagen, er aber redete weiter. ‚Im Anfang war das Wort …‘ Geliebte Brüder und Schwestern, darin bestand die Wahrheit, die ganze Wahrheit, die Essenz der ewigen Wahrheit, Bein und Fleisch und Blut der Wahrheit war das. Aber er fuhr fort, der gute alte Johannes, weil er eben ein Prediger war. Die vollkommene Vision verblaßte in seinem Gedächtnis, und er fuhr fort zu predigen. Der Augenblick war vorüber, und er hatte nur mehr die Erinnerung daran. Er war verzweifelt und verwirrt, und in seiner Verwirrung tat er den Fehltritt und redete weiter. ‚Im Anfang war das Wort, und das Wort war bei Gott, und Gott war das Wort.' Er redete weiter über die Juden und Jerusalem, die Leviten und die Pharisäer, Moses und Philippus und Andreas und Petrus. Versteht ihr? Der gute alte Johannes konnte nicht anders, er mußte reden. Der Bursche hatte eine ganze Menge, was da auf dem Spiel stand. Er konnte die Wahrheit nicht allein dastehen lassen. Er sah nicht ein, daß er an das Ende der Wahrheit gelangt war, und fuhr fort. Er wollte sie noch größer und noch schöner machen, als sie war, aber statt dessen setzte er sie nur herab und behinderte sie. Er machte sie weich und groß, bis sie verfettete. Er war eben ein Prediger, und so formte er einen schwierigen Satz aus der Wahrheit, zwei Sätze, drei, einen ganzen Absatz. Er machte einen Sermon draus, eine Theologie. Er wollte seine Vorstellung von Gott der ewigen Wahrheit aufzwingen. ‚Im Anfang war das Wort ...' Und mehr war es nicht, aber es war genug.

Und nun, Brüder und Schwestern, seht, der alte Johannes war ein weißer Mann, und die weißen Männer haben ihre eigene Art. O du meine Güte, und wie er seine eigene Art durchsetzen wollte! Er redete über das Wort. Er redete mitten durch und rundherum. Er baut etwas darauf auf, mit Silben, mit Präfixen und Suffixen und Bindestrichen und Akzenten. Er tut dazu und dividiert und multipliziert das Wort. Und von dem Ganzen subtrahiert er die Wahrheit. Und ihr, Brüder und Schwestern, seid hierher gezogen, um in der Welt des weißen Mannes zu leben. Nun handelt der weiße Mann aber mit Worten, und er handhabt sie leicht und anmutig und verwendet allerlei Tricks. Und in seiner Nähe, auf seinem eigenen Grund und Boden, seid ihr ausgesetzt wie Kinder, wie kleine Babys im Wald. Macht euch nichts daraus, denn gerade dadurch habt ihr einen Vorteil. Ein Kind weiß zuzuhören und zu lernen. Dem Kinde ist das Wort heilig.

Meine Großmutter war eine Geschichtenerzählerin; die

konnte mit Worten umgehen. Lesen und Schreiben hat sie nie erlernt, aber irgendwie verstand sie den Vorteil des Lesens und Schreibens; sie hatte gelernt, zuzuhören und sich zu entzücken. Sie hatte gelernt, daß sie in den Worten und der Sprache, dort und nur dort ihr volles und vollendetes Wesen besaß. Sie hat mir Geschichten erzählt und mich gelehrt, gut zuzuhören. Ich war ein Kind und hörte ihr zu. Sie konnte nicht schreiben und nicht lesen, dennoch lehrte sie mich, in ihren Worten zu leben, zuzuhören und mich zu entzücken. ‚Geschichtenerzählen, aussprechen und lauschen …' Und der schlichte Akt des Zuhörens ist grundlegend wichtig für das Begreifen der Sprache, viel wichtiger noch als das Schreiben und Lesen, und die Sprache ist andererseits die Grundlage der menschlichen Gemeinschaft. Dies beweisen, wie ich meine, alle historischen und prähistorischen Erfahrungen der Menschheit. Als mir diese alte Kiowa-Frau ihre Geschichten erzählt hat, da hörte ich nur mit einem Ohr zu. Ich war ein Kind, und so nahm ich alles wörtlich. Ich wußte von vielen Worten gar nicht, was sie bedeuteten, aber irgendwie merkte ich sie mir, ich behielt sie im Gedächtnis und kann sie heute noch auswendig. Es waren alte, liebenswerte Geschichten, meiner Großmutter waren sie ans Herz gewachsen. Erst als sie dann starb, merkte ich, wieviel sie ihr bedeuteten. Ich fing an, darüber nachzudenken, bis ich es wußte. Sooft sie mir die alten Geschichten erzählte, war das ein seltsamer und guter und mächtiger Vorgang. Ich war ein Kind, aber die alte Frau ließ mich direkt ein in ihres Geistes Gegenwart, in ihre Seele; sie ergriff Besitz von meiner Phantasie und ließ mich teilhaben an dem reichen Schatz ihres Staunens und Entzückens. Sie bat mich und lud mich ein, mit ihr gemeinsam dem Uralten und Geheiligten gegenüberzutreten. Das war etwas zeitlos Ewiges; es hatte mit ihrem hohen Alter nichts zu tun, weder ihr Alter noch meine Jugend bildeten eine Schranke zwischen uns.

Die Kinder haben ein deutlicheres Gefühl für die Macht und die Schönheit des Wortes als wir, zumindest die meisten von uns. Und wenn dem so ist, dann nur, weil in der Seele jedes Kindes etwas wie ein Abglanz aller menschlichen Erfahrung lebt oder, besser, wieder auflebt. Ich habe gehört, der menschliche Fötus entspricht im Lauf seiner Entwicklung allen Stadien der Evolution. Da erscheint es gewiß nicht unvernünftiger, anzunehmen, daß der erwachende Geist eines kleinen Kindes auf gleiche Weise der Entwicklung der menschlichen Gedanken und Erkenntnisse entspricht.

In der Welt des weißen Mannes war die Sprache ebenfalls – und die Auffassung des weißen Mannes von der Sprache natürlich auch – einem Prozeß der Verwandlung unterworfen. Der weiße Mann nimmt die Worte und die Literaturen als Selbstverständlichkeit hin, er kann nicht anders, denn nichts in seiner Umwelt ist so alltäglich da. Er ist rechts und links von Millionen Worten umringt, von einer unendlichen Prozession aus Pamphleten und Zeitungen, Buchstaben und Büchern, Rechnungen und Bulletins, Kommentaren und Konversationen. Er hat das Wort verdünnt und vervielfältigt, und die Worte beginnen, ihn einzukreisen. Er ist übersättigt und abgestumpft; seine Beziehung zur Sprache – zum wahren Wort – als Instrument der Schöpfung, ist so weit geschwunden, daß sie nahe daran ist, nie mehr wiederzukommen. Mag sein, daß er durch das Wort zugrunde gehen wird.

Aber das war nicht seit jeher so, und bei uns ist es überhaupt nicht der Fall. Stellt euch einmal diese alte Kiowa-Frau vor, meine Großmutter, deren Sprachhandhabung auf die Rede beschränkt war. Und seid sicher, daß ihre Hochachtung vor den Worten jederzeit sehr ausgeprägt war, da sie ja so sehr von den Worten abhängig war. Seht ihr, für sie bedeuteten Worte Medizin; sie waren magisch und unsichtbar. Sie entsprangen dem Nichts und wurden Laut und Bedeutung. Sie waren etwas ganz Unschätzbares; man konnte sie nicht kaufen oder verkaufen. Und so verschwendete sie auch keine Worte.

Meine Großmutter hat mir oft die Geschichte von Tai-me erzählt, wie Tai-me zu den Kiowas kam. Die Kiowas hatten eine Sonnentänzerkultur, und Tai-me war ihre Sonnentanzpuppe, ihr heiligster Fetisch; es gab keine mächtigere Medizin als sie. Es gibt eine Geschichte vom Kommen der Tai-me. Folgendermaßen hat es mir meine Großmutter erzählt:

Es war einmal, vor langer Zeit, da herrschte große Not. Die Kiowas hungerten, und es gab keine Nahrung. Da lebte ein Mann, der hörte seine Kinder weinen, so hungrig waren sie, und da begann er, nach etwas Eßbarem zu suchen. Er wanderte vier Tage lang und war sehr entkräftet. Am vierten Tag gelangte er an einen tiefen Cañon. Plötzlich brachen Donner und Blitz los. Und eine Stimme sprach zu ihm und sagte: ‚Warum gehst du mir nach? Was willst du von mir?' Und der Mann fürchtete sich sehr. Das Wesen, das vor ihm stand, hatte die Beine eines Rehs, aber sein Leib war mit Federn bedeckt. Der Mann erwiderte, daß die Kiowas am Verhungern seien. ‚Dann nimm mich mit', sprach die Stimme, ‚und ich will euch geben, was ihr braucht.' Und von jenem Tag an gehörte Tai-me dem Stamme der Kiowas.

Habt ihr verstanden? Dort ist, weit von hier, in der Finsternis etwas eingetreten. Begreift ihr? Weit, weit fort, im Nichts ist etwas passiert. Eine Stimme ertönte, ein Laut, ein Wort – und damit hat alles begonnen. Die Geschichte vom Kommen der Tai-me wurde jahrhundertelang von Mund zu Mund überliefert. Sie repräsentiert die älteste und beste Vorstellung von sich selbst, die der Mensch besitzt. Sie ist repräsentativ für eine sehr reiche Literatur, die stets in Gefahr war, von einer Generation zur nächsten auszusterben, weil sie nie aufgeschrieben wurde. Aber aus eben diesem Grunde wurde sie auch geschätzt und geliebt und verehrt. Ich sah die Ehrfurcht in den Augen meiner Großmutter und hörte sie in ihrer Stimme. Und ich glaube, genau das hat der alte Johannes gemeint, als er sagte: ‚Im Anfang war das Wort …' Aber dann fuhr er fort. Er fuhr fort und baute ein System auf dem Wort auf, es genügte ihm nicht, zu wissen, daß das Wort existierte; er mußte für seine Sache einstehen, etwas beweisen, aber nicht in den Formen jener ersten, profunden Einsicht, die Verheerungen in ihm angerichtet haben muß, ihn vernichtet haben muß, sondern unter den Bedingungen des Augenblicks danach, der ein ganz belangloser und nicht dazugehöriger Augenblick war; nicht unter den Bedingungen seiner Imagination, sondern auf Grund seiner Vorurteile.
Darum sagt: ‚Im Anfang war das Wort …' Sonst war nichts. Das *Nichts* war da! Finsternis. Die Finsternis herrschte ohne Ende. Wenn ihr manchmal nachts hinaufblickt, gibt es die Sterne, ihr könnt so weit sehen, bis zu den Sternen hinauf. Und ihr beginnt, das Universum zu begreifen in seiner ehr-

furchtgebietenden Größe. Die Sterne stehen am Himmel, aber sie füllen ihn nicht aus. Ein einzelner, dort draußen im Universum blinkender Stern genügt, um euch die Seele zu erfüllen, doch im Vergleich zu dem Nachthimmel ist er ein Nichts. Er ist rings von Finsternis umgeben. Dunkelheit fließt zwischen den Sternen ein und hinter ihnen, für alle Zeiten. So war es im Anfang, nur daß es da nicht einmal Sterne gab. Nichts, als die lichtlose Unendlichkeit, in der nichts enthalten war. Und dann geschah etwas. Fern wie ein Stern geschah etwas, und alles nahm seinen Lauf. Das Wort ist nicht Fleisch geworden, *es war.* Es unterbrach das Schweigen nicht, *aber es war lange vor allem Schweigen, älter als das Schweigen, und das Schweigen war aus dem Wort gemacht.*
Der gute Johannes hat etwas Gräßliches geschaut. Das Ding, das plötzlich dastand, sprach: ‚Warum gehst du mir nach? Was willst du von mir?' Und von dem Tage an hat das Wort uns gehört, uns, die es rein vernommen haben, uns, die in Furcht und Ehrfurcht vor dem Worte lebten. Im Worte war der Anfang; *‚Im Anfang war das Wort ...'*"
Der Sonnenpriester hatte sich verausgabt. Er trat vom Lesepult zurück und lächelte mit gesenktem Kopf. In seinem Geist kreiste die ganze Erde, und in den Himmeln rasselten die Gestirne herum. Die Sonne schien, es schien der Mond. Mit einem fast entrückten Lächeln stand der Priester der Sonne eine Weile still da, indes die Gemeinde wartete, daß er sie entlasse.
„Gute Nacht", sagte er endlich. „Und wahret, was euer ist."

Wie hätte sich Abel über die Fische Gedanken machen sollen? Das Meer war ihm fremd, es gehörte nicht zu seiner Welt. Überdies war es etwas Verzaubertes, es stand unter dem Bann des Mondes. Es neigte sich, gezogen vom Mond, der ein helles, schimmerndes Band darauf legte, eine breite, in Stücke zerbrochene Fährte, die dennoch ganz und für immer und ewig bestehen blieb, gewellt und hinschmelzend in heimlichen Inseln aus Licht in der großen, grauen, schwarzen und silbernen See. „Pfad der Schönheit", „Pfad des Lichts", „Pfad des Blütenstaubs" – solche Sachen sagte sein Freund Benally. Aber Ben konnte dabei nicht an die vom Mond bestrahlte See denken. Nein, bestimmt nicht,

nicht an die See. Das Meer ... und die kleinen Silberfischchen laichten ohne Verstand in Abhängigkeit von den Mondphasen und den Ebben und Fluten der Wogen. Dieser Gedanke machte ihn traurig, er erfüllte ihn mit einem traurigen, unsagbaren Verlangen und Staunen.

Es war kalt. Es war kalt und feucht und dunkel, und er brachte die Augen nicht auf. Er hatte Schmerzen. Er war gestürzt; das war es wohl. Er lag mit dem Gesicht auf dem Boden, und es war kalt, und in seinem Gehirn dröhnte das Tosen der See, und Nebel wallten vom Meer herein. Der Schmerz war sehr heftig, sein ganzer Körper pulsierte vor Qual; sein Geist war aufgestört und erschüttert, er taumelte, nach dem Schwindelgefühl, unfähig, den Ort zu bestimmen, von dem der Schmerz ausging. Und er sah nichts. Er war nicht imstande, die Augen aufzumachen und zu schauen. Irgend etwas war ihm zugestoßen, etwas Gräßliches war passiert. Als er zu sich kam, versuchte er, sich zu bewegen; er war erstarrt vor Kälte, aber die Anstrengung, die es ihn kostete, sich zu rühren, rief einen neuerlichen Schmerz hervor, zuerst gab es ihm einen Stich, dann folgte eine Woge an Pein. Der Schmerz wurde so unerträglich, daß er das Bewußtsein verlor, und als er dann wieder zu sich kam, hütete er sich, eine Bewegung zu machen. Die Wirkung des Alkohols ließ bereits nach. Gleich darauf mußte er sich übergeben, er würgte, daß sich sein ganzer Leib krümmte und zusammenschraubte, und wieder überwältigte ihn die Pein, und sein Bewußtsein erlosch. Er wäre am liebsten gestorben. So verging eine Stunde, er lag reglos da, still und bewußtlos in der Kälte. Aus dem stetigen Brausen des Meeres, das sich brach, hörte man die Laute der nächtlichen Stadt heraus, die wie eine aufgezogene Uhr tickte und tickte, bis der Morgen anbrach. Er hörte die Nebelhörner in der Ferne tuten, aber er wußte nicht, was das war. Weit draußen, auf der unendlichen, grauen See schwammen die Dampfer aus dem Orient heran.
Nach einer Weile gelang es ihm, das eine Auge einen Spalt breit zu öffnen und zu schauen. Er lag in einer seichten Mulde voller Unkraut und kleiner, weißer Steine und einzelner langer, grauer Grasbüschel. Vor ihm auf der Böschung war ein Zaun, hinter ihm ein breiter, steiniger Kü-

stenstreifen, der dem Meer zu abfiel. Der Zaun war ein grobes Drahtmaschengitter, und dahinter standen einige Traktoren und Anhänger, dahinter eine lange Dachkante. Die Anhänger waren mit Schutzmarken und Aufschriften gekennzeichnet – einige der Fahrerkabinen ebenfalls –, aber er konnte sie nicht lesen. Der Hof war finster, nur eine einzelne Lampe brannte an der Mauer des Lagerhauses über der Verladerampe; doch dieses Licht befand sich auf der anderen Seite des Hofes und schien nur verschwommen und matt durch den Nebel herüber. Den Zaun entlang lagen Kanister, Papierfetzen und Glasscherben herum. Er lag ziemlich dicht unter dem Zaun, fast in Reichweite. Er richtete sich ein wenig auf und versuchte, sich an dem Zaun anzuhalten, aber da überfiel ihn neuerlich heftiger Schmerz. Er brach zusammen, und sein ganzer Körper wurde starr und verkrampfte sich, als wolle er die Pein unter sich begraben. Doch der Schmerz war stärker als er, und wenn er sich krümmte, wurde es noch schlimmer. Vorsichtig entspannte er sich wieder, und nun floß der Schmerz durch seine Hände und konzentrierte sich dort. Beide Hände waren gebrochen, er vermochte sie nicht zu bewegen. Seine Finger waren von Blut verklebt, und das Blut war trocken und schwärzlich. Als er seine Hände so sah, wurde ihm schlecht. Sein Bewußtsein scheute davor zurück ... und dann wandte er sich wieder den Fischen zu.
Er hatte seinen Körper geliebt, diesen festen und gesunden und gutgebauten Körper, der ihm so treu gedient hatte und rasch und verläßlich seinen Absichten und seinem Willen gehorcht hatte. Er hatte einen breiten Brustkorb und breite Schultern, nicht ganz so stark wie die seines Großvaters, aber weiter ausladend und beweglicher. Und seine Hände waren schmal und kräftig. Die Beine waren mager und schmal und verjüngten sich nach unten, mit langen Muskelsträngen. Sie wären bei einem Weißen zu mager gewesen: es waren die Beine eines Indianers. Es gab eine Zeit, da er den ganzen Tag herumlaufen konnte, nicht bloß auf den Beinen sein, sondern richtig rennen, nicht trotten, sondern mit Tempo und über weite Strecken, ohne daß ihm die Füße weh getan hätten oder er sich dabei verausgabt hätte. Bevor er zum Trinker wurde, war er nie krank gewesen. Die Krankheit, an der seine Mutter und Vidal gestorben waren,

hatte ihn nie befallen, soweit er sich zurückerinnern konnte. Nur einmal war er vom Pferd gestürzt, und danach hatte er tagelang einen stechenden, immer wiederkehrenden Schmerz hinten am Steißbein gehabt. Francisco stimmte einen Gesang an und betete für ihn, der alte Mann behandelte ihn mit Kräutern und Pulvern und Tränklein und Balsam, aber nichts half. Und schließlich ging Abel zu der dicken Josie. Sie war damals schon recht alt – er war nahezu erwachsen –, aber sie packte ihn von hinten und hob ihn hoch wie einen Sack voll Stroh und drückte ihn so fest an sich, daß er auf ihrem riesigen, vorstehenden Bauch saß, indes ihre gewaltigen Arme ihn dicht unter den Rippen so fest umschlangen, daß ihm der Atem wegblieb. Und dann schüttelte sie ihn – nicht heftig, sondern sanft – bis seine Arme und Beine entspannt herunterbaumelten. Blinzelnd und grunzend stellte sie ihn wieder hin, und von da an war alles wieder gut. Die dicke Josie. Jetzt war dieser Körper vernichtet vor Pein, als sei er durch den Fleischwolf gedreht worden. Sein Körper hatte ihn im Stich gelassen, nicht anders als sein Geist; jetzt war er ein Feind.

Angela legte ihre weißen Hände auf seinen Leib.
Abel legte seine Hände auf ihren weißen Leib.

Ewig ist das Meer. Hinter dem Nebel hörte man das tosende Klatschen der Wellen. Ihm fiel die Gerichtsverhandlung vor sechs Jahren ein. Noch nach sechs Jahren erinnerte er sich genau an den Körper des weißen Mannes, wie er erschlafft und leblos im Nachtregen dalag, Licht ausstrahlend, nahezu phosphoreszierend; an das Dreieck, das sein Körper mit dem ausgestreckten Arm bildete; die weiße, schimmernde Hand, die geöffnet nackt und unanständig aussah. Aber die Stadien des Prozesses hatte er fast ganz vergessen. Es hatte Vorladungen gegeben, Fragen, und Antworten auch; es ging sehr förmlich zu, sehr methodisch und zivilisiert, aber für ihn hatte all das gar keinen Bezug.
„Ich glaube“, sagte Pater Olguin aus, „daß er von seinem Standpunkt aus gar keinen Menschen umgebracht hat. Sondern etwas anderes.“
„Einen bösen Geist?“
„Ja, so ähnlich.“

„Können Sie das etwas genauer beschreiben, Pater?"
Der Priester wollte schon sehr demütig tun und sagen: „Ach nein, mein Sohn", doch er sagte: „Wir haben es hier mit psychologischen Fakten zu tun, von denen wir nur sehr wenig wissen. Ich erlebe derlei Manifestationen tagtäglich, aber im Grund verstehe ich sie doch nicht – oder nicht mehr. Ich habe auf alle Ansprüche einer psychologischen Erfassung der Zauberei Verzicht geleistet, als ich von daheim wegging und Geistlicher wurde. Mit Objektivität und Exaktheit kommt man da ohnedies nicht weiter. Wie soll ich es nur sagen? Ich bin der Ansicht, der Mann ist von etwas zu seiner Tat veranlaßt worden, was ich als einen Akt der Vorstellungskraft bezeichnen möchte, die so überzeugend war, daß das für uns unvorstellbar ist."
„Gewiß, gewiß. Aber die Fakten sind nun einmal, daß er einen Menschen getötet hat – einem Mitmenschen das Leben genommen hat. Er tat dies nicht unter Zwang, sondern freiwillig – das hat er selbst eingestanden –, er hatte sogar zu diesem Zweck eine Waffe bei sich. Er hat somit eine wohlüberlegte, brutale Handlung begangen, die wir nicht anders nennen können, ob wir wollen oder nicht."
„Mord – so lautet der gesetzliche Terminus, aber Recht und Gesetz sind nicht mein Metier; und ganz gewiß nicht das seine …"
„Mord ist ein moralischer Terminus. Und Tod ist ein allgemein menschlicher Terminus."
Nachdem er seinen Fall beim erstenmal ganz einfach erzählt hatte, verstummte Abel und weigerte sich, mehr zu sagen. Wie ein Felsen hockte er auf seinem Stuhl, und nach einiger Zeit erwartete kein Mensch mehr, daß er reden würde, ja, es wurde gar nicht mehr gewünscht. Das war gut so, denn er hätte wirklich nicht gewußt, was er sonst noch sagen sollte. Wort für Wort und Wort für Wort verfügten sie hier über ihn in ihrer Sprache, *ihrer* Sprache, und sie machten ihre Sache keineswegs gut. Sie waren merkwürdig unsicher, von Zögern und Unlust ergriffen. Er hätte ihnen gern geholfen. Er begriff, wenn auch nur teilweise, was sie mit ihm wollten, aber er begriff nicht, was sie sich selbst dabei antaten. Als alles vorbei war, schüttelte er die Hand, die sich ihm entgegengestreckt hatte. In den Augen des Pfarrers stand ein solcher Schmerz, daß er den Anblick nicht er-

tragen konnte. Er war verlegen und fühlte sich gedemütigt, er haßte den Priester, weil der so um ihn litt.
Er hatte den weißen Mann getötet. Das war doch keine so komplizierte Sache, schließlich war es ganz einfach. Es war die natürlichste Sache von der Welt. Das mußten sie doch einsehen, diese Männer, die da glaubten, über ihn verfügen zu können, mit ihrem Gerede. Sie sollten verstehen, daß er den weißen Mann noch einmal getötet hätte, wenn er dies hätte tun können, daß er nicht einen Augenblick lang gezögert hätte, es nochmals zu tun. Denn er wußte, was der Weiße war, und darum würde er ihn töten, wo immer es möglich war. Jeder echte Mann tötet einen solchen Feind, wenn er kann.
Er kam zu sich, weil er husten mußte, und spürte Blut im Rachen und im Mund. Er zitterte jetzt vor Kälte und Schmerz. Er hatte gewimmert, bis er fast erstickt wäre, nun rang er nach Atem. Unter sich verspürte er ein leichtes Vibrieren. Stillhalten! Er mußte ganz stillhalten, etwas ging vor. Er spähte durch die Nacht: ringsum nichts als schwarzes Land vor dem sternhellen, mondhellen Himmel. Er hatte so weit hinausgeblickt, daß er die Eule erst sah, als sie ihm fast ins Gesicht geflogen war und ihr Bild plötzlich zersprang, geisterhaft und lautlos, wie in einem Traum. Er delirierte bereits und rang nach Luft, seine Gedanken jagten einander innerlich, indes er die Eule aus dem Augenwinkel beobachtete. Und die Eule beobachtete ihn, gleichmütig, ohne Absichten. Bei seinen Füßen spürte er ein ganz leises Beben. Was ging dort vor? Die Nacht war endlos und gelassen, und dort drüben im Dunkel hockte eine Eule, und die Erde bebte leicht. Er kniete nieder und legte sein Ohr an die Erde. Ein paar Männer kamen auf ihn zugerannt. Er schlug sich seitwärts in die Büsche, weg von der Straße, und gleich darauf sah er sie weit hinten auftauchen, die alten Männer, die Jagd machten auf das Böse. Ihre weißen Mokassins bewegten sich wie weißer Rauch dicht über dem Boden. Sie entschwanden in der Nacht, voller Ruhe und Gewißheit. Man hörte kein keuchendes Atmen, man merkte keinerlei Anstrengung. Sie liefen, wie das Wasser fließt.
Etwas brannte ihn in den Augen.
Die Läufer, die das Böse vertrieben, liefen leicht wie das Wasser in der Tiefe des Kanals, auf dem Weg des gering-

sten Widerstands, ohne Widerstand. Seine Haut prickelte vor Erregung, Sehnsucht und Einsamkeit überkamen ihn, denn jäh wurde ihm der innerste Sinn ihres Laufes bewußt, des Laufs der Alten, die in weißen Mokassins nachts hinter dem Bösen herrannten. Sie waren vollkommen und unentbehrlich in ihrem Tun, die ganze Schöpfung hing von ihnen ab. Sie verliehen dem Universum Perspektive, Maße und Struktur. Den Sinn. Sie liefen mit großer Würde und Ruhe, nicht als ob sie etwas erhofften, vielmehr hoffnungslos; ohne Furcht vor dem Bösen, ohne Haß und Verzweiflung, ganz einfach, indem sie es anerkannten und respektierten. Das Böse gab es. Böses lauerte überall in der Nacht; sie mußten sich der Konfrontation damit aussetzen, sie mußten abschätzen, was wem gebührte, und die Welt aufteilen.
Und hier nun war die Welt in seinem Rücken offen. Er hatte seinen Platz darin eingebüßt. Lange Zeit hatte er sich in ihrem Mittelpunkt befunden, hatte gewußt, wo er stand, und hatte sich verirrt; er war bis ans Ende der Erde gewandert und taumelte derzeit am Rande des Abgrunds dahin. Das Meer griff herein und wogte heran, es leckte nach ihm und zog sich wieder zurück, prallte für immer zurück in den Abgrund. Und dann die Fische …

Jahr und Datum der Geburt:
Geschlecht:
Größe:
Gewicht:
Haarfarbe:
Augenfarbe:
Verheiratet:
Kinder (wie alt):
Religionsbekenntnis (frei nach Wahl):
Schulen (die Anzahl vollendeter Schuljahre anzeichnen):
Name des Vaters (Alter und Beruf):
Name der Mutter (Alter und Beruf):

Weiß waren die Mauern seiner Zelle, vielleicht auch grau oder grün – er wußte es nicht mehr. Nach einiger Zeit war er kaum noch imstande, sich vorzustellen, was hinter diesen Mauern war, höchstens den Hof draußen, die Toilette und den Eßraum – oder eben die Mauern selbst. Sogar sie waren Abstraktionen für ihn, und er verstand sie nicht, sie waren nicht die Gefangenschaft, nur Symbole der Gefangenschaft. Die eigentliche Essenz dieser Mauern war nicht ihre Substanz, sondern das, was sie zu sein schienen: die leere, dimensionslos flache Oberfläche, die weiß war, oder auch grau oder grün.

Haben Sie lieber geselligen Umgang mit Männern oder Frauen?
Trinken Sie öfter, nur gelegentlich oder überhaupt nie mehr, als Sie vertragen können?
Was würden Sie lieber ansehen, ein Tennismatch oder einen Stierkampf?
Halten Sie sich für überragend, überdurchschnittlich, durchschnittlich oder unterdurchschnittlich intelligent?

Er bemühte sich herauszufinden, womit das Unheil begonnen hatte und worin es eigentlich bestand. Denn es war Unheil; das mochte er sich zwar eingestehen, dennoch begriff er seine Situation nicht. Möglich, nein, sicherlich war das das ganze Unglück; aber wie hätte er das wissen sollen? Er sehnte sich nach Alkohol, er wäre gern betrunken gewesen. Der Autobus schwankte und knarrte; er spürte die sausende Geschwindigkeit und das wilde Zittern der Maschinerie auf dem steinigen Weg. Die Schnelligkeit und der Lärm ergriffen Besitz von ihm. Und dann überkam ihn plötzlich eine jammervolle Verlassenheit, und er hätte am liebsten laut geweint. Er sah nach den Feldern hinüber, aber eine geringfügige Erhebung hatte sich dazwischengeschoben. Die Stadt war in den Boden gesunken.
Als eine Kurve kam, geriet der Autobus ins Schleudern und tanzte hin und her. Das machte ihn schwindlig, und er mußte fast lachen. Er trug die braunweißen Schuhe, die er von der dicken Josie bekommen hatte. Sie stammten von einem Mann in der Stadt, bei dem Josies Tochter gearbeitet hatte. Der Mann starb, und die Witwe verschenkte seine Kleider. Die Schuhe waren prächtig und fast neu, mit dünnen Sohlen und vorne sehr spitz, und mit Zwickeln und Kringeln perforiert. An den Absätzen waren sie mit Metallkappen verstärkt, und das Leder quietschte. Sie waren Abel zu groß, er trug sie aber trotzdem, nur hatte er lange auf

eine passende Gelegenheit gewartet, um sie anzuziehen. Als er nun im Autobus saß, warf er hin und wieder einen Blick auf seine Schuhe und rieb abwechselnd den Spann und die Zehen an seinen Waden, um den Staub zu entfernen und sie zum Glänzen zu bringen, dann wieder bog er die Sohlen, um zu hören, wie sie quietschten.
Aber die Schuhe waren braun und weiß. Sie waren so gut wie neu und glänzten und waren sehr schön; und sie quietschten beim Gehen. Seinem einzigen Begriffssystem nach waren sie einfach sehr auffallend, wirklich auffallend. Sie waren braun und weiß, sie waren handwerklich fein ausgeführt und daher jedenfalls bewundernswerte Prachtstücke, genau wie die Arbeiten eines guten Töpfers oder Malers oder Silberschmieds Bewunderung auf sich ziehen: ein Ding ist an sich schön und als Ganzes, und um seiner selbst willen würdig, geachtet zu werden. Nun aber erregten diese Schuhe, ganz anders als es seinem früheren Schema entsprach, Aufmerksamkeit, die nicht ihnen galt, sondern Abel. Sie waren braun und weiß und sahen verdächtig neu aus und waren ihm viel zu groß; sie glänzten; sie klapperten und quietschten. Es war, als seien sie an seinen Füßen angenagelt. Er war von Feinden umgeben und wußte, daß er in ihren Augen lächerlich aussah.

Bitte ergänzen Sie die folgenden Worte mit ein bis zwei Wörtern. (Es ist wichtig, daß Sie diesen Paragraphen so rasch wie möglich ausfüllen, und zwar schreiben Sie an die freien Stellen das erste, was Ihnen dazu einfällt.)

Ich hätte gerne …
Ich bin nicht …
Reiche Leute sind …
Ich fürchte mich vor …
Es ist mir wichtig, daß ich …
Ich glaube felsenfest an …
Ich erinnere mich am allerdeutlichsten an …
Als Kind liebte ich …
Eines Tages werde ich …
Leute, die laut lachen, sind …
usw.

Milly?
„Es gibt keinen absolut verläßlichen Test", sagte sie. „Manche sind besser, manche weniger gut."
Dennoch glaubte Milly an Tests und Fragen und Antworten, an Wörter, die auf dem Papier standen. Sie war so ähnlich wie Ben. Sie glaubte an die Ehre, den Fleiß, an das Noch-eine-Chance-Geben, daß alle Menschen Brüder seien, an Amerika, und an ihn – Abel; sie glaubte an ihn. Dies begann er nach einiger Zeit zu ahnen, es machte ihn mißtrauisch, und ...
In jener Nacht – wie es eigentlich dazu gekommen war, wußte er nicht mehr genau; er war etwas angetrunken gewesen – in jener Nacht also, umarmte er sie. Er hatte sie beobachtet. Wenn er und Ben daheim waren, dann kam sie stets zu ihnen. Sie war nicht schüchtern. Sie hatte ihm direkt in die Augen geblickt, hatte rundheraus geredet und gelacht – sie lachte meistens –, so war es von Anfang an gewesen. Wenn eine Frau so leicht lacht, ist das schlecht und gefährlich. Sie hatte ein simples Gesicht, ihre Augen waren etwas zu klein und der Mund etwas zu groß. Aber ihr Haar war gelb, und der Körper war biegsam und reif. Er hatte ihr nachgesehen, wenn sie fortging, die Beine dicht nebeneinander, mit jedem Schritt nicht aus den Kniegelenken, sondern aus den Hüften heraus schreitend, ohne Eile, leichtfüßig; und ihre gerundeten Hüften schaukelten sich. Sie hatte eine üppige Brust.
Sie sprach mit ihm und lachte viel, und ihr Gelächter klang echt und laut. Er aber war mürrisch. Er hörte nicht zu, wenn sie sprach, aber er begehrte sie und dachte darüber nach, wie er sie bekommen könnte. Und sie erriet, was er wollte, und da wurden ihre Stimme und ihr Lachen plötzlich etwas zu dünn, und sie zupfte an ihren Fingern. Es war lange her, seit sie sich einem Mann hingegeben hatte. Sie wußte schon gar nicht mehr, worüber sie nachdenken, sich Sorgen machen, woran sie sich halten sollte. Und so war es gut: sie war groß und simpel und atmete schwer, aber sie empfand sich als klein und schön und lieb, von Dingen umgeben, die zu ihr gehörten. Ihre Wohnung war schäbig und etwas verwahrlost, sie redete sich aber ein, daß sie reizend und so nett altmodisch und geschmackvoll eingerichtet sei. Ihr Schlafzimmer war farblos, überall lagen Schmucksachen

aus Blech herum, und die Luft roch säuerlich und stickig, aber nein, sie behauptete, es habe irgendwie etwas Kosiges und Eigenartiges, mit seinen Milchglasscheiben und Marmorplatten und braunfleckigen Fotos in alten ovalen Rahmen; und es dufte nach reinen, frischen Bettlaken und Flieder darin. Sie saßen also nebeneinander auf der Bettkante.

Sacht zog er sie an sich und berührte mit den Lippen leicht ihren Arm. Er fuhr mit der Hand den Arm hinauf, und ihre Armmuskeln spannten sich. Sie hatte plötzlich aufgehört zu reden. Sie reagierte und war zärtlich und überließ sich seinen Armen. Er küßte sie und streichelte ihre Haare. Sie knöpfte sich das Kleid auf und streifte es von den Schultern, und ihre Schultern waren rund und sommersprossig und glatt. Er hakte ihr den Büstenhalter auf und ließ ihn fallen, und ihre Brüste waren weiß, mit bräunlichen Malen, und sie rochen angenehm. Er streichelte ihre Brüste. Ihr Mund machte unter dem seinen saugende Bewegungen und tat sich auf, es erinnerte an die Bewegungen eines kleinen Tieres, und da ließ er sie nach hinten sinken, bis sich ihre Brüste ihm entgegenwölbten. Er küßte sie auf den Mund und die Augen und das Haar, die Kehle und die Schultern. Sie hielt die Augen geschlossen und lehnte sich, anscheinend ganz gelassen und entspannt, zurück, nur die Haut erschauerte unter seinen Berührungen, und dann küßte er ihre Brustspitzen. Er griff mit den Fingerspitzen nach der einen Brust, und die Liebkosung war so leicht und behutsam wie fallende Regentropfen, und er saugte lange an ihrer Brustspitze. Sie wiegte seinen Kopf leicht hin und her und stöhnte leise, indes sie die Füße an ihn drückte. Im nächsten Moment drehte sie sich auf die Seite und zerrte sich das Kleid und den Strumpfbandgürtel und das Höschen über die eine Hüfte herunter, dann nahm sie seine Hand und führte sie von den Brüsten seitlich an ihrem Körper hinunter. Ihre Hüften waren breit, und als ihr Körper sich nun so seitwärts gedreht, mit vorgeneigten Schultern und ihm zugewandten Brustspitzen darbot, erschien die Rundung ihrer Hüften noch ausladender, eine glatte, runde, weiße Fläche. Langsam ließ er seine Hand zum Hüftansatz gleiten und weiter hinab zu den Schenkeln. Da stellte sie die Füße auf den Boden, und ihre Schenkel schlossen sich und preßten sich aneinander, damit er ihr die Kleider hinunterziehen konnte bis an die Knöchel. Wieder küßte er ihren Mund und ließ die Hand auf den festen weißen Rundungen ihrer Hinterbacken ruhen, die sich nun schlaff und schwer anfühlten und mit glitzernden Schweißtröpfchen bedeckt waren; und dann glitt die Hand weiter zu dem Einschnitt dazwischen und den langen dunklen Haarbüscheln, die feucht und angenehm und gekräuselt waren. Und auch ihre Hände machten sich zärtlich an ihm zu schaffen. Er beherrschte sich noch, um sie ganz toll zu machen, aber sie wurde nie wild im Erregungszustand. Als sie auf dem Höhepunkt der Begierde angelangt war, hielt er sie sekundenlang ein Stück von sich ab und sah, daß ihr Mund offenstand und sie wimmerte. Unter den Augendeckeln rollte sie die Augen, und ihr Körper zitterte haltlos, und er war voll und weiß und glühendheiß und schweißbedeckt. Seine Nasenflügel sogen gebläht den Geruch ihres Körpers ein, und dann nahm er sie brutal.

Das Meer klatschte und dröhnte. Seine Augen brannten fürchterlich, aber er war nicht imstande, die Hände zu heben, um sie abzuwischen. Sein Leib schien sich selbst zu erbrechen bei diesem Brüllen des Meeres.

Tosamah, Redner, Arzt, Priester der Sonne, Sohn des Kolibris, sprach also:
„‚Peyote ist ein kleiner, dornenloser, karottenförmiger Kaktus, der im Tal des Rio Grande wächst und südlich davon. Er enthält neun narkotisch wirkende Alkaloide der Isochinolingruppe, von denen einzelne in ihrer physiologischen Wirkung strychninartig sind, die anderen morphinartig. Physiologisch ist die hervorstechendste Eigenschaft des Peyote, daß es visuelle Halluzinationen oder Farbvisionen erzeugt, ebenso kinästhetische, Geruchshalluzinationen und Gehörsverwirrungen.‘ Oder, anders ausgedrückt, dieses kleine, weiche Ding zündet dich an, Mensch, daß dir ein Licht aufgeht. Papa Peyote ist die pflanzliche Manifestation der Sonne."
Der Sonnenpriester machte sich bereit, um einen Gebetsgottesdienst abzuhalten und trug bereits die Bemalung. Sein Scheitel bildete einen leuchtend gelben Strich, das Ge-

sicht war auf beiden Seiten mit senkrechten roten Strichen bemalt, und unter den Augen hatte er gelbe Halbmonde. Er bot einen sakralen und unheilverkündenden Anblick. Alles war bereit. Er betrat das Podium mit einer Kürbisrassel und dem Stab in der Hand, in der anderen trug er die Gerätetasche. Die Zelebranten folgten ihm einzeln und setzten sich im Kreis hin. Cristóbal Cruz war der Feuermann, Napoleon Töter-im-Holz war Trommler.

In der Mitte des Kreises glühte das Feuer in der Eisenpfanne. Der Sonnenpriester nahm westlich vom Feuer Platz, zwischen dem Heizer und dem Trommler. Vor ihm stand der niedrige Lehmaltar, der die Form eines Halbmonds hatte, und seine Hörner wiesen nach Osten. Er war in der Mitte etwas höher als an beiden Enden und an der höchsten Stelle leicht abgeplattet, und diese kleine Fläche war die Wiege des Papa Peyote. Eine dünne Rille verlief der Länge nach über den Altar, Symbol für das Leben des Menschen, von der Geburt, an der südlichsten Spitze des Mondhorns ansteigend bis an den Gipfel der Macht und Weisheit im Zentrum, und dahinter wieder abwärts verlaufend, über das Greisenalter zum Tod an der nördlichen Spitze des anderen Mondhorns. Als alle ihre Plätze eingenommen hatten, legte der Sonnenpriester ein Büschel Salbeistengel auf den Altar, und darauf stellte er den Fetisch.

Die Trommel war eine dickbäuchige Gußeisentrommel auf drei Beinen, ein Kessel, Größe 6, wie man ihn zu kaufen bekam, nur hatten sie die Henkel abgefeilt und ihn zur Hälfte mit Wasser gefüllt. Da hinein wurden die glühenden Kohlenstücke und Kräuter geworfen. Der Überzug aus Tierhaut wurde darüber gespannt, und die Trommel ertönte voll und dumpf wie ferner Donner. Der Sonnenpriester breitete ein reines, weißes Tuch vor sich auf dem Boden aus und legte die Gegenstände darauf, die er der Tasche entnahm:

1. Ein schöner Fächer aus bunten Fasanenfedern.
2. Ein dünner Trommelstock.
3. Ein Päckchen braunes Zigarettenpapier.
4. Ein Büschel Salbei.
5. Einen mit dem geheiligten Symbol des Wasservogels geschmückten Pfeifenstiel.
6. Einen Beutel zerriebenen Zedern-Weihrauchs.

7. Ein Pfeifchen aus Adlerknochen.
8. Einen Papiersack, der vierundvierzig Peyoteknollen enthielt.

Damit begann die erste Zeremonie. Der Priester der Sonne rollte eine Zigarette aus Bull-Durham-Tabak und braunem Papier und reichte die Sachen weiter an den nächsten zu seiner Linken. Nachdem sich jeder eine Zigarette gedreht hatte, ergriff Cruz ein brennendes Stück Holz und reichte es Tosamah. Der Sonnenpriester zündete sich daran seine Zigarette an und reichte das Holz nach links weiter. Als alle rauchten, begann er zu beten und sprach: „Sei bei uns heute abend." Dann hielt er dem Fetisch die Zigarette hin, damit auch er mitrauchen konnte. Die anderen beteten.

Es folgte die Zeremonie des Beweihräucherns. Der Sonnenpriester warf ein wenig trockenes, zerriebenes Zedernholz auf das Feuer, dann vollführte er viermal eine kreisende Bewegung in Richtung der Flammen, indes er den Sack mit dem Peyote in der Hand hielt. Als das vollbracht war, entnahm er ihm vier Kügelchen und gab die Tüte nach links weiter. Kniend zerdrückte er ein Büschel Salbei zwischen den Händen und atmete den Duft tief ein, dann rieb er sich mit den Handflächen Kopf und Brust, Schultern, Arme und Schenkel ein. Die anderen machten es ihm nach, aber zuvor hielten sie ihm die Hände entgegen, um den Segen des Weihrauchs zu empfangen, dann rieben sie sich ein.

Nun aßen alle Zelebranten etwas von den Peyoteknollen und spuckten das wollige Innere aus. Von da an ertönten bis zum Morgengrauen Gesang, Gebet, das Geräusch der Kürbisrassel und der Trommel. Das Feuer stieg in einer einzelnen, steilen Stichflamme von der Pfanne auf, und die Flamme flackerte und tanzte. Alle sahen ihr zu, und nach einiger Zeit erfüllte den ganzen Raum eine furchtbare Unruhe, eine Woge reinster Heiterkeit. Sie ging nicht von einer bestimmten Stelle aus, sondern verbreitete sich überall gleichzeitig. Alle fühlten sich jung und ganz kräftig. Keiner war krank oder matt oder müde. Alle drängte es, zu laufen und zu springen und zu lachen und tief zu atmen. Alle hätten am liebsten hinausgeschrien, wie heil und spielfreudig und für ewig lebendig sie sich fühlten, aber niemand gab einen Laut von sich; sie warteten. Und sogleich stand die Flamme still, und Traurigkeit befiel die Runde. Der geistige Zusammenbruch war total, und sie wiegten sich in Jammer und Verzweiflung vor und zurück. Aus den Flammen stiegen schwarze Rauchfäden, und im ganzen Raum herrschte tiefe Betrübnis. Alle dachten an den Tod, und dieser Gedanke überwältigte sie geradezu. Eine tödliche Depression legte sich qualvoll über alle. Es waren alle seekrank, und dazu kam der dumpfe seelische Schmerz. Aber langsam und allmählich wurde die Flamme wieder kräftiger und heller. Sie entglitt bis zu dem innersten Punkt der Vision und war von einer blassen Aura umgeben, in der winzige Lichtpunkte weiß, rot und gelb zu strahlen begannen. Die Strahlung wurde allmählich lebhafter und größer, und zuletzt bestand nichts mehr in der Welt als dieser einzelne Lichtpunkt, leuchtend und strahlend in der Unendlichkeit, und inmitten des Lichts stieg in den Strahlen eine leuchtende Farbwelle auf und noch eine, hob sich rosig rot und violettrot und karminrot und weinrot. Eine jähe Explosion aus Gelb kam hinzu: buttergelb, rostgelb, goldgelb, safrangelb. Und zuletzt Feuer – reines Feuer, die Essenz aller Feuer von der Zeiten Anbeginn wurde sichtbar in dieser allerschönsten, schimmernden Lichtperle. Ein Aufflackern von Blau und Grün entsprang der Perle und zerstob, aber es war nicht das Blau von Türkisen und Smaragden, von Wasser und Gras, sondern von einer Schönheit, die all dies weit hinter sich ließ an Intensität, wie ein Kristall, durch den die flimmernden und leuchtenden Sonnenstrahlen schossen. Und ein Ton erklang. Die Kürbisrassel tanzte in Tosamahs Hand, und auf das Dach prasselte ein Rauschen und Dröhnen wie von Regen und das Rumpeln und Tosen, mit dem Felsen ins Gleiten kommen. Und dahinter und darüber lag transzendentes Getrommel. Die Trommeltöne erfüllten das Zimmer mit ihren Schwingungen, so daß die Flamme im Trommelrhythmus mitbebte, und in weiß Gott welchen Bergen rollte der Donner. Der Ton wuchs und wuchs. Der erste und der letzte Trommelschlag zitterten noch im Raum, sie schmolzen ineinander, so dicht war alles dazwischen vom Nachschwingen der Töne ausgefüllt; von jenem dumpfen Dröhnen, das etwas Tiefes und Erschreckendes hatte, das bebte wie die bleiche Flamme, die Urflamme. Und dann geschah es, daß der Ton nicht etwa schwand, sondern nur bis an die Mauern zurückwich, und alle warteten.

Und im Zentrum des Kreises erhoben sich Stimmen und schwebten über dem Fetisch und über der Flamme; Stimme um Stimme erklang:

Henry Gelber Stier:

„Bleib bei uns heute abend. Komm zu uns, jetzt, in bunten Farben und süßem Rauch. Hilf uns auf unserem Pfad. Schenke uns jederzeit Lachen und edle Gefühle. Höre, ich will dich verehren mit meinem Gebet. Ich will dir etwas geben, diese meine Worte. Höre mich."

Cristóbal Cruz:

„Ja, ich will allen meinen guten Freunden wirklich danken hier, heute abend, weil sie mir die Ehre gegeben haben, daß ich der Feuermann sein darf und so weiter. Das ist wirklich eine gelungene Versammlung, nicht? Ich weiß, wir alle sehen diese guten Visionen und so weiter, und es gibt einen Haufen guter Kameradschaft und guten Willen hier, nicht? Ja, ich will laut beten für Wohlfahrt und Weltfrieden und brüderliche Liebe. In Jesu Namen. Amen."

Napoleon Töter-im-Holz:

„Großer Geist, sei mit uns. Wir sind ganz verrückt darauf, daß du mit uns armen Indios bist. Wir waren lange Zeit nicht gut, haben uns höllisch benommen und uns die ganze Zeit gegenseitig umgebracht. Darum hast du uns auch verlassen, uns den Rücken gekehrt. Jetzt bitten wir dich um deine Hilfe. Hilf uns! Wir haben schon lang genug die Hölle gehabt, hier. Lange, lange Zeit sind wir durch die Hölle gegangen. Meine Güte, wir wollen ja mit weißen Menschen gut Freund sein. Jetzt spreche ich mit dir, Großer Geist. Komm zurück zu uns! Hör mich an, was ich dir heute nacht sage. Ich bin sehr traurig, weil wir sterben. Die alten Leute, die sind schon fort … oh, oh. Sie haben es uns noch gesagt, daß wir das machen sollen, singen und rauchen und beten … (hier fing Töter-im-Holz zu winseln an, und sein ganzer Leib wurde von Weinen erschüttert. Keiner schämte sich für ihn, und nach einer Weile faßte er sich wieder und fuhr fort.) Unsere Kinder, die brauchen deine Hilfe so verflucht notwendig, Großer Geist. Sie haben keine Ehrfurcht mehr, weißt du? Sie sind faul geworden, Tunichtgute und Trunkenbolde. Ich danke dir."

Ben Benally:

„Seht doch, seht! Blaue und violette Pferde … ein Haus aus Dämmerung …"

Gegen Mitternacht wurden die Töne leiser, und die Welt kam wieder in Gang. Das Feuer war tief herabgebrannt, und der Kreis, den die Männer bildeten, schaukelte nur noch ganz langsam vor und zurück vor der kleinen, zuckenden Flamme. Von jeder Blickrichtung aus befand sich der Fetisch genau über der Spitze der Flamme; er schien anzuschwellen und wieder zu schrumpfen, indes Schweigen herrschte, und der Salbeigeruch schwängerte die Luft im Zimmer so dicht, daß er in den Nasenlöchern brannte. Der Priester der Sonne erhob sich und ging hinaus. Draußen irgendwo fing eine Juke-Box an, diesen Winkel der Nacht mit blecherner Musik zu erfüllen, in den Straßen hörte man schon die ersten Fahrzeuge. Und dann hörten sie es, so peinigend schrill, daß ihnen das Blut in den Adern stockte: den ersten schrillen schneidenden Ton, dem ein zweiter folgte, und noch einer und wieder einer: die vier Töne der Flöte aus Adlerknochen. Der Priester der Sonne stand in voller Bemalung draußen auf der Straße und sandte die Kunde in alle vier Himmelsrichtungen aus, daß im Universum etwas Sakrales vorging.

Abels Gesicht war zerschnitten und zerdroschen, und seine Augen brannten, vor allem die Augenwinkel waren furchtbar entzündet. Er wollte hingreifen, doch der Schmerz riß ihn erbarmungslos hoch bis zum völligen Erwachen. Das eine Auge öffnete sich ein wenig, und er sah durch den Spalt auf seine Hände; sie waren verdreht und gequetscht, die Daumen nach hinten gebogen und die Daumengelenke zerbrochen. Jetzt erinnerte er sich, wie ihm jeder Daumen einzeln ganz langsam, fast vorsichtig, in die Handfläche hineingedrückt worden war, bis der Knochen über dem ersten Fingerknöchel sich aus dem Gelenk drehte und die Kugel mit einem lauten Knacken aus der Gelenkpfanne sprang. Seine Hände waren schwarz vom Blut und dick angeschwollen wie Gummihandschuhe. Der Nebel senkte sich dichter über ihn, zuletzt vermochte er nicht einmal mehr die Hände zu sehen. Er hatte das Gefühl, daß sein Körper konvulsivisch zuckte und hin und her schnellte wie ein Fisch. Dann spürte er, abgesehen von der Qual des zerschlagenen Leibes, die Kälte. Noch nie hatte er so gefroren. Er versuchte zu schreien, doch aus seiner Kehle kam nur ein heiseres Krächzen und Schnaufen.

Nach dem Tod seiner Mutter ging er manchmal zur dicken Josie, die immer freundlich zu ihm war und ihn mit Süßigkeiten fütterte. Und wenn sie allein waren, dann schnitt sie Gesichter und benahm sich wie ein Idiot, um ihn zum Lachen zu bringen. Er war ein Kind, das nie lachte, und die dicke Josie hatte keine eigenen Kinder, bis auf eine Tochter, die erwachsen war und weit weg in der Stadt wohnte. Francisco schnalzte mit der Zunge und sagte ihr, sie möge seine Enkel in Ruhe lassen, aber die dicke Josie hob das Bein und ließ einen fahren, um den alten Mann mit Spott und Hohn zu verjagen. Und die Kinder drängten sich an sie und legten die Köpfe auf ihre breiten, braunen Arme. Und in der Woche, nachdem Vidal begraben wurde, ging Abel zum letztenmal wie ein Kind zu ihr, und Francisco erfuhr es nie. Sie schielte und streckte ihm die Zunge heraus und tanzte auf ihren riesigen, bloßen Füßen in der Küche herum und schnaubte und furzte wie ein Roß. Sie trug ihre gewaltigen Brüste auf den Handflächen vor sich her, daß sie über die Hände quollen und hüpften und baumelten wie leere Wasserschläuche, ihre massigen Hinterbacken wabbelten und platzten fast aus dem alten, schmierigen Kleid, indes auf ihrem breiten, glänzenden Gesicht ein wunderbar blödsinniges Grinsen stand, bei dem ihre vier Zähne sichtbar wurden. Und dabei rannen ihr die ganze Zeit die Tränen aus den Augen.

Milly?
Er fürchtete sich. Er hörte das Brechen der Wogen, er sah im kreisenden Nebel schattenhafte Gestalten, und er fürchtete sich sehr. Er hatte seit jeher unter Angst gelitten. Im Hintergrund seines Bewußtseins gab es immer etwas, wovor man Angst haben mußte, etwas, das zu fürchten war. Was es war, wußte er nicht, aber es war da, immerzu, ganz real, eine Bedrohung, etwas Unvorstellbares.

„Er hat sich nicht gefürchtet, nein, Sir“, sagte Bowker. Abel hörte es mit an, es machte ihn peinlich verlegen, es ärgerte ihn und verwirrte ihn, daß dieser weiße Mann so über ihn redete, für ihn Auskunft gab, als sei er gar nicht vorhanden.
„Mitch – ich meine Korporal Rate – und ich hatten uns auf

Stellung 13 auf der Seite eingebuddelt, so daß wir den Kamm entlang Sicht nach Süden hatten. Das Granatfeuer hatte vor kurzem aufgehört, und Korporal Rate und der Gemeine Soldat Marshall und ich, wir waren die einzigen, die rechtzeitig rauskamen – außer dem da natürlich –, und da wußten wir nicht mal, ob er nun lebte oder tot war, zum Teufel. Er muß einfach weg gewesen sein. Ja, und Marshall, der hat Mitch und mich überholt. Er ging weiter, über die Höhe von 13, und Mitch – Korporal Rate – und ich gruben uns rasch ein, als wir den Panzer heraufkommen hörten. Wir konnten auf beiden Seiten den Kamm hinuntersehen, Sir. Der Panzer fuhr langsam und mühelos im Zickzack zum Kamm hinauf. Der hat aufgeräumt, Herr. Rekognoszierung. Ich hatte ihn vorm Feldstecher. Nun, und wie ich dieses dicke Ungetüm genau studiere, da gibt mir Mitch gleich darauf einen Stoß und zeigt den Hügel runter. Es war er, Herr, der Häuptling da persönlich, der da herumkriecht. Er war aufgestanden und starrte auf den Kamm, schaute sich den Panzer an, Sir. Jesus, da haben wir erst gemerkt, daß er überhaupt noch am Leben war. Alle anderen waren tot, wissen Sie, und der Panzer da wollte nur ein bißchen hinterher aufräumen, damit es sicher war. Jedenfalls kam er vermutlich gerade zurecht, als der Panzer die Höhe erreicht hatte. Jesus Christus. Na, in letzter Minute hat er den Kopf eingezogen und sich totgestellt. Wir wußten ja nicht, ob die ihn gesehen hatten oder nicht, und, Herr Jesus, der Panzer gab sich einen Ruck und nichts wie hinüber und geradewegs über ihn drüber, so sah es zumindest aus. Aber die hatten ihn nicht gesehen und fuhren daneben vorbei, so nahe, daß sie um Haaresbreite drübergefahren wären. Jesus, was hatte Mitch – Korporal Rate – geflucht, und mir verschlug's einfach den Atem. Und da steht der Häuptling da auf, Sir. Herr Jesus, steht einfach auf und fängt an, wie verrückt herumzuhüpfen und dem gottverdammten Panzer etwas nachzuschreien, wo der doch kaum vierzig oder fünfzig Meter weit unten am Hang ist. Aber er zeigt mit dem Finger drauf und erhebt sein Kriegsgeschrei und führt einen richtigen Kriegstanz auf, Sir. Ich und Mitch, wir zwei stöhnten nur noch. Wir konnten's einfach nicht glauben. Aber ja, da war *er* und hopste rum und drohte mit dem Finger und gab ihm Saures, dem Panzer, auf Sioux oder Algonkin oder was weiß ich in welcher Sprache, um Himmels willen. Und dabei hatte er nicht mal ein Gewehr oder einen Helm auf. Und der gottverfluchte Panzer, der machte einen Satz, ja, wirklich, er machte einen Satz und blieb stehen, und dann feuerten sie aus allen Rohren auf ihn, pop-pop, ping-ping, rummms! Jesus Christus, wir sahen, wie die Blätter überall herumflogen, weil er sie aufwirbelte, und er machte ein Kriegsgeschrei, mit der flachen Hand am Mund, so wie man's im Kino sieht – und dabei zeigte er mit seinem Finger auf sie. Und zuletzt macht er sich davon, zwischen den Bäumen durch wie ein Verrückter, als wär' nichts geschehen, tanzt einfach ab! Immer mit einer seitlichen Wendung, dann stieß er wieder so einen Kriegsruf aus, und dazwischen tanzte er eine Art Twostep oder so, und dann Licht aus, und er sagt's ihnen wieder tüchtig von vorn und hinten hinein, und die verdammten Geschosse fliegen nur so pop-pop, ping-ping-rumms. O Herr Jesus, das war was, Sir!"

Milly?
Wie gottsjämmerlich ihm die Hände weh taten!
Im Nebel entstand ein schwarzes Loch, und einen Moment lang wich das Licht über der Laderampe zurück und wurde ein winziger Punkt, scharfumrissen und winzig klein und sehr weit weg; dann schloß sich der kreisende Nebel wieder und ließ es näherrücken wie einen Mond, und es begann zu pulsieren.

Und dann kamen sie an den Fluß, und eine Wolke zog quer über das Gesicht des Mondes, und die Mitte der Wolke war bleiern grau und schwarz gefleckt wie Rauch, und sie zog nun auch quer über den Mond, und da trat der Saum der Wolke silbrig und scharf hervor, und sie schwoll sogar an, als sie an dem pulsierenden Novembermond vorüberglitt. Und unter dem Himmel hingen noch andere, langgestreckte Wolkenbänke, die näheren zogen wie die Wirbel der Strömung auf dem Wasser dahin, und die Dünen erglühten schwach und flimmerten im tief einfallenden Schein. Er kroch hinter seinem Bruder, tiefgebückt wand er sich hinter ihm durch die strauchbedeckten Dünen und setzte die Füße lautlos auf die kalten Sandrillen. Und als sie sich dem

Wasser näherten, machte Vidal höhere und kürzere Schritte und hielt die blinkende Schrotflinte parat, er balancierte sie ausgewogen und ohne anzustreifen neben seinem Körper. Flußabwärts, wo das Land als schwarzes Dreieck zu sehen war, konnte Abel das Mondlicht auf der breiten Krümmung des Flusses glitzern sehen, und er hörte das leise Klatschen des Wassers hinter den ansteigenden Dünen. Dann machte ihm Vidal, ohne sich umzusehen, ein Zeichen, er möge still sein; er wartete angespannt. Sie befanden sich am Fuß einer langen Dünenwächte, die auf der anderen Seite sanft dem Flußufer zu abfiel. Vidal legte sich auf den Bauch und kroch auf Ellbogen und Knien die Düne empor. Wieder gab er ein Zeichen, und Abel folgte ihm. Von der Höhe des angeschwemmten Rückens sahen sie eine schöne Strecke des Flusses; weiter weg glomm und glitzerte er wie zerknüllte Metallfolie, aber direkt unter ihnen war er schwarz und unsichtbar hinter einem Streifen von Weidendickicht und Tamarak auf dem Ufer gegenüber. Stromaufwärts gab es Flußengen, dort teilte sich das Wasser und umfloß ein Hindernis aus Felsen und Ried. Und gleich dahinter, dort, wo die beiden Ströme sich wieder vereinigten, lag ein zartes Flimmern auf dem mondbestrahlten Wasser, ein Tanz von Lichtpünktchen vor den schwarzen Hügeln weiter hinten. Und dann hielt Abel den Atem an. Er hatte ein metallisches Blinken wahrgenommen und sah, daß Vidal ins Dunkle zielte. Er machte sich auf den Knall gefaßt und spähte zum Fluß hinab. Zunächst konnte er nichts unterscheiden, aber noch ehe der Schuß fiel, entstand auf der schwarzen Wasserfläche wimmelnde Bewegung, die die Strömung kräuselte. Es waren vierundzwanzig Graugänse, die sich nun mit langsamen, aber immer schneller werdenden, hörbaren Flügelschlägen vom Fluß abhoben. So schwerfällig stiegen sie auf, daß es nahezu aussah, als blieben sie flügelschlagend in den Weidenbüschen hängen, als Beute ihres zu großen Gewichts und ihres panischen Erschreckens. Doch schon stiegen sie, eine nach der anderen, mit großen, klatschenden Flügelschlägen höher und zogen, eine Kette glänzender Wassertropfen hinter sich herziehend, nach Süden ab. Und ehe sie, höher und höher steigend, endgültig in der Winternacht verschwunden waren, sah er sie noch einmal, die langen, schlanken Hälse in den Mond gereckt. Im Flug zeichneten sie ein dunkles, spitzwinkliges, vollendet gleichmäßiges Dreieck auf die Fläche des Himmels.

Hast du gesehen?! Wie schön sie waren! Oh, Vidal, Bruder, hast du sie gesehen?

Über dem Wasser lag nun eine unheilvolle Stille. Doch Vidals Blick war auf eine bestimmte Stelle gerichtet, die er nicht aus den Augen ließ, und daran erkannte er, wohin er gehen mußte. Zuerst sah Abel gar nichts, dann entdeckte er einen dunklen Klumpen, der durch die Schwärze trieb. In der langsam und stetig ziehenden Strömung watete er darauf zu. Der Vogel, der auf dem kalten, schwarzen Gewässer hintrieb, regte sich nicht, doch er sah ihn herankommen. Abel fürchtete sich, aber der Vogel zuckte nicht und gab keinen Laut von sich. Mit beiden Händen griff er danach. Er fühlte sich schwer und warm an, und die Federn auf der Bauchseite waren heiß und klebrig von Blut. Als er ihn ins Mondlicht hielt, sah er, daß in den glänzenden schwarzen Augen keine Angst stand, sie waren weit weg und sahen ihn nicht, weit weg vom Fluß und dem Land starrten sie wie gebannt hinüber zu dem Kreis des Mondes am südlichen Himmel.

Milly?

Der Mond und der Wasservogel.

Milly?

Was denn, Liebling, was ist denn?

O Milly, o mein Gott, solche Schmerzen in den Händen, meine Hände sind gebrochen.

Er bemühte sich, auch das andere Auge aufzumachen, riß beide Augen weit auf, aber es mißlang. Er sah starr in die Finsternis, die ihn von außen und innen erdrückte. Seine Augendeckel waren geschwärzt und beschlagen vom Nebel; mikroskopisch kleine Formen, Stäubchen und glühende Fädchen zogen schräg von oben nach unten und tanzten wie Bojen wieder obenauf, ehe sie in dem alles verschlingenden Schlund seiner Blindheit untergingen. Er wußte nicht, wie man einen solchen Schmerz in Worte fassen könnte; dazu reichten seine Kräfte nicht mehr aus, dem einen Namen zu geben und es sich einzuverleiben.

Ach Milly wie schön die Wasservögel waren, ich wollte du hättest sie sehen können ich wollte, daß mein Bruder sie sieht hoch oben zogen sie und weit fort im Nachthimmel und es war Vollmond ein weißer

Mond mit einem Ring rundherum und die Wolken waren langgestreckt und licht und zogen eilig und mein Bruder war noch am Leben und die Wasservögel waren schon weit unten im Süden und ich wollte doch, daß er sie sähe weil sie so schön waren und bitte ich sagte bitte hast du nicht gesehen wie sie mit ihren Köpfen den Mond anpeilten und wie sie durch den Ring geflogen sind den Ring um den Mond ...

„Milly?"

„Ja, Liebling?"

„War es schön für dich? Es war gut, nicht wahr, Milly?"

„Ja, Liebling, es war sehr schön für mich."

„Morgen gehe ich, Milly. Morgen suche ich mir eine Arbeit."

„Tatsächlich. Wenn du genügend suchst, wirst du sicher eine gute Stellung bekommen. Manchmal ist es nicht einfach."

„Morgen finde ich sicher etwas, Milly. Du wirst schon sehen."

„Ich glaub dir's, Liebling."

„Hör zu, ich finde einen feinen Job, und Samstag oder Sonntag gehen wir dann an den Strand, ja? Du und ich und Ben."

„Ja, hoffentlich."

„Es war schön für dich, Milly."

„Ja, wunderbar. Ich liebe dich."

Sie liebten einander nachmittags, wenn sie früh von der Arbeit heimkam. Manchmal war er nicht da, wenn sie heimkam, und dann wußte sie, daß er wieder betrunken war, daß ihm schlecht war, daß er vielleicht in eine üble Geschichte hineingeraten war. Sie verhielt sich still und wartete, bis es Nacht wurde, und dann hörte sie ein wenig Musik oder bügelte etwas oder ging ins Kino. Und hinterher entkleidete sie sich und legte sich ins Bett und lag im Dunklen und lauschte, ohne sich zu rühren. In solchen Augenblicken fühlte sie sich ganz verlassen und hatte Angst und hätte gerne geweint. Aber sie weinte nicht.

Und dort irgendwo hinter der Kälte und dem Schmerz und dem Nebel war das schwarze, unendlich weite Meer, das dem Mond unterworfen war, und auf dem Wasser war die kalte, weiße Fährte des Mondes. Und weit draußen in der Nacht, wo sonst nichts mehr war, standen die Fische im schwarzen Gewässer still, inmitten der mächti-

gen Wogen und der Gewalten des Meeres standen sie reglos still, oder sie rollten und drehten sich wie schwimmende Köder und spielten auf der weißen Mondbahn. Und weit, weit im Inland flogen Zugvögel, ein Zug von großen Wildgänsen, unter dem Mond.
Sie lebte seit vier Jahren in Los Angeles und hatte die ganze Zeit über mit keinem Menschen gesprochen. Zwar wimmelte es überall von Menschen, sie kannte viele davon, arbeitete mit ihnen – es kam vor, daß sie sie nicht in Ruhe ließen –, aber sie sprach sich nie mit jemandem aus, erzählte keinem, was sie wirklich bewegte. Sie grüßte und scherzte und hatte nichts gegen sie, aber dann zog sie sich doch von ihnen zurück und führte ihr eigenes Leben. Niemand ahnte, was sie wirklich dachte oder fühlte, niemand wußte, wer sie eigentlich war.
Und dann stand er eines Tages wartend vor ihrer Tür. Das war an einem heißen, dunstigen Nachmittag. Sie war durch die von Menschen wimmelnden Straßen nach Hause gegangen. Und dort stand er und wartete auf sie. Sie kannten einander nicht sehr lange, deshalb war er sehr eingeschüchtert. Aber er wartete auf sie und freute sich, sie zu sehen, das merkte sie sofort. Er sagte irgendwas, das ihr sein Kommen erklären sollte; und auf einmal wurde ihr klar, wie einsam sie alle beide waren, wie unbeschreiblich einsam. Sie schüttelte den Kopf und biß auf ihren Lippen herum, und dann rollten Tränen über ihre Wangen, aber sie gab keinen Laut von sich, sondern atmete nur ab und zu stockend ein. Sie weinte, wie nur alte Menschen weinen. Und trotz der Tränen sah sie seine Verwirrung und sein Erschrecken und fand ihn halb bemitleidenswert und halb komisch und konnte sich auf einmal nicht mehr beherrschen und platzte mit schluchzendem Gelächter heraus – und etwas später, nachdem ihr Begehren gestillt war, hielt sie auch ihren Schmerz nicht mehr gänzlich im Zaum.
Ich war ein verwahrlostes Kind mit gelben Locken und mageren Ärmchen und Beinen, das plumpe Knöchel hatte. Ich ging immer barfuß, und meine Fußsohlen waren hart und rissig und schwarz vor Schmutz. Rennen konnte ich, flink wie ein Hase. Als Daddy einmal dabei war, die Parzelle hinter der Scheune einzuzäunen, rannte ich in den Stacheldraht hinein, ohne zu schauen, und riß mir die ganze Brust auf. Da, gib mir deine Hand. Spürst du die Narben, man sieht sie fast nicht mehr – nur die Haut ist dort etwas heller

und glänzt –, und wenn du mich hochhebst oder die Haut dort zusammenpreßt und sie nicht mehr gespannt ist, entstehen lauter winzige Rillen auf der Narbe. Unter den Narben habe ich ein paar winzige rote und blaue Äderchen, die meisten blau. Komisch, nicht, wie die Adern nach allen Seiten verlaufen überall dort?

Der Grund, auf dem wir wohnten, war hart und trocken und ziegelrot, und mein Daddy pflügte und bepflanzte und bewässerte das Land, aber es brachte doch nur sehr wenig Frucht. Und das blieb so, Jahr um Jahr; immer dasselbe, und schließlich fing Daddy an, den Boden zu hassen und als eine Art Feind zu empfinden, seinen ganz speziellen, persönlichen Todfeind. Ich erinnere mich noch, wie er am Abend vom Acker heimkam als ein geschlagener Mann, besiegt von der Erde und stumm. Er sprach nie ein Wort darüber, er setzte sich hin und dachte ununterbrochen an seinen Feind. Und manchmal bekam er ganz große Augen und riß den Mund auf vor ungläubigem Staunen, als sei es ihm plötzlich ganz klargeworden, daß er alles Menschenmögliche versucht und sich abgerackert hatte und daß alles vergeblich war, und so blieb ihm nichts mehr, als dort zu sitzen und sich zu wundern, wie stark der Feind war. Jeden Tag stand er auf, bevor der Morgen graute, und ging aufs Feld, aber ohne jede Hoffnung, und ich sah das mit an, beobachtete ihn manchmal bei Sonnenaufgang, wenn er dort in der weiten Landschaft stand, winzig klein vor dem weiten Horizont und wie versteinert, obwohl er die Furchen abschritt.

Mein Daddy hatte mich gern, aber er verstand das nicht in Worten oder Gesten auszudrücken, außer damit, daß er Tag für Tag den Kampf mit dem Boden aufnahm, aber ich wußte es trotzdem. Es war eine zärtliche, irgendwie verzweifelte Liebe ohne alle Fröhlichkeit. „Hör zu", sagte er zu mir, „du mußt schauen, daß du hier wegkommst", aber seine Augen hatten schon beim Gedanken daran einen verzweifelten Ausdruck. Er gab mir das Geld, das er für diese Gelegenheit seit siebzehn Jahren zusammengespart hatte, und dann gingen wir gemeinsam zu Fletcher's Farm hinüber, und Daley Fletcher brachte uns im Lastwagen seines Vaters zur Bahn. Als der Zug einfuhr, gab mir Daddy meinen Koffer, und als ich ihn übernahm und dabei seine große, schwielige, sonnverbrannte Hand streifte, die so hart und knorrig war wie Wurzelwerk und so angenehm roch nach der tiefen, dunklen Erde, die sie eben noch umgegraben hatte, da sagte ich: „Leb wohl, Daddy – Daddy, leb wohl."

Und ich hab ihn nie wieder gesehen und sehe ihn immer noch so, in seinem Overall und dem gestreiften Mantel und den schön geputzten

schwarzen Schuhen, die ich in all den Jahren höchstens zwei- oder dreimal an ihm gesehen hatte, dort stehen und auf die Station starren. Das Geld, das er mir mitgegeben hatte, war bald zu Ende, aber ich war groß und stark und konnte arbeiten, ich arbeitete nach der Schule als Kellnerin und stand vor Tagesgrauen auf, um zu lernen und zu studieren. Und im letzten Schuljahr verliebte ich mich in Matt, und da hab ich ihn geheiratet. Wir waren glücklich, und einige Zeit passierte nichts besonders Schlechtes. Wir bekamen ein Baby, ein weiches, hübsches kleines Ding, wir nannten sie Carrie. Und als Matt mich dann verließ und nicht mehr zurückkam, da übertrug ich meine ganze Liebe auf Carrie; ich war froh, daß sie da war, solang ich Carrie hatte, war mir alles recht. Ich suchte mir eine Beschäftigung und jemanden, der auf Carrie aufpaßte, und am Wochenende spielte ich mit Carrie und sang ihr ein Schlaflied vor, und wenn sie dann nachmittags wach wurde und das Wetter schön war, ging ich mit Carrie auf einen Spielplatz und setzte sie in die Schaukel und schaukelte sie, während sie sich mit ihren kleinen Händchen festhielt und lachte und lachte, und wie Carrie lachen konnte!
Dann war Carrie vier Jahre alt. Ich hörte sie weinen, ging zu ihr ins Zimmer, fand sie fiebrig und heiß, und noch in der Nacht verfiel sie förmlich und sah blaß und matt aus. Ihre Stimme klang ganz fremd und dünn, unter den Augen hatte sie dunkle Ringe. Sie sah ganz klein und zart und wunderschön aus. Ich lief hinunter und telefonierte von dem Laden an der Ecke nach einem Arzt. Und als ich ging, sprach mich Mr. Hitchcock an – vielleicht kann ich Ihnen helfen –, und ich blickte ihn an, wie er mit offenem Mund dastand, und da sah ich meine Angst und Ohnmacht in seinem Gesicht, wie in einem Spiegel. Und da mußte ich, ohne jeden Anlaß, auf einmal lachen; es klang so, daß er davor erschrak.
Der Arzt kam und nahm Carrie in der Ambulanz mit. Sie schien zu wissen, was ihr bevorstand, und lag mäuschenstill da im Krankenhaus und starrte auf die Zimmerdecke. Sie sah nicht bange drein, eher neugierig, merkwürdig ernst und reif. Für mich war das das Allerunsinnigste und Fürchterlichste: daß mein Kind dem Tod mit solcher Ergebenheit ins Gesicht sah. Es war, als sei sie plötzlich erwachsen geworden und habe in den wenigen Stunden ein volles Leben durchgemacht, und ganz zuletzt hatte ihr Gesichtchen einen Ausdruck von Weisheit und Greisenhaftigkeit. Manchmal hat sie mich in der Nacht gefragt, ob sie sterben müsse. Und wie es war, verstehst du das – ihre Zeit war zu kurz, es hatte keinen Sinn mehr, ihr etwas vorzumachen, ich hatte auch gar nicht das Recht, die Augen da-

vor zu verschließen. „Ja", sagte ich. Und dann fragte sie, wie das Sterben denn sei, und ich antwortete: „Ich weiß es nicht." – „Ich hab dich so lieb, Milly", sagte sie; sie hatte mich früher nie beim Vornamen gerufen. Nach einer Weile starrte sie angestrengt auf die Zimmerdecke, und ihre Augen leuchteten noch einmal hell auf, dann wandte sie ganz leise den Kopf zur Seite und schloß sie. Sie schien tief ermüdet. „Ich hab dich sehr lieb", flüsterte sie. Sie ist nicht mehr aufgewacht.

Er mußte auf die Beine kommen, wenn er nicht aufstand, würde er hier hilflos zugrunde gehen. Seine Beine wenigstens waren nicht gebrochen, sie waren in Ordnung. Er schob das eine Knie ein Stück vor, dann das zweite, und so brachte er es fertig, bis an den Zaun zu kriechen. Nach endlosen Bemühungen gelang es ihm, sich aufzusetzen und sich am Zaun anzulehnen. Bei der aufrechten Haltung wurde es in seinem Kopf etwas klarer, im Moment bestand keine Gefahr, daß er wieder das Bewußtsein verlieren würde. Er zog die Beine unter den Leib und stützte sich gegen den Zaun, zuerst drückte er den Hinterkopf dagegen, dann stemmte er sich mit beiden Schultern am Zaun hoch, indem er die Füße einsetzte und sich dagegen und hinaufdrückte, bis er stand. Und dann unternahm er die endlose, qualvolle Reise durch dunkle Alleen und Straßen. Ab und zu fuhr ein Wagen durch diese Straßen, und er wartete im Schatten, bis er vorüber war, und drückte sich flach an Mauern und Häuser. Irgendwo auf diesem Weg stand ein Lastwagen, ein Dreivierteltonnen-Lieferwagen, mit einer Plane über dem Laderaum, der hinten offen war. Die Scheinwerfer brannten. Er legte sich mit dem Oberkörper über die heruntergeklappte Hinterplanke und wälzte sich hinein. Nach einiger Zeit hörte er jemanden kommen und vorn einsteigen; der Laster fuhr an, und Abel überließ sich seinen Qualen und seiner Erschöpfung. Als der Wagen später irgendwo stehenblieb, kroch er heraus und schleppte sich weiter, im Schatten, immer an den Hausmauern entlang. Einmal kam ein Mann um die Ecke und sah ihn. Er machte den Mund auf, als wollte er etwas sagen, blieb einen Moment lang stehen und starrte ihn an; dann ging er schleunigst davon und war bald nicht mehr zu sehen.

Hie und da blieb Abel stehen, um auszuruhen, dann wurde ihm schwindlig und er mußte weitergehen. Er konnte vor

Ermattung nicht mehr klar denken. Er dachte an den Nebel, stolperte und schürfte mit den Schultern an der nassen Ziegelmauer entlang im kreisenden Nebel. Und er sah, halb von Sinnen vor Schmerz und Erschöpfung, Milly und Ben an der Küste unter dem hoch stehenden, hellen Mond, und die Fische waren weit weg in den Untiefen verborgen, und es war alles leer, bis auf das Mondlicht und den langen, weißen Schaumstreifen des Meeres, der die Küste säumte.

Und Tosamah, Prediger, Arzt, Priester der Sonne, Sohn des Kolibris, sprach also: „In der Ebene von Oklahoma gibt es nur eine bucklige Erhebung, nordwestlich der Gegend von Wichita. Für meinen Stamm stellt sie ein altes Grenzzeichen dar und wird Berg des Regens genannt. Dort, südlich von der Mulde des Kontinents, herrscht das härteste Klima der Welt. Im Winter brechen die Schneestürme durch den Korridor von Willistone herein, mit Hagel und Eisregen. Im Frühjahr blasen die heißen, tornadoartigen Wirbelwinde, und im Sommer ist die ganze Prärie ein glühender Amboß. Das Gras verdorrt und wird braun, es knistert unter jedem Schritt. An den Flußläufen gibt es schmale Grüngürtel, neben den Bächen Zeilen von Hickorynuß- und Pecanbäumen, Weiden und Hexenhaselstauden. Im Juli und August flimmert der Dunst, der aus dem Laub steigt, aus einiger Entfernung sieht das aus, als tanzten Flämmchen darauf. Im Gras leben Scharen großer grüner und gelber Heuschrekken, die wie Popcorn aufspringen und stechen, und über die rote Erde kriechen Schildkröten auf ihren ziellosen Wanderungen hierhin und dahin, als hätten sie endlos Zeit. Die Einsamkeit ist ein Bestandteil dieser Landschaft. In der weiten Ebene steht jeder Gegenstand isoliert da, das Auge wird nirgends von der Vielzahl der Gegenstände verwirrt, es gibt immer nur einen Hügel, einen Baum, einen Menschen. Die geringste Bodenerhebung gibt den Blick bis ans Ende der Welt preis. Wenn man frühmorgens über die Landschaft hin schaut und dabei die Sonne im Rücken hat, verliert man jedes Gefühl für Proportionen. Dann belebt sich die Phantasie, und man meint, so muß es am ersten Schöpfungstag gewesen sein.

Im Juli kehrte ich zum Berg des Regens zurück. Meine Großmutter war im Frühling gestorben, und ich hatte das Bedürfnis, an ihrem Grab zu stehen. Sie war sehr, sehr alt geworden und zuletzt ganz gebrechlich vor Altersschwäche. Ihre einzige noch lebende Tochter war bei ihr gewesen, als sie starb, und hat mir gesagt, daß ihr Gesicht im Tod wie ein Kindergesicht aussah.

Ich stelle sie mir gern kindlich vor. Als sie zur Welt kam, da erlebten die Kiowas den letzten großen Augenblick ihrer

Geschichte. Denn sie hatten mehr als hundert Jahre hindurch das ganze Gebiet vom Smoky-Hill-Fluß bis zum Roten Fluß beherrscht, vom Ursprung der Gewässer der Kanadier bis dorthin, wo der Arkansas und der Cimarron sich teilen. Gemeinsam mit den Comanchen, mit denen sie ein Bündnis geschlossen hatten, beherrschten sie die gesamten Ebenen des Südens. Kriegführen war ihre geheiligte Aufgabe, und sie waren die besten Reiter, die die Welt je sah. Aber die Kiowas waren in allererster Linie Krieger, weil dies ihrem Wesen entsprach, und nicht, weil es galt, zu überleben, sie begriffen einfach nicht, mit welch grimmiger Unerbittlichkeit die US-Kavallerie zum Angriff auf sie bereit war. Als sie zuletzt zerstreut und mit zu wenig Vorräten bei herbstlicher Kälte in die Staked Plain hinausgetrieben wurden, brach Panik unter ihnen aus. Im Palo Duro Cañon mußten sie ihre wichtigsten Vorräte verlassen, und diese wurden geplündert, und so retteten sie nur noch das nackte Leben. Um sich am Leben zu erhalten, ergaben sie sich der Besatzung von Fort Sill und wurden dort in den alten Gemäuern des Viehpferchs, die heute noch stehen und als Heeresmuseum dienen, gefangengehalten. Meine Großmutter mußte die Demütigung in jenen hohen, grauen Steinmauern nicht miterleben, weil sie erst acht oder zehn Jahre später geboren wurde, aber sie muß vom Tag ihrer Geburt an gewußt haben, wie es ist, zu den Besiegten zu gehören, und kannte das finstere Vorsichhinbrüten der einstigen Krieger.

Sie hieß Aho und entstammte der spätesten Kultur, die sich in Nordamerika entwickelt hatte. Ihre Vorfahren waren aus dem hochgelegenen Gebiet im Norden vor etwa dreihundert Jahren zugewandert. Die frühesten Nachweise ihrer Existenz verweisen auf das Quellgebiet des Yellowstone-Flusses im westlichen Montana. Sie waren Bergvölker, ein geheimnisvoller Stamm von Jägern, deren Sprache sich in keine der großen Sprachgruppen einordnen ließ. Im späten siebzehnten Jahrhundert begann ihre Zeit der langen Wanderungen nach Süden und Osten. Die Wanderung verlief ständig in Richtung des Morgengrauens und führte sie in ein goldenes Zeitalter. Auf ihrem Weg trafen die Kiowa-Indianer die Krähen-Indianer und wurden freundlich aufgenommen. Von ihnen erhielten sie die Kultur und die Religion der weiten Ebenen. Sie beschafften sich Pferde, und ihr aus Urzeiten stammender Nomadengeist entfaltete sich nun nicht mehr mit den Füßen am Boden. Sie übernahmen auch Tai-me, die heilige Sonnentanzpuppe, die von da an für sie zum wichtigsten Gegenstand der Anbetung, zum höchsten Symbol wurde. Dadurch gewannen sie Anteil an der Göttlichkeit der Sonne. Und nicht zuletzt übernahmen sie auch ihren Schicksalsglauben, der ihnen Mut und Stolz verlieh. Bis sie die Ebenen des Südens erreichten, waren sie gänzlich umgewandelt. Sie waren nicht länger die Sklaven der primitivsten Notwendigkeit, zu überleben; sie waren eine edle und gefährliche Gesellschaft der Kämpfer und der Räuber, der Jäger und Sonnenpriester. Ihrer Entstehungsmythe nach waren sie aus einem ausgehöhlten Baumstamm gekrochen, als sie zur Welt kamen. Und von einem gewissen Gesichtspunkt aus war ihre weite Wanderung als Frucht einer uralten Prophezeiung zu betrachten, denn sie kamen tatsächlich aus einer sonnenlosen, höhlenhaften Welt.

Ich sah das ein. Ich verfolgte ihren einstigen Pfad bis an das Grab meiner Großmutter. Hatte sie auch ihr ganzes langes Leben im Banne des Berges des Regens hingebracht, die gewaltige Landschaft im Inneren des Kontinents – mit ihren Jahreszeiten und ihren Lauten – lag ihr noch im Blut wie eine Erinnerung. Sie konnte von den Krähen-Indianern berichten, obwohl sie sie doch nie gesehen hatte, und von den Schwarzen Bergen, wo sie nie gewesen war. Ich aber wollte, was sie nur um so vollkommener im Geist geschaut hatte, nun auch in Wirklichkeit sehen.

So begann ich meine Pilgerfahrt, indem ich dem Lauf des Yellowstone-Flusses folgte. Dort war, wie mir schien, der Gipfel der Welt, eine Region tiefer Seen und finsterer Wälder mit Cañons und Wasserfällen. Aber so herrlich die Landschaft dort ist, man wird das Gefühl, darin gefangen zu sein, nicht recht los. Der Horizont rückt von allen Seiten zu nahe heran, ihn bilden die Wälder, wie eine Wand dicht vor den Augen, und die tiefen Schattenschlünde. In den Bergen dort herrscht völlige Freiheit, aber sie gehört dem Adler und dem Elch, dem Dachs und dem Bären. Das Maß der Kiowas war die Weite des Horizonts gewesen, die sie überblickten, der Urwald bedrückte sie und machte sie blind.

Auf der Ostseite fallen die Hochgebirgswiesen wie eine Treppe in mehreren Plateaus zur Tiefebene ab. Im Juli strotzt der innere Hang der Rocky Mountains von Flachs und Buchweizen, Mauerpfeffer und Rittersporn. Die Erde entfaltet sich, und die Grenzen der Landschaft weiten sich. Die Baumgruppen und das grasende Getier in der Ferne machen unwillkürlich den Blick schweifend und weit, und Staunen ergreift das Gemüt. Der Lauf der Sonne ist länger, der Tag dauert länger, und der Himmel gewinnt eine Weite, die unvergleichlich ist. Die großen Wolkenballen, die darin segeln, gleiten als Schatten über Wiesen und Getreide wie Wasser, und Licht und Schatten wechseln ständig. Weiter unten im Land der Krähen und der Schwarzfuß-Indianer wird die Ebene gelb. Süßklee überwuchert alle Hügel und verhüllt die Erde mit einem wirren, grünen Teppich. An dieser Stelle machten die Kiowas Rast auf ihrer weiten Wanderung, sie hatten den Punkt erreicht, wo sie ihre Lebensgewohnheiten aufgeben mußten. Die großen Ebenen sind die Heimat der Sonne, und so wird sie dort zu einer Gottheit. Die Kiowas hatten das Land der Krähen erreicht. Im Morgengrauen sahen sie hinter dem Bighorn-Fluß den düsteren, trotzigen Wall des Gebirges ragen, und unter ihnen erstreckte sich die Kornkammer, über die sich Licht in verschwenderischer Fülle ausgoß, das Licht, die zweitälteste Gottheit, nach der Gottheit der Sonnenwende. Aber sie zogen nicht direkt weiter nach Süden, in den Talkessel hinab, ihr Blut war der nördlichen Winter noch nicht entwöhnt, und sie konnten sich nicht trennen vom Anblick der Berge, darum wandte sich die Prozession, die Tai-me mit sich führte, zunächst nach Osten.
Über den Schwarzen Bergen lagerten graue Nebel, und das Land sah aus, als sei es von Eisen. Als ich eine Bodenerhebung erklommen hatte, erblickte ich zum erstenmal den Teufelsturm – die höchste Spitze, die wie eine geschliffene Feile in den grauen Himmel sticht –, ehe er wieder hinter dem Horizont versank. Ich bekam ihn erst viel später wieder zu Gesicht, auf der anderen Seite des Tales, wo er mir plötzlich in voller Größe gegenüberstand. Es war, als sei hier, im Augenblick, da die Zeit geboren wurde, plötzlich die Erdrinde geborsten, um ihre innerste Tiefe nach außen zu stülpen und die Welt in Bewegung zu setzen. Und auch

er scheint immerzu in Bewegung zu sein, obwohl er reglos dasteht, darin gleicht er gewissen zeitlos alten Bäumen, die aussehen, als wollten sie in den Himmel wachsen. Die Landschaft ist suggestiv und verleitet zu Sinneseindrücken und -täuschungen. Es gibt Naturgebilde, die im Herzen des Menschen ehrfürchtiges Schweigen hervorrufen. Der Teufelsturm ist ein solches. Freilich muß sich der Mensch Gedanken darüber machen und nach einer Erklärung der Naturphänomene suchen, will er sich nicht für alle Zeiten als Fremdling innerhalb des Universums empfinden. Deshalb haben die Kiowas, da sie es nicht besser verstanden, am Fuße der Felsnadel eine Sage erfunden. Meine Großmutter erzählte:

Es waren einmal acht Kinder, sieben Schwestern und ein Bruder, die spielten hier. Plötzlich wurde der Knabe stumm, er zitterte und fing an, auf allen vieren zu laufen. Seine Finger wurden zu Tatzen, und sein Leib bedeckte sich mit einem Fell. Wo der Knabe gestanden hatte, da stand nun ein Bär. Die sieben Schwestern fürchteten sich vor ihm und liefen davon, und der Bär verfolgte sie. Sie kamen an einen dicken Baumstamm, und der Baum begann zu sprechen. Er bat sie, an ihm hinaufzuklettern, und nachdem sie das getan hatten, wuchs der Strunk höher und höher. Und als der Bär hinkam, konnte er sie nicht mehr erreichen. Da richtete er sich auf und zerfetzte den ganzen Stamm mit seinen Tatzen. Die sieben Schwestern aber wurden in den Himmel hinaufgetragen und in das Sternbild des Großen Bären verwandelt.

Seit diesem Tag haben die Kiowas Brüder aus ihrem Stamm auf dem Nachthimmel und werden sie haben, solange die Sage unter ihnen fortlebt. Wie immer sie gewesen waren, solange sie in den Bergen wohnten, das war vorüber. Und sooft auch ihr Leben nur mehr an einem Faden hing, soviel sie erlitten hatten und noch leiden würden, sie hatten doch den Pfad gefunden, der sie aus der Wildnis ins Freie führte. Als der erste von ihnen am Rand der Great Plains stand, sah er weiter, als er je gesehen hatte. Im Herzen des Kontinents ist es, als gäbe es eine reine Substanz aus Sonne und Wind, die immer gerade am äußersten Rande des Blickfelds zu verharren scheint.

Jener erste Mensch ahnte vielleicht, was sie hier erwartete. Nichts hätte ihn gehindert, ins Freie hinauszutreten, die Landschaft zu betreten und darin zu leben, nur hätte er ohne Übergang die ganze drückende Hitze und das große, lastende Schweigen auf sich nehmen müssen. Nie war die Frage des Überlebens oder Nichtüberlebens so problematisch, nie waren sie so gefährdet wie damals, denn kaum ein anderes Land fordert den Menschen so heraus, seine Kräfte mit ihm zu messen. Aber auch nirgends sonst dünkt es den Geist wahrscheinlicher, daß man imstande ist, Wunder zu vollbringen, nirgends ist das Schicksal so sehr dem eigenen Willen überantwortet.

Meine Großmutter verehrte die Sonne mit einer Frömmigkeit und Devotion, zu der die heutige Menschheit nicht mehr fähig ist. Scheu und Ehrfurcht von alters her erfüllten ihre Seele. In ihren späteren Jahren wurde sie Christin, aber so weit sie auch herumgekommen war, ihr Geburtsrecht hatte sie nie verleugnet. Als Kind hatte sie noch die Sonnentänze miterlebt und an diesem alljährlichen Ritual teilgenommen, daher auch ihr Wissen um die Wiedereinsetzung ihres Stammes durch die Anwesenheit der Tai-me. Als im Jahr 1887 am Washita-Fluß zum letztenmal der Sonnentanz der Kiowas stattfand, über dem Rainy Mountain Creek, da war sie sieben Jahre alt. Die Büffel dort waren ausgerottet worden. Doch zum Vollzug des uralten Opferrituals brauchten sie den Kopf eines Bullen, der auf die Spitze des Baumes der Tai-me gesteckt wurde, deshalb brach eine Abordnung von Stammesältesten auf und zog bis nach Texas, wo sie sich mit Bitten und Handeln ein Tier aus der Goodnight-Herde beschafften. Und sie war zehn Jahre alt, als die endgültig letzte Versammlung der Kiowas als Träger der Sonnentanzkultur stattfand. Diesmal hatten sie keinen Büffelbullen mehr auftreiben können und mußten sich damit begnügen, eine alte Büffelhaut an den heiligen Baum zu hängen. Dieses Sommers gedachte meine Großmutter unter dem Namen Ä'poto Etóda-de K'ádó: Sonnentanz, bei dem die Pfähle stehenblieben; in den Kalenderaufzeichnungen der Kiowas wird er durch das Zeichen eines Baumes dargestellt, der vor dem unvollendeten Gehäuse des Medizinmanns steht. Noch ehe der Tanz begann, brach eine berittene Kompanie bewaffneter Soldaten von Fort Sill auf, mit dem Befehl, den Stamm auseinanderzujagen. Da ihnen nun auch noch der Vollzug ihrer bedeutendsten religiösen Zeremonie verwehrt war, nachdem sie überdies hatten mitansehen müssen, wie ihre Herden hingeschlachtet auf der Erde lagen und verfaulten, mieden die Kiowas den heiligen Baum von diesem Tage an. Das hatte sich am 20. Juli 1890 zugetragen, am Washita-Fluß, dort wo er den großen Bogen macht. Meine Großmutter war dabei. Ohne jede Verbitterung bewahrte sie dennoch, solange sie lebte, den Anblick dieses Gottesmordes in ihrem Herzen.

Seit ich nur mehr im Gedenken mit meiner Großmutter vereint sein kann, sehe ich sie innerlich stets in wenigen, aber typischen Situationen vor mir: Ich sehe sie an einem Wintermorgen am Holzfeuerofen stehen und das Fleisch in dem großen Eisenkessel wenden; ich sehe sie am südlichen Fenster sitzen und den Kopf über eine Perlenarbeit beugen, oder in späteren Zeiten, als die Sehkraft zu sehr nachgelassen hatte, sehe ich sie nur still dasitzen und auf ihre gefalteten Hände hinabschauen; ich sehe sie am Stock gehen, langsam und mühsam, von der Bürde des Alters gebeugt; und ich sehe sie im Gebet. Aus allem Leiden und Hoffen ihres bewegten Lebens machte sie sich ihre gemurmelten Gebete. Ich war nicht sicher, ob es sich schickte, sie dabei zu belauschen, denn ihre Gebete waren anders als die gewohnten und das gemeinsame Gebet, sie waren exklusiv. Als ich das letztemal erlebte, wie sie betete, stand sie neben ihrem Lager, mit entblößtem Oberkörper, und die schaukelnde Petroleumlampe ließ Licht und Schatten über ihre dunkle Haut tanzen. Das lange, schwarze Haar, das sie bei Tag straff zurückgespannt und in zwei Zöpfe geflochten trug, war offen und fiel ihr über die Schultern und Brüste wie ein Umhängetuch. Ich verstand ihre Gebete meist nicht, fast scheint mir, daß sie sich dabei einer älteren Sprache, die nicht mehr in Gebrauch war, bediente. Der Klang dieser Sprache war seiner Natur nach traurig, Trauer äußerte sich in dem zögernden Aneinanderreihen der klagenden Silben. Sie fing mit einer ganz hohen und dünnen Stimme an, die allmählich tiefer wurde und verstummte, worauf ein seufzender Atemzug folgte, und dann begann sie von neuem, immer wieder, und mit einer nie nachlassenden beschwörenden Intensität, mit der Stimme eines Menschen in höchster Not, eindringlich, aber nicht zudringlich. Der matte Schimmer der schwankenden Lichtquelle machte sie zu einem Schatten unter den Schatten des

Raums, und es schien, als könne die Zeit ihr nichts anhaben und das Alter sie nicht zerstören. Doch das war eine Illusion; mir war wohl damals schon bewußt, daß ich sie nicht wiedersehen würde.

In der Ebene stehen die Häuser wie einsame Wachhäuschen, wie Unterstände für Meteorologen. Jedes Stück Holz wirkt schon nach kurzer Zeit uralt und verwittert. Wind und Regen waschen jeden Farbanstrich weg, und das Holz wird grau und verbrannt, die Astknorren treten hervor, die Nägel sind rot vom Rost. Die Fensterscheiben werden schwarz und mattiert, und man meint, dahinter sei alles leer, und natürlich gibt es dort Gespenster, die Geister der unzähligen Totengebeine, die hier in die Erde gelegt wurden. Man sieht sie auch hin und wieder, abgehoben vom Himmel, dastehen, will man sich ihnen aber nähern, so geht man und geht und kommt ihnen doch nicht näher. Sie gehören der Ferne an, die ihre eigentliche Domäne ist.

Das Haus, in dem meine Großmutter wohnte, stand unweit der Stelle, an der der Rainy-Mountain-Creek in den Washita-Strom mündet. Früher war das Haus immerzu von Lärm erfüllt, es gab ein Kommen und Gehen, Feste wurden darin gefeiert und Gespräche geführt. Im Sommer gab es immer Abwechslung, und viele Besucher kamen. Die Kiowas sind Sommermenschen. Wenn sie frieren und es kalt ist, bleiben sie am liebsten daheim, kommt aber dann die schöne Jahreszeit, wird es wieder warm, dann beginnt im ganzen Land ein neues Leben, dann können sie nicht mehr stillsitzen, und die alte Wanderlust ergreift sie von neuem. Die alten Leute haben viel übrig für Prunk und Prachtentfaltung und ein ausgeprägtes Gefühl für Anstand und Würde. Die bejahrten Besucher, die im Haus meiner Großmutter verkehrten, als ich noch ein Kind war, waren einprägsame Charaktere, voll von Weisheit und Verachtung. Sie trugen eine unerschütterliche Gelassenheit zur Schau und zeigten der Welt stets dasselbe unbewegte Gesicht; ein Gesicht, das genügte. Sie waren von äußerster Hagerkeit und gegerbt wie Leder, ihre Haltung war aufrecht. Sie trugen breitkrempige, schwarze Hüte und weite, bunte Hemden, die sich im Winde bauschten. Ihr Haar war mit Talg eingefettet, und in die Zöpfe waren bunte Tuchstreifen eingeflochten. Manche trugen auch Bemalung im Gesicht und die Narben von vergangenen kriegerischen Taten, deren Andenken ihnen teuer war. Als Versammlung alter Kriegshäuptlinge sorgten sie dafür, daß weder sie noch die anderen vergaßen, wer sie waren; deshalb kamen sie gern zu den Versammlungen. Ihre Frauen und Töchter waren ihnen untertan. Die Frauen freilich durften sich gehenlassen; Klatsch, das war zugleich das Kennzeichen und der Vorteil ihrer dienenden Stellung. Sie plauderten laut und lebhaft, scherzten miteinander und gestikulierten, zeigten gespieltes Entsetzen und künstlichen Alarm. Sie kleideten sich in geblümte Tücher mit langen Fransen, bunte Perlarbeiten und Neusilberschmuck. Ihr Domizil war die Küche, und was sie kochten, war geradezu ein Festessen.

Nachts gab es oft Gebetsversammlungen und große Feste. Als Kind spielte ich mit meinen Vettern draußen im Freien, soweit das Licht der Lampe reichte, und von allen Seiten hörten wir das Singen der alten Leute, das im Dunkel verklang. Es gab gute Sachen und reichlich zu essen und Gelächter und Überraschungen. Und nachher, wenn es wieder still war, ging ich mit der Großmutter zu Bett und hörte das Quaken der Frösche unten am Fluß und spürte den nächtlichen Wind.

Jetzt herrscht in allen Zimmern Friedhofsstille, und das letzte Wort ist gesprochen und hallt endlos darin wieder. Die Mauern scheinen enger geworden im Haus meiner Großmutter. Als ich wiederkehrte, um dort um sie zu trauern, sah ich erst, wie klein es war. Es war spät am Abend, der weiße Mond war nahezu voll. Lange saß ich auf den Steinstufen vor der Küchentür. Von dort aus konnte ich die ganze Landschaft überschauen, die lange Baumreihe den Fluß entlang, das sinkende Licht, das noch auf der welligen Ebene lag, und hoch oben stand das Sternbild des Großen Bären. Als ich zum Mond aufsah, machte ich eine merkwürdige Beobachtung. Nur ein paar Zentimeter vor mir saß ein Heimchen auf dem Geländer. Als ich den Blick auf die Mondscheibe richtete, schien das Tierchen zur Gänze darin eingeschlossen wie ein Fossil. Ich dachte, es ist gewiß an just diese Stelle gekrochen, um dort zu leben und zu sterben, weil seine Bestimmung, so gering sie sein mag, nur dort Vollendung und Ewigkeit finden kann. Ein lauer Wind

wehte und rauschte leise auf, wie die Sehnsucht in meinem Herzen.
Am folgenden Morgen erwachte ich bei Morgengrauen und verließ das Haus der Großmutter. Ich ging an das Brunnengestell, das neben dem Baum steht. Überall herrschte tiefe Stille, noch lag die Nacht über dem Pecanhain unten am Fluß. Die Sonne stand noch tief unten am Horizont, sie hatte noch nicht die Kraft, um die Luft zum Glühen zu bringen, und schien trüb und kalt, als wäre sie nur ein zweiter Mond. Der orange Bogen wuchs und dehnte sich über die Landschaft aus und wölbte sich dabei in einem unmöglichen Durchmesser nach unten. Hoffentlich greift er nicht weiter, dachte ich und fing an, mich zu fürchten, doch da wurde die Luft durchlässig, und die Sonne trat zurück. Ich aber hatte sekundenlang Einblick erhalten ins Herz der Welt. In der Ebene entspringt jeder neue Tag dieser seltsamen Sonnenfinsternis.
Ich schlug den Pfad ein, der zum Berg des Regens führt. Es war schon ziemlich heiß, die Luft war von schwirrenden Heuschrecken erfüllt. Aber es war noch frühmorgens, und die Vögel saßen im Schatten und sangen. Das langhaarige gelbe Gras, mit dem der Berg des Regens bedeckt ist, glänzte im strahlenden Licht, und ein Vogel zog rasch über der Landschaft dahin. Und da war das Grab meiner Großmutter und damit das Ende einer langen und legendären Wanderschaft, und es konnte nirgendwo anders sein als hier. Ganz zuletzt war es ihr doch gelungen, den geheiligten Boden zu erreichen. Auf dunklen Steinen standen da und dort die Namen der Vorfahren. Und ich blickte mich noch einmal um und sah auf den Berg, dann riß ich mich los.“

III. DER NACHTGESANG

Los Angeles 1952

20. Februar

Heute ist er fortgefahren. Es regnete, und da gab ich ihm meinen Mantel. Ich habe mich schwer davon getrennt, es war mein einziger Mantel. Wir standen draußen auf der Plattform. Er sah zu Boden, und ich wußte nicht, was ich sagen sollte. Die Schienen waren naß – Sie wissen ja, wie Eisenbahnschienen bei Regen glitzern –, und eine Menge Leute standen herum und nahmen Abschied voneinander. Er hatte einen Papiersack und einen Koffer bei sich – wissen Sie, ich meine diese kleinen Blechkisten mit den drei aufgemalten Streifen. Wir waren bis hierher im Regen gegangen, und die Schultern des Mantels, der jetzt ihm gehörte, waren naß und hatten dunkle Flecken. Er bemühte sich, die Tüte unterm Mantel zu schützen, aber an einigen Stellen wurde sie trotzdem naß. Er nahm sie heraus und versuchte, sie abzuwischen, während wir die Station betraten, aber sie löste sich bereits auf. Sicher ist sie später zerrissen. Er sah elend aus. Seine Hände waren noch verbunden, und er konnte sie nicht richtig bewegen. Wir haben lange gebraucht. Er konnte noch nicht rasch gehen. Es war übrigens ein guter Mantel, ein grauer Gabardinemantel, wenn er auch alt war und schon lange nicht mehr gereinigt worden war. Ich weiß nicht mehr, wo ich ihn herhatte. Ich hatte ihn aus zweiter Hand, und in der rechten Manteltasche innen hatte er ein großes Loch. Eigentlich braucht man hier einen solchen Mantel nicht unbedingt, außer wenn es regnet.

Als ich zurückging, wurde es schon dunkel und hörte ein wenig zu regnen auf. Als ich in die Stadt kam, waren alle Straßen naß, und eben gingen die Lichter an. Dort ist es ja immer dunkel, sogar um die Mittagszeit, darum brennt fast immer die Straßenbeleuchtung. Aber in einer Nacht bei Regen blendet einen überall das Licht. Es glänzt auf dem Asphalt und den Wagen. Lichter in allen Farben, die auf-

leuchten und verschwinden und hin und her gleiten. Alle Läden sind innen hell, in den Schaufenstern liegen lauter glänzende Sachen. Alles sieht so rein und strahlend und nagelneu aus.
Man muß aufpassen, wo man seine Füße hinsetzt. Dort sind überall Menschen, besonders nach einem Regen, und ziemlich laut ist es auch. Die Wagen sausen über den nassen Asphalt, und man hört sie bremsen und losfahren. Man hört überall Pfeifen und Hupen und lärmende Musik. Die alten Männer, die an den Ecken herumstehen und Zeitungen verkaufen, schreien einen von allen Seiten an, aber man versteht keinen Ton. Ich jedenfalls nicht.
Ich ging auf kürzestem Weg weiter, denn gleich würde es wieder zu regnen beginnen, und mir wurde allmählich kalt. Außerdem war ich dort nicht gern. Ich mußte immerzu daran denken, wie krank und elend ihm in der Eisenbahn sein würde. Er hatte so schlecht ausgesehen und so hilflos, allein wußte er sich vielleicht nicht zu helfen. Seine Augenpartie war immer noch geschwollen und blauviolett, und man sah deutlich, daß das Nasenbein gebrochen war. Die Hände waren über und über geschient und bandagiert. Und, wissen Sie, einem Menschen, den sie derartig zusammengedroschen haben, dem hilft keiner, außer er kennt ihn sehr genau und weiß, wer er ist. Man fürchtet sich sonst eher vor ihm. Daran mußte ich die ganze Zeit denken, daß ihm kein Mensch beistehen würde, und dabei wurde mir ganz traurig zumute; wahrscheinlich fing ich auch an, mich einsam und verlassen zu fühlen. Jetzt regnete es wieder, und die Straßen hier herum waren ziemlich leer, weil sich jeder verzog und heimging oder sonstwohin.
Ich kam aus der Unterführung bei der 3rd Street und wandte mich zur Bunker Hill Avenue. Es regnete wieder ziemlich stark, und mein Hemd klebte mir pudelnaß am Leib – Sie wissen ja, wie die Wolle zu stinken anfängt, wenn sie naß wird –, und so ging ich also in ‚Henry's Silber-Dollar'. Drinnen war es wenigstens warm. Es ist ein gutes Lokal, mit einer Juke-Box, und es sind immer Indianer drinnen, die trinken und Dummheiten machen. Da drinnen kann man sich vollaufen lassen; solang man sich nicht übergibt und keine Rauferei oder dergleichen anfängt, sagt kein Mensch einen Ton. Martínez kommt auch manchmal hierher, und dann

werden die anderen auf einmal ziemlich still. Wissen Sie, sie nennen ihn Culebra, die ‚Schlange'. Er ist einer von der Polente, und kein guter. Immerfort will er Stunk machen, und wenn er mit einem anfängt, wenn ihm einer auf die Nerven geht, dann heißt es aufpassen. Aber Henry gibt ihm immer eine Flasche gratis, und natürlich auch Geld, nehme ich an. Er behandelt ihn bevorzugt, wissen Sie? Und wenn man sich bei ihm halbwegs anständig aufführt, dann läßt er einen in Frieden.

Durch den Regen war es bumvoll drinnen. Ich hätte gern was getrunken, aber ich hatte kein Geld, da fragte ich Manygoats, ob er mir zurückzahlen könne, was er mir schuldig war. Er war mit einem Mädchen dort, das ich nicht kannte – sie ist noch nicht lang da, ich glaube aus Oklahoma ist sie –, und er war mir schon sehr lange etwas Geld schuldig. Er kriegt sein Geld jede Woche, und von daheim bekommt er auch noch etwas Geld vom Verpachten. Er gab ziemlich an, wahrscheinlich, weil dieses Mädchen dabei war, und gab mir großartig drei Dollar. Das Mädchen sah gut aus – wissen Sie, so eine mit großem Busen –, und ich hätte sie ganz gern kennengelernt. Mit der hätte ich wahrscheinlich reden können, glaube ich; sie war wirklich sehr nett und freundlich, aber ich konnte deutlich sehen, daß Manygoats mich draußen haben wollte. Mit der hatte er etwas vor, ich glaube, er hatte schon seinen Plan fix und fertig in der Tasche. Darum sagte ich, ich hätte draußen mit jemandem eine Verabredung, und er war sehr erleichtert. Wenn er mir seine Schuld nicht bezahlt hätte, dann hätte ich ihn ganz schön aufziehen können. Es tat mir auch sofort wieder leid, daß ich das behauptet hatte, daß ich draußen einen treffen muß, meine ich –, denn nun blieb mir nichts übrig, als zu verschwinden. Es waren noch ein paar Männer da, die ich kannte, Howard und Tosamah und Cruz und andere von der Sorte, aber die waren alle schon sehr in Fahrt. Wahrscheinlich hatten sie auch irgendwas vor, denke ich. Ich machte mir aber nichts draus. Ich hatte keine Lust, noch wohin zu gehen, ich kaufte mir also nur eine Flasche Wein und ging heim.

Im Lichtkreis der Laternen sah man die Regentropfen. Sie machten komische gelbe Ringe auf die Wolken und Häuser, es regnete ganz gleichmäßig und fein. Es war dunkel drau-

ßen, bis auf die paar Laternen, kein Mensch auf der Straße, nur hie und da ein Wagen. Und der fuhr hübsch langsam und vorsichtig, wie das bei Regen so ist, und wenn er vorbei war, sah man nur mehr die Stopplichter und die roten Wellenlinien, wo sie sich auf dem Asphalt spiegelten.
Unten im Haus ist keine Beleuchtung, die ist schon vor ewig langer Zeit durchgebrannt. Es war niemand daheim. Ich hörte nichts, und auf der Stiege brannte kein Licht. Ich hätte mir bei Henry noch Zündhölzer kaufen sollen, aber ich hatte es vergessen, und so tappte ich also im Dunkeln die Treppe hinauf. Als ich eintrat, stand das Fenster offen. Das fiel mir sofort auf, daß das Fenster offen war und es hereinregnete und innen von der Kante des Fensterbretts heruntertropfte. Es ärgerte mich, daß ich vergessen hatte, das Fenster zu schließen, das war schlimm, denn der Fußboden läßt das Wasser durch, und da wird die alte Carlozini, die unter mir wohnt, ganz schön wild. Wahrscheinlich tropft es ihr direkt ins Bett, einmal hat sie sich schon beim Hausbesitzer darüber beschwert. Ich machte Licht, und wie erwartet stand da schon eine dunkle Lache auf dem Boden. Ich konnte sie nicht aufwischen, sie hatte sich schon eingesaugt. Sicher ist sie fort, und ich kann hoffen, daß sie irgendwo lange hängenbleibt. Sie wird sich todsicher wieder beim Hausbesitzer über mich beklagen. Aber, wissen Sie, schließlich hat die Wohnung nur ein Fenster, und wenn man das nie offen läßt, dann wird es stickig drinnen, man muß auch die Tür öfter aufreißen, damit es durchzieht. Ich erinnere mich, wie ich damals am Nachmittag dasaß und die Füße aufs Fensterbrett legte. Es fing gerade an, ein wenig zu spritzen, und er hatte diesen kleinen Koffer auf das Bett gestellt, und ich hörte ihn hinter mir hin und her gehen. Draußen flog eine fette Taube herum, und ich versuchte, sie auf das Fensterbrett zu locken. Das geht manchmal, wenn man Brotkrümel hinstreut. Aber diese – eine ganz große mit blauen und roten Federn am Hals –, die konnte sich nicht entschließen. Sie umflatterte das Fenster eine Weile, dann flog sie hinüber und setzte sich auf der anderen Straßenseite auf das Dach. Drüben waren noch ein paar, eigentlich eine ganze Menge. Und so haben wir das Fenster vergessen, das ist alles.
Als ich hereinkam, war es ziemlich kalt. Ich zog mir das

nasse Hemd vom Leib und stellte den Heizkörper an. Zuerst fürchtete ich, daß unten nicht eingeheizt sei, aber dann begann es, in den Röhren zu klopfen, und die erste Wärme strahlte aus. Ich legte das Hemd auf die Heizung, und gleich darauf fing die Wolle stark zu riechen an. Es war bald so ziemlich trocken, und ich hatte Angst, daß es am Ende angesengt würde, und zog es wieder an. So gut durchgewärmt, tat es einem richtig wohl auf dem Leib. Dann fiel mir ein, daß ich etwas essen könnte. Milly brachte gestern etwas zu essen mit, das macht sie jedesmal, und sie bezahlt es auch noch aus ihrer eigenen Tasche. Wir hatten ein wenig Käse und Keks und Süßigkeiten in seine Tüte getan. Aber da mußte noch eine Menge übriggeblieben sein, Brot und Chilli-Konserven usw. Sehr hungrig war ich nicht, außerdem hatte ich die Flasche Wein. Jetzt, da er weg ist, weiß ich nicht, ob Milly überhaupt kommen wird. Wahrscheinlich schon. Nach einiger Zeit wurde es zu heiß im Zimmer, und ich mußte die Heizung abstellen. Komisch, was die Röhren dabei für einen Lärm machen. Man hört das im ganzen Haus, vor allem, wenn kein Mensch da ist.
Ich mußte immer an ihn denken. Wenn nur Milly da wäre. Sie hatte ihn wirklich sehr gern, mit mir redet sie von nichts anderem, nur von ihm. Ich glaube, sie hatte schon gedacht, er würde sich hier eingewöhnen. Sie soff nie mit, wenn wir uns betranken, aber sie kam immer und brachte Lebensmittel mit, und wir aßen gemeinsam, alle drei. Anfangs fragte sie ihn aus, wie es in der Reservation und beim Militär und im Gefängnis und so weiter gewesen sei, aber er sprach nicht gern ausführlicher darüber, und sie gewöhnte sich mit der Zeit daran und sprach von etwas anderem. Wir neckten sie oft, und das gefiel ihr, und sie hörte bald wieder auf, diesen ganzen Papierkram und die Formulare mitzubringen. Sie war noch nicht lang in diesem Beruf und brachte zuerst alle möglichen Fragebogen und las sie uns vor, lauter blöde Fragen über Erziehung und Gesundheit und was wir arbeiteten und so weiter, und sie machte sich eine Menge Notizen. Mir war es egal, aber er wurde zornig und sagte, das ginge sie gar nichts an. Sie nahm ihm das nicht übel und hörte daraufhin auch auf, die Formulare und dergleichen mitzubringen. Von da an mochte er sie immer lieber, und ich freute mich darüber. Wir vertrugen uns sehr gut. Sie

war traurig, als er wegfuhr. Sie ließ sich zwar nichts anmerken, aber ich erriet, daß sie sehr unglücklich war. Heute mußte sie arbeiten, sonst wäre sie sicher mit uns zur Bahn gegangen. Vielleicht kommt sie morgen her. Vielleicht auch nicht.

Ich mußte auch immerzu an gestern abend denken. Wir gingen auf den Hügel, er, ich und Tosamah und Cruz. Es waren sehr viele Indianer dort oben, und nach einiger Zeit waren alle sehr in Stimmung. Da waren wir alle schon ziemlich betrunken, außerdem hatten einige Trommeln mit und einer eine Flöte. Es gab viel Schnaps dort, und alle waren gut aufgelegt. Wir fingen zu singen an, einen von den echten alten Gesängen, und es war still und kühl auf dem Hügel. Jemand machte ein offenes Feuer an, daran erwärmten wir die Trommelhäute, bis sie straff gespannt waren und der Schall weithin hörbar wurde. Und dann fingen wir bald zu tanzen an. Mercedes Tenorio hatte Kastagnetten aus Schildkrötenschalen und tanzte einen spanischen Tanz. Wissen Sie, sie tanzte mit ihren Schildkrötenschalen im Kreis um das Feuer und stieß kurze Schreie aus wie in der guten alten Zeit, ‚Hii hi! Oh ho! Ah ha!', und die anderen begannen, im Chor genauso zu antworten, und schlossen sich ihr an, und sie führte die Reihe der Tanzenden an. Ich hätte sehr gern selbst mitgemacht, er aber machte sich nichts daraus, außerdem hätte er in dem zusammengeschlagenen Zustand ohnehin nicht tanzen können, und so blieben wir abseits stehen und sahen nur zu.

Dort oben kann man die übrige Welt vergessen. Unten sahen wir die Lichter funkeln, Millionen von Lichtern, und wir sahen die Wagen fahren, ganz klein und langsam und weit weg. Man sah die halbe Stadt, bis hinunter ans Wasser, aber es drang kein Laut von dort bis hier herauf. Wir hatten nur die Trommeln und das Singen im Ohr. Ein paar Sterne standen am Himmel, und man konnte sich einbilden, irgendwo weit draußen in der Steppe zu sein bei einem Frauen-Tanz oder einem Gesang, und alle waren glücklich und betranken sich.

Er wollte mir etwas sagen, deshalb gingen wir allein ein wenig abseits. Wir waren ziemlich betrunken und standen im Finstern und lauschten. Wir haben sicherlich alle beide dasselbe gedacht. Ich wußte aber nicht, was er mir sagen wollte. Er wartete wahrscheinlich darauf, daß ich als erster reden würde, und da fing ich also an, über die Zukunft zu reden. Wir hatten schon Pläne gemacht. Wir wollten uns, vielleicht in ein bis zwei Jahren, an einem bestimmten Ort treffen. Er fuhr jetzt heim, und dort würde er wieder gesund werden. Und eines schönen Tages würde ich auch heimfahren, und dann würden wir uns irgendwo innerhalb der Reservationen treffen und uns gemeinsam betrinken. Das sollte das letztemal sein, und das mußten wir tun. Wir würden allein mit unseren Pferden in die Berge reiten, es mußte ganz früh am Morgen sein, damit wir den Sonnenaufgang sehen konnten. Damit alles wieder gut würde, verstehen Sie? Und dann würden wir uns zum allerletzten Mal betrinken und dazu die alten Lieder singen. Wir wollten davon singen, wie es einst gewesen war, damals, als es noch nichts dort gab als die Berge und den Sonnenaufgang und die Wolken. Wir wollten betrunken sein und Frieden und Schönheit finden – verstehen Sie, was ich meine? Wir mußten es so machen, wie es sich gehört, denn es sollte wirklich das letztemal sein.

Ich erzählte ihm davon. Wir nahmen es uns fest vor. Wissen Sie, während er im Spital lag, fing ich an, mir das Ganze auszudenken, aber damals meinte ich es gar nicht so ernst, sondern redete nur. Aber dann merkte ich, daß er daran glaubte, und am nächsten Tag fragte er mich noch einmal. Mir fiel nicht gleich ein, worum es sich handelte, aber auf einmal begann ich auch, daran zu glauben. Es war ein gemeinsamer Plan, von dem wir sonst keinem Menschen ein Wort sagen wollten, es war einzig und allein unser Plan.

‚Haus aus Dämmerung.' Ich habe ihm oft von den alten Bräuchen erzählt, die alten Geschichten und Gesänge vom Pfad der Schönheit und vom Großen Nachtgesang. Ich kannte einige der Gesänge und erklärte ihm ihre Bedeutung, oder zumindest, was sie mir selbst bedeuteten. Wenn wir gemeinsam beim Wein saßen, dann bat er mich oft, solche Sachen zu singen. Ja, und wie gesagt, wir waren gestern nacht dort droben auf dem Hügel und hörten die Trommeln und die Flöte bis dorthin, und alles war kalt und dunkel und friedlich. Ich sprach mit ihm über unseren Plan, und dabei tranken wir, und ich fing ganz von selbst zu singen an. Die anderen sangen auch, aber es waren nicht die richtigen Lieder, und ich wollte beten. Ich wollte nicht, daß sie mich hörten, sie waren alle so lustig, und ich schämte mich wahrscheinlich vor ihnen. Daher tat ich es nur ganz leise, keiner sollte es hören, nur er.

Tségibi.
Haus aus Dämmerung,
Haus aus Abendrot,
Haus aus dunkler Wolke,
Haus aus männlichem Regen,
Haus aus dunklem Nebel,
Haus aus weiblichem Regen,
Haus aus Blütenstaub,
Haus aus Heupferdchen,
Dunkle Wolke steht am Tor.
Pfad ins Freie ist dunkle Wolke.
Blitz im Zickzack hoch dort droben.
Männliche Gottheit!
Dir opfere ich.
Dir habe ich den Rauch bereitet.
Mach meine Füße wieder heil,
Mach meine Beine wieder heil,
Mach meinen Körper wieder heil,
Mach meine Seele wieder heil,
Mach meine Stimme wieder heil.
Heute noch tue deinen Zauber für mich.
Nimm deinen Zauber von mir.
Du hast ihn von mir genommen;
Er ist von mir gewichen weit.
Mit Freuden werde ich gesund.
Mit Freuden erfrischt sich mein Inneres.
Mit Freuden breche ich auf.
Mein Inneres ist erfrischt, ich darf wandern.
Wieder unversehrt, darf ich wandern.
Nicht mehr Beute der Qual, darf ich wandern.
Mit erquickten Gefühlen darf ich wandern.
Wie einst, vor langer Zeit, darf ich wandern.
Mit Freuden darf ich wandern.
Mit Freuden, mit Überfluß an schwarzen Wolken, darf ich wandern.

Mit Freuden, mit Überfluß an Regen, darf ich wandern.
Mit Freuden, mit Überfluß an Pflanzen, darf ich wandern.
Mit Freuden, auf Pfaden aus Blütenstaub, darf ich wandern.
Mit Freuden darf ich wandern.
Alles ist wie vor langer Zeit, ich darf wandern.
Möge Schönheit sein vor mir,
Möge Schönheit sein hinter mir,
Möge Schönheit sein unter mir,
Möge Schönheit sein über mir,
Möge Schönheit sein überall um mich.
In Schönheit ist es vollbracht.

Er fühlte sich unglücklich, das sah man auf den ersten Blick. Man sah deutlich, daß er sich hier nicht einleben konnte. Milly glaubte wahrscheinlich, das würde sich schon geben, aber sie begriff nicht, was mit ihm los war. Er war, wie Tosamah sagte, ein Langhaar. Man muß sich ändern, wissen Sie, sonst hält man es in einer Stadt wie dieser nicht aus. Man muß vergessen können, wie es früher war, wie man aufgezogen wurde und so weiter. Wenn es einem manchmal auch schwerfällt, es geht nicht anders. Und er, nun ich denke, er wollte sich nicht ändern, oder er wußte nicht, wie er das anfangen sollte. Außerdem kam er noch dazu direkt aus dem Gefängnis hierher, das war das Übel. Sie hatten ihn mit Bewährungsfrist freigelassen, und er mußte die erste Zeit sehr aufpassen, daß er nirgends Anstoß erregte. Das machte es noch schwerer für ihn; wir anderen waren besser dran als er. Tosamah behauptete gleich, er würde uns noch allen Unannehmlichkeiten machen. Tosamah bildete sich sofort sein Urteil über ihn und warnte mich, aber, wissen Sie, auch Tosamah begriff nicht, was mit ihm eigentlich los war. Er macht immer große Worte und ist sehr gebildet, aber er versteht gar nichts.
Einmal war ich nachts allein hier oben – er war fortgegangen –, und Tosamah kam vorbei. Ich hatte eigentlich keine Lust, mit ihm zu sprechen, wissen Sie, weil er immer so angibt und sich über alles lustig macht. Er war ziemlich aufgekratzt, glaube ich, denn er fing sofort an mit seinem Ge-

rede. „Sieh dir einmal das arme versoffene Schwein an", sagte er. „Man hat ihm jede Möglichkeit geboten. Man hat ihm ein Paar Schuhe gegeben und gesagt, er muß in die Schule gehen. Sie haben ihn entlaust und ihm, sooft es nötig war, gratis das Haar geschnitten und ihn in ihren Reihen kämpfen lassen. Und er – war er ihnen dankbar dafür? Teufel, nein, Mensch! Der war viel zu primitiv, den konnte man nicht zivilisieren. Und was geschah? Sie haben ihn in Ruhe gelassen und geglaubt, daß er harmlos sei. Sie haben gedacht, nun gut, wird er eben seine Bohnen pflanzen und vom Ertrag der Feldfrüchte leben. Irgendwie würde er schon durchkommen. Er würde sich eine fette kleine Squaw nehmen und ihr Kinder machen, und dann würden sie herumfaulenzen und sich betrinken und einen Haufen Kinder in die Welt setzen, die später dem Staat zur Last fallen würden. Oder sie könnten Töpferei betreiben und damit die Wirtschaft ankurbeln. Aber es ist anders gekommen. Es hat sich nämlich herausgestellt, daß der Kerl ein richtiger primitiver Hund ist, kaum kriegt er ein Messer in die Hand, bringt er einen Menschen um. Das muß denen ganz schön ungelegen gekommen sein.

Und weißt du, was er gesagt hat? Ich meine, kannst du dir überhaupt so was vorstellen, was dieser Bursche gesagt hat? Eine Schlange war es, sagte er. Er hat nur eine verfluchte Schlange zertreten! Das Corpus delicti, verstehst du, war, daß der sich in eine Schlange verwandeln wollte, um Christi willen, eine Klapperschlange vielleicht. Na, was sagst du dazu? Tolle Sache nicht? Kannst du dir vorstellen, was das für ein Theater war, bei der Gerichtsverhandlung? Da stand dieses Langhaar stocknüchtern und geistig normal, und der gottverdammte Richter machte große Augen, und der Ankläger gab sich Mühe, dem armseligen, degenerierten Indio Vernunft beizubringen: ‚Erzählen Sie uns doch, wie es gekommen ist. Sagen Sie es rundheraus.' – ‚Nun, es war so, verstehen Sie, Euer Ehren? Ich hab dort draußen im Sand ein bißchen Schlangenfleisch zerschnitzelt.' Herr Jesus, Mensch, das muß ein großer Augenblick für uns gewesen sein, besser als Little Bighorn. Das kleine, unbedeutende Biest scheint noch nie ein Wort von Jesus und Christentum gehört zu haben. Stell dir so was vor! *Herr Niemand contra ganz Amerika.* Ich frage dich, wo gibt's noch so einen Präze-

denzfall? Aber wenn man nicht weiter darüber nachdenkt, dann ist ein ordentliches Gerichtsverfahren für einen Schlangenbiß total unzuständig.
Sie haben die Bestie also als abgetan betrachtet, Mensch. Sie konnten gar nicht anders. Das gehört mit zu ihrem Christentum. Sie werden mit uns allen früher oder später fertig werden, mit uns Renegaten, uns Unentwegten, die lieber sterben als sich ergeben. Die wissen sehr genau, was sie tun. Für die sind wir schon abgetan, bevor wir auf die Welt kommen. Die sind eine allmächtige Gemeinschaft, diese Hunde, und voll weiser Voraussicht. Man muß sie einfach bewundern, die wissen genau, um was es geht. Ich meine, sie durchschauen uns. Sie wissen, worauf wir warten. Nicht eine Minute lang können wir denen etwas vormachen. Hör zu, Benally, in irgendeiner schönen Nacht, wenn ein roter Vollmond ist, der Mond der Jäger, werden wir einen Treck mit Karren haben und die Frauen und Kinder mitnehmen. Du glaubst vielleicht nicht daran, aber ich schon, trinken wir darauf."
Tosamah redet immer so großartig daher wie ein Narr, der sich produzieren will, aber in Wirklichkeit versteht er gar nichts. Aber nachdenklich hat es mich trotzdem gemacht – über ihn habe ich mir Gedanken gemacht, ob er nicht einfach Angst hatte vor dem Menschen dort draußen, damals, so große Angst, daß er sich nicht anders zu helfen wußte. Und eben das – daß man sich derartig vor etwas fürchten kann – war es, was Tosamah nicht verstehen konnte. Er ist aufgeklärt und glaubt einfach nicht an solche Ängste. Aber er stammt ja auch nicht aus der Reservation. Er hat keine Ahnung, wie das ist, wenn man dort draußen irgendwo aufgewachsen ist. Man wächst dort heran, etwa in Kayenta oder in Lukachukai, verstehen Sie. Man wächst in dieser Nacht heran, die von vielen seltsamen Vorgängen erfüllt ist, über die man nicht recht in Worten reden kann. Zum Beispiel stirbt ein kleines Kind oder ein schönes Pferd. Man wird plötzlich krank, oder das Getreide verdorrt ohne rechten Grund. Und da fällt einem etwas ein, was eine Woche vorher geschehen ist und nicht ganz geheuer war. Man hat etwa die Eule schreien hören oder einen ganz unnatürlichen Wirbelwind gesehen; einer hat einen so komisch von der Seite angeschaut und zu lang. Und auf einmal wird es

zur Gewißheit. Man weiß es einfach. Mag sein, daß die Tante oder die Großmutter eine Hexe war. Vielleicht hat man das auch gewußt, weil sie bei Nacht immer draußen im Kreis um die Hürden für das Vieh gegangen ist; vielleicht hat man sie auch dabei beobachtet, wie sie mit den Hunden oder Schafen gesprochen hat, und wenn man eine Sekunde lang wegsah, war sie spurlos verschwunden. Man weiß solche Sachen eben, und natürlich fürchtet man sich dann. Ich glaube, so ist das bei ihm gewesen. Möglich wäre es zumindest.

Wir vertrugen uns gut, wir haben viel Spaß miteinander gehabt. Ich weiß noch genau, wie er das erstemal da war. Es war noch sehr zeitig. Ich war bereits seit einer Stunde da, als der Werkmeister mich rief. Ich glaubte schon, er wolle mich anschreien, weil meine Lochkarte zu spät gestochen war, aber das hat er vielleicht gar nicht gemerkt. Ich kam ins Büro, und da drin stand er neben dem Werkmeister, und es war noch einer dabei, ein Beamter vom Resozialisierungsbüro. Wir schüttelten einander die Hand, und dann sagte der Aufseher, er solle draußen auf meinem Fließband arbeiten, und ich könnte ihn einführen. Ich war ganz froh, weil sie DeBenedictus in der Vorwoche vorübergehend beurlaubt hatten und ich jetzt keinen Gegenüber-Mann hatte auf der anderen Seite des Fließbandes und mit niemandem reden konnte. Außerdem brauchte ich dringend einen dort, der die Drahtheftmaschine betätigte, denn so mußte ich zweierlei Sachen erledigen, und die Aufträge blieben haufenweise liegen. Ich zeigte ihm also, wie man beim Kommen die Karte lochen muß, dann nahm ich ihn mit, um ihn ein paar Kollegen vorzustellen. Ich sah ihm an, daß er eingeschüchtert und verängstigt war – wie es eben ist, wenn man an einem neuen Arbeitsplatz anfängt –, und danach führte ich ihn zu meinem Fließband und brachte ihm das Abheften bei. Er hatte geschickte Finger und machte es gar nicht so schlecht. Er mußte ja erst angelernt werden, natürlich war er anfangs ein bißchen langsam. Er machte auch manchmal einen Fehler, aber ich tat so, als hätte ich es nicht gesehen, und nach einiger Zeit machten wir es ganz gut.

Er sah nie von der Arbeit auf, als wäre ich nicht vorhanden. Ich konnte mir denken, wie ihm zumute war, und redete ihn nicht an, und wenn es langsamer wurde, standen wir nur stumm da und sahen das Band entlang und warteten auf das nächste Stück, als sei unsere Aufmerksamkeit ganz davon in Anspruch genommen und als gehöre sich das nun einmal bei der Arbeit. Dann wurde es langsam Mittag, und da sah ich erst, daß er kein Eßpaket mit hatte. Ich zerbrach mir den Kopf, was ich tun sollte. Ich wußte ja nicht, ob er überhaupt Geld hatte. Komisch, daß ich nicht gleich daran gedacht hatte, aber jetzt begann ich, mir Sorgen zu machen. Ich wollte ihn nicht in Verlegenheit bringen oder dergleichen, und ich glaube, ihm ist das auch im Kopf herumgegangen, denn als die Pausenpfeife schrillte, stellte er sich, als wisse er nicht, was sie zu bedeuten hatte, und arbeitete weiter. Jedenfalls ging es diesmal noch gut. Wir machten Schluß, und ich nahm ihn mit zur Coca-Cola-Fontäne. Er hatte etwas Geld, sicherlich noch von der Resozialisierungsbehörde. Kleingeld hatte er jedenfalls, worüber ich froh war. Wir holten uns zwei Cokes und gingen damit in den Hof. Dort saßen jetzt alle herum und aßen ihr Mittagessen. Sie waren auch ganz freundlich, aber ich wollte mich nicht zu ihnen setzen, weil er sicherlich sehr verlegen geworden wäre. Die Männer bei uns verulken einander fortwährend, unsereinen nennen sie Häuptling und reden von Feuerwasser und so. Mir macht das nichts, aber ich hatte keine Ahnung, wie er sich dazu stellen würde. Am Ende fühlte er sich beleidigt oder so. Er müßte schließlich schon daran gewöhnt sein, dachte ich anderseits, er war doch schon beim Militär und im Gefängnis auch, aber davon wußte ich damals noch nichts. Also machten wir uns gemeinsam fort. Ich hatte ein belegtes Brot mit und fragte ihn, ob er die Hälfte haben wolle, aber er sagte nur, er sei nicht hungrig. Da aß ich die eine Hälfte auf und tat so, als hätte ich schon genug, und legte den Rest auf das Brett zwischen ihn und mich, in der Hoffnung, daß er sich's überlegen und es doch annehmen würde, aber das war nicht der Fall. Zum Schluß mußte ich es dann wegwerfen.

Er hatte noch keine Bleibe. Die Leute vom Resozialisierungsbüro hatten sich zwar sicherlich umgesehen, aber nichts gefunden, und er würde die Nacht vermutlich im Indianer-Depot verbringen müssen. Weiter unten an der Allee gibt es einen Vorratsraum für die Lebensmittel und Kleider, die von irgendwem gespendet wurden, müssen Sie wissen. Ausnahmsweise kann man dort auch übernachten, wenn man nicht weiß, wo man schlafen soll. Das Ganze ist nur eine alte Holzbaracke, und man sieht zwischen den Balken durch die Ritzen, aber aus den alten Mänteln und Kleidern kann man sich immerhin ein Lager machen und braucht nicht zu frieren. Allerdings gibt es dort kein Klosett und auch kein Licht, und so bringt immer einer ein Mädel mit und amüsiert sich dort. Es wird auch vielen der Männer, die drinnen schlafen, in der Nacht schlecht, und davon stinkt es so schlecht und säuerlich. Ich schilderte es ihm und bot ihm an, zu mir mitzukommen, wenn er wolle. Er sagte zunächst nichts darauf, aber nach der Arbeit ging er und sprach mit den Leuten im Resozialisierungsbüro, und dann kam er abends mit seinem Köfferchen mit mir heim in mein Zimmer.

Es dauerte lange, ehe er mit den anderen zu sprechen begann. Wir beide plauderten nach kurzer Zeit über alles mögliche, aber immer nur über die Sachen, die sich hier abspielten. Wissen Sie, Milly und andere Sozialbetreuer kamen immer wieder einmal vorüber, und wir machten uns hinterher über sie lustig. Wir freundeten uns mit ein paar Männern an und betranken uns gemeinsam oder machten uns einen lustigen Abend. Aber es dauerte sehr lang, ehe er etwas von sich erzählte – und viel war nicht aus ihm herauszubringen. Wir sind vermutlich alle so veranlagt. Wer aus der Reservation kommt, bringt den Mund nicht auf; warum, weiß ich selber nicht. Sicherlich hat man das Gefühl, daß einem das nichts nutzt und man es besser vergißt. Man denkt zwar manchmal daran, das läßt sich nicht verhindern, aber man sucht es immer wieder wegzuschieben. Es gibt ohnedies genug, worüber man sich den Kopf zerbrechen muß, und wer nicht mithalten kann, der wird halb verrückt. Wenn wir alle aus derselben Gegend wären, denke ich oft, dann wäre es vielleicht nicht so, wir könnten dann miteinander sprechen, verstehen Sie, wir könnten einander wenigstens verstehen.

Aber er und ich hatten manche Ähnlichkeit. Nach einiger Zeit sagte er mir, wo er herstammte, und da wußte ich, daß wir gute Freunde sein würden. Ich glaube sogar, daß wir irgendwie verwandt waren. Es gibt eine Sippe unter den Navajos, die sich nach diesem Ort nennt. Ich war auch schon einmal dort. Das war vor acht bis zehn Jahren ungefähr, ich besuchte die Indianerschule in Santa Fé, und da fuhren ein paar von uns hin zu den großen Tanzfesten, die im November abgehalten werden. Es war ein kalter Winter, und überall lag hoher Schnee. Es ist eine recht unangenehme Gegend mit Bergen und Cañons und rotem Gestein in den Felsklippen. Ausgenommen die Berge, erinnert es etwas an das Gebiet der „Wilden Ruinen", wo ich herkomme, mit den vielen Wassergräben und niedrigem Gestrüpp und roten Steinen. Und er hatte niemanden, keine Familie, nur noch den Großvater. Er erzählte mir, sein Großvater habe Schafherden gehabt, nun, ich habe auch die Schafe gehütet, als ich eben erst laufen gelernt hatte.

Es schneite nicht häufig dort, aber wenn es schneite, war das ganze Land, soweit man sehen konnte, schneebedeckt. Manchmal schneite es die ganze Nacht, und man sah das Schneegestöber durch den Rauchabzug vor dem schwarzen Himmel. Manchmal fielen Flocken herein und schmolzen auf dem Fußboden rings um die Feuerstelle, und man war froh, daß das Feuer brannte. Man lauschte auf den Wind, und man war damals noch klein und verkroch sich ganz unter der Decke und spähte heraus und sah den Schein der Flammen über das Dachgebälk tanzen und gelb und warm auf den Boden fallen. Wenn man die Hand ausstreckte und den Staub berührte, spürte man die Wärme. Und man wußte, daß der Großvater da war und einen beschützte. Hie und da wachte man nachts auf, aber immer saß er da und stocherte in der Glut, damit das Feuer nicht ausging, und da wußte man, daß einem nichts geschehen konnte. Und am nächsten Morgen stand man auf und trat ins Freie, und dort war es kalt, und alles war voller Schnee. Wenn zufällig die Sonne schien, blendete der Schnee, daß einem die Augen weh taten. An den Wänden des Kobens hatte es so hoch Schnee angetrieben, daß er bis an die Spitze bedeckt war und aussah wie ein kleiner Hügel unter einer Schneedecke, und man sah den Dampf daraus aufsteigen und roch den Kaffee und das Schaffleisch. Man nahm zwei Hände voll Schnee und rieb sich damit das Gesicht ab, davon wurde man so richtig wach und gut durchblutet, und man hatte vom Schnee ganz rote und nasse Hände bekommen. Man war damals noch klein und bestaunte den Schnee, der überall aufgetürmt auf dem Gestrüpp lag, daß man nur die schwarzen Äste darunter sah. Die Schafe blökten im Pferch, und die Zaunpfähle trugen weiße Schneemützen, darunter sah man das Holz, das vor Nässe schwarz war. In der Nähe gab es einen Wassergraben, und dort, wo der Schnee nicht haftengeblieben war, war die Erde in seinem Bett leuchtend rot, und die kleinen Strauchbüschel, die darin wuchsen, waren unterm Schnee begraben und sahen aus wie Baumwollbäuschchen. Alles sah so anders aus. Alles war strahlend weiß und wunderschön, man hätte am liebsten vor Freude geschrien und wäre herumgerannt und gesprungen. Dann ging man hinein und hielt die Hände ans Feuer. Der Großvater schimpfte und lächelte dabei, weil man noch so klein war, und weil er verstand, was man fühlte. Er schnitt einem ein Stück Hammelkeule ab und legte es hin. Kaffeeduft lag in der Luft, im Kessel kochte es schon, und der Kaffee brodelte noch, nachdem er ihn vom Feuer genommen und in die Tassen gegossen hatte. Man sah so richtig, wie brühheiß und schwarz der Kaffee war, aus den Tassen stiegen dicke Dampfwölkchen auf. Man mußte ihn eine Weile auskühlen lassen, denn die Kaffeetassen waren aus emailliertem Blech, man hätte sich sonst die Hände daran verbrannt. Man konnte es kaum erwarten, man war ziemlich durchgefroren und freute sich schon auf den guten Geschmack. Das Fleisch kühlte rascher aus und wärmte einem nur angenehm die Finger, in denen man es hielt. Das Fett war mit Saft und Rauch vollgesogen, manchmal auch ein wenig verbrannt und krustig, die harten, schwarzen Krümel knirschten einem zwischen den Zähnen, und das Fleisch war zäh und ließ sich gut kauen. Nach einiger Zeit konnte man auch die Tasse schon anfassen und die Hände darumlegen. Das allein schon war ein wohliges Gefühl. Wo man die Emaille mit den fettigen Fingern berührt hatte, war der Glanz stumpf geworden, und der schwarze Kaffee darin sah verlockend aus. Dann trank man, und das schmeckte noch besser als das Fleisch. Es lief einem ganz heiß und gut belebend durch alle Fasern, und dazu spürte man die harten, guten Körnchen des gemahlenen Kaffees, den Satz vom Boden der Tasse, auf Zähnen und Zunge. Man beeilte sich, weil man noch ein Kind war, und draußen wartete der Schnee auf einen, und man hatte überhaupt soviel zu tun. Man führte die Schafe ins Freie und trieb sie in den strahlenden Morgen hinaus, damit sie nach den Grasbüscheln unterm Schnee suchen konnten. Man fand sie gar nicht leicht, und wenn man den Schnee wegwischte, wurden die Hände wieder naß und brannten vor Kälte. Aber man war trotzdem glücklich, weil man im Freien bei den Schafen sein durfte und nach Herzenslust mit sich selber reden und singen konnte, und weil der Schnee so neu und tief und schön war. Man überlegte, ob man wohl mit durfte, zum Wasserholen an der Handelsstation. Der Großvater fuhr einmal jede Woche hin, hie und da auch zweimal in der Woche, und zwar mit dem Karren; wenn er es nicht sehr eilig hatte und das Wasser nicht dringend brauchte, wartete er, bis man die Schafe wieder hineingetrieben hatte, und man durfte mitfahren. Er ließ die Schafe nicht gern allein, wenn es auch nur für kurze Zeit war, aber er wußte genau, wie gerne man mitfuhr. Der Wasserspiegel im Faß war schon sehr weit unten, man hatte gestern abend eigens noch nachgesehen, und da war eben noch genug da für den Morgen. Man dachte an die Straße, die Hügelflanken und den Weg, der durch die Ebene führte, und hoffte, daß der Schnee sich nicht zu rasch wieder in Schlamm verwandeln werde. Nein, es würde gehen, es würde nicht so sein wie nach den langen, schweren Regenfällen. Man durfte nur nicht zu lange mit den Schafen draußen bleiben, daher suchte man eiligst nach Grasbüscheln. Und als man zurückkam, da hatte der Vater das Faß mit Schnee angefüllt, und jetzt war genug Wasser vorhanden. Er nahm einen aber trotzdem mit zur Handelsstation, weil man noch klein war und sich schon so darauf gefreut hatte. Dort waren eine ganze Menge Leute drinnen, weil draußen soviel Schnee herumlag und sie Sachen brauchten und auch, weil es ihnen Vergnügen machte, drinnen beisammenzustehen und zu rauchen und zu reden, über das Wetter und dies und das. Für so ein kleines Kind gab es da viel zu sehen, alles war einem neu, und alles war schön: glänzende nagelneue Eimer und Wannen, Sättel und Zaumzeug, Hüte und Hemden und Stiefel, und ein großer Glasbehälter voll Zuckerzeug. Der Händler hieß Frazer. Er reichte einem ein Stück harten, roten Zucker und lachte einen aus, weil man sich nicht recht getraute, es zu nehmen, obwohl man es so gern gehabt hätte, daß man sich kaum zurückhalten konnte. Und dem Großvater gab er ein wenig Tabak und braunes Zigarettenpapier. Nachdem der Großvater seine Zigarette geraucht hatte, gab es ein langes Gespräch zwischen ihm und dem Händler, von dem man kein Wort verstand, und so betrachtete man die vielen neuen und schönen Sachen, die es hier gab. Nach einigem Hin und Her legte der Händler dies und jenes auf dem Ladentisch zurecht, Tüten voll Mehl und Zucker und eine kleine Tüte von dem harten, roten Zuckerzeug. Dann zog sich der Großvater einen seiner Ringe vom Finger und gab ihn dem Händler. Es war ein Silberreif, mit einem kunstlos gefaßten, kleinen, grünen Stein. Er war neu und nicht viel wert, auf keinen Fall soviel, wie der Händler dafür zu geben bereit war. Und der öffnete eine Dose, eine Riesendose mit ganzen Tomaten, und der Großvater streute etwas Zucker darauf, und dann aßen beide die Tomaten gleich dort und tranken dazu zwei Flaschen von dem süßen, roten Sodawasser. Es wurde allmählich Zeit, und als man bei Sonnenuntergang heimfuhr, lag die Landschaft ganz kalt und weiß da. Bei Nacht hämmerte der Großvater auf die dünnen Silberdrähte los und erzählte dazu, am Feuer sitzend, Geschichten. Damals war man noch ein Kind und lebte im Mittelpunkt der Welt, zwischen geheiligten Bergen, mitten zwischen den schneebedeckten Hügeln und Bergen, den Wassergräben und Ebenen, inmitten von Sonnenuntergang und Nacht, im Zentrum all dessen – dort, wo man klein gewesen war, dort, wo man war und wo man hingehörte.

Er konnte sich nur sehr schwer an alles hier gewöhnen, wissen Sie. Wir mußten sehr früh anfangen und den ganzen Tag schuften. Und abends gingen wir dann ins Lokal zu Henry und hingen dort herum. Wir betranken uns und machten Spaß. Dort gab es immer Mädchen, und wenn Zahltag war, gaben wir groß an.
Aber er war unglücklich. Zwei Monate lang ging alles so halbwegs, wenn ich mich recht erinnere. Und es wäre auch weiter gut gegangen, wenn ihn die anderen nur in Ruhe gelassen hätten. Möglich ... bei einem solchen Burschen kennt man sich nie richtig aus. Und sie konnten ihn nicht in Ruhe lassen, der Bewährungshelfer wegen seiner Bewährungszeit, wissen Sie, und die Fürsorge und diese Resozialisierungs-Leute, ununterbrochen kam einer, verstehen Sie, immerzu war einer hinter ihm her und wollte etwas. Sie wollten es ganz genau wissen, wie er sich machte und ob er nicht etwas angestellt hätte und so weiter. Ich denke mir, das muß ihm mit der Zeit auf die Nerven gegangen sein, besonders weil sie genau kontrollierten, ob er nicht trank und sich nirgends herumtrieb. Ewig diese Ermahnungen, verstehen Sie? Immer sagten sie ihm, was er tun und lassen sollte, damit es keine unangenehmen Folgen für ihn habe, weil er sonst wieder ins Gefängnis käme. Ich stelle mir vor, daß er schon an gar nichts anderes mehr denken konnte, sie wollten es ihn einfach nicht vergessen lassen. Manchmal sprachen sie auch mit mir über ihn, dann sagte ich, er sei ohnehin auf dem besten Weg. Aber das stimmte nicht. Ich wußte genau, warum nicht, aber wie hätte ich denen das erklären sollen? Sie hätten es doch nicht verstanden. Man muß sich an alles gewöhnen, nicht wahr; genau, wie wenn

man wohin kommt, wo man noch nie gewesen ist, und keine Ahnung hat, wohin man geht und wozu und wann man dort sein muß, während einem fortwährend die anderen zusehen, etwas von einem erwarten und sich wundern, daß man es nicht eiliger hat. Helfen können sie einem nicht, weil man nicht mit ihnen reden kann. Sie sind sehr wortgewandt, aber unsereiner weiß zwar, daß diese Worte für sie diesen und jenen Sinn haben, aber nicht welchen, und in eigenen Worten kann man erst recht nicht reden, denn die verstehen sie nicht, die sind anders; und anders kann man sich auch nicht ausdrücken, man hat keine andere Sprache. Es ist einfach alles ganz fremd, und man weiß nicht, wie man sich daran gewöhnen soll. Man sieht zwar, wie die Sachen sind, wie alles ohne einen vor sich geht, und da fängt man an, zu grübeln. Man zermartert sich den Kopf, wie man am besten mitschwimmen könnte, verstehen Sie? Man weiß, daß einem gar nichts anderes übrigbleibt. Man will ja auch gerne mittun, man sieht selbst, wie angenehm das wäre. Es geht einem besser als je zuvor; man hat Geld und etwas anzuziehen und kann sich etwas vornehmen und rasch hinaufkommen. Man sieht das ganz genau, aber man weiß nicht, wie man es anfangen soll; es ist zuviel auf einmal, man erstickt fast darin, außerdem geht alles so schnell, man kann es nie rechtzeitig erfassen, daran muß sich unsereiner erst langsam gewöhnen, und das fällt einem schwer. Dazu müßte man in Ruhe gelassen werden. Zuerst einmal hat man eine Menge Dinge, die man sich aus dem Kopf schlagen muß, damit nicht alles durcheinander gerät. Am besten läßt man sich eine Zeitlang gehen, betrinkt sich manchmal und vergißt, wer man ist. Das ist nicht leicht, und man möchte am liebsten aufgeben, man denkt, nur raus und heimgehen. Man hat das Bedürfnis, irgendwo hinzugehören. Man geht auf den Hügel und hört, wie sie dort singen und lustig sind, und denkt nur an daheim. Am nächsten Tag sieht man wieder ein, daß das sinnlos ist, wenn man auch heimkäme, es wäre doch nichts da als das menschenleere Land und ein Haufen alte Leute, die ziellos herumgehen und absterben. Auch das muß man entschlossen vergessen. Jedenfalls kamen sie immerzu hierher und ermahnten ihn. Sie ließen ihn nicht in Ruhe, und ich sah bald, daß er verstört wurde.

Dann gab es unten am Fabrikgelände Ärger. Wir hatten eine Weile zu wenig Arbeitskräfte und mußten sehr viel Überstunden machen. Daniels – unser Vorarbeiter – wurde ziemlich nervös, wahrscheinlich weil fortwährend neue Aufträge hereinkamen, und dabei waren wir ohnedies im Rückstand. Er ist überhaupt kein angenehmer Vorgesetzter – er hat nichts im Kopf als das Geschäft und duldet nicht die geringste Nachlässigkeit bei der Arbeit –, aber zu dieser Zeit hatte er wirklich viele Sorgen und ließ uns nicht aus den Augen und ritt dauernd auf uns herum.
Nach einem zwölfstündigen Arbeitstag gingen wir einmal am Abend zu Tosamah und spielten Poker. Wir waren ungefähr sechs oder sieben, wir tranken ziemlich viel und waren fröhlich. Am nächsten Tag mußten wir früh heraus, deshalb machte ich mir Sorgen, als es zu spät wurde, und ich war schon todmüde. Er war auch müde, außerdem spürte er die Wirkung des Schnapses. Er kannte Tosamah nicht sehr gut, und der war groß in Fahrt und redete über alles mögliche, wie das seine Art war, großmäulig und prahlerisch. Nun, ich sah, wie ihm das auf die Nerven ging. Ich sagte mehrmals, es sei Zeit, heimzugehen und ein wenig zu schlafen, aber er hörte nicht auf mich. Er saß weiter herum und hörte zu, wie Tosamah sich mehr und mehr betrank und große Reden führte. Ich denke mir, auch Tosamah muß ihm angemerkt haben, was er davon hielt, und so dauerte es nicht lange, und Tosamah fing an, sich über ihn lustig zu machen, nicht direkt natürlich, er fing bloß an, über die Langhaarigen und die Reservation und dergleichen zu reden. Ich wäre froh gewesen, wenn er endlich den Mund gehalten hätte, und ich glaube, die anderen nicht weniger – ausgenommen Cruz; der grinste nur wie ein Idiot –, denn plötzlich wurden sie still und starrten unschlüssig auf ihre Hände herunter, wissen Sie, so als brüteten sie etwas aus. Da wußte ich, daß es gleich ein Unglück geben würde.
Sie müssen wissen, es gibt Menschen, die lächeln, sobald sie ernstlich böse werden, und je zorniger sie sind, desto mehr lächeln sie. Er war einer von denen. Er saß stur dort und lächelte, und das war ein böses Zeichen, aber das fiel den anderen sicher gar nicht auf, nur ich wußte es. Ich wußte, jetzt würde es gleich zu einer Auseinandersetzung kommen, und bekam Angst. Und, wie nicht anders zu er-

warten, explodierte er schließlich. Es war, als habe es in seinem Inneren plötzlich einen großen Knall gegeben, er sprang mit einem Satz vom Tisch auf und wollte sich auf Tosamah stürzen. Da er aber voll war, verlor er die Balance, er fiel nach hinten gegen den Ausguß. Er starrte auf Tosamah mit einem bösartigen, verletzenden Blick, aber sein Blick flackerte unruhig, und er war nicht fähig, seine Gliedmaßen zu gebrauchen. Er lehnte dort und rang nach Selbstbeherrschung und zitterte, wie von einem Hustenkrampf geschüttelt. Das Ganze ging furchtbar rasch, und dann begann Cruz zu lachen, und die anderen lachten mit, und das kühlte ihn sichtlich etwas ab. Es war, als habe ihr Gelächter ihn entwaffnet, es war auch, als sei ihm plötzlich alles egal. Damals, wissen Sie, war ich froh, daß die Sache so geendet hatte, wenn es zu einer Rauferei gekommen wäre, dann hätte man es ihn büßen lassen. Erst später kam es mir in den Sinn, daß der Vorfall ihn getroffen hatte, eine folgenschwere innere Verwundung war davon zurückgeblieben.
Am folgenden Tag ging er nicht arbeiten, und am nächsten auch nicht. Ich konnte ihn nicht dazu überreden, er gab mir nicht einmal eine Antwort. Vermutlich schämte er sich, vielleicht glaubte er auch, ich sei ihm böse. Daniels fragte prompt, wo er sei, und ich sagte, er sei krank. Er sagte kein Wort, Daniels meine ich, er fluchte nur kräftig und ließ mich stehen. Ich bin sicher, daß er mir kein Wort geglaubt hat. Ununterbrochen kamen Aufträge herein, aber wir konnten den Rückstand nicht aufarbeiten.
Als ich heimkam, war er sternhagelvoll, der Rausch hielt zwei Tage lang an. Er ging nicht aus, er hockte fortwährend im Zimmer und ließ sich vollaufen, bis ihm speiübel war. Damals ist mir bereits klargeworden, daß er seine Stellung verlieren mußte, und das machte mir ernstliche Sorgen, er brauchte die Arbeit ja so dringend. Es war eine gute Stelle, noch dazu eine Beschäftigung, die er zu leisten imstande war. Natürlich hatte Daniels nur darauf gewartet, daß er ihm wieder unter die Augen käme. Er kam zu unserem Fließband und stellte sich hinter ihn und sah ihm über die Schulter, er kontrollierte sozusagen jeden Handgriff, den jener machte. Sie können sich vorstellen, daß einen das bei der Arbeit irritiert, wenn einen einer, der zu befehlen hat, fortwährend beobachtet. Ich sah, wie ihm da-

bei allmählich der Schweiß ausbrach. Er machte einige Male einen falschen Handgriff, und schon fuhr Daniels auf ihn los. Es waren Kleinigkeiten, über die sich kein Mensch aufgeregt hätte, ein paar zu lockere oder verbogene Heftklammern, nicht der Rede wert, aber Daniels stellte sich an, als ginge die Welt unter, und redete so laut, daß alle aufmerksam werden mußten. Und das war wahrscheinlich zuviel für ihn, den ganzen Vormittag war Daniels auf ihm herumgeritten, und nun hatte er schon langsam genug davon. So ließ er auf einmal alles liegen und stehen, starrte Daniels feindselig ins Gesicht, als wolle er ihm eine verpassen, und ging einfach weg. Das kam Daniels vermutlich doch überraschend, er stand eine Minute lang da und sah ihm mit offenem Mund nach. Dann wurde er fuchsteufelswild und rannte herum, als habe er den Verstand verloren, und brüllte etwas über „diese verdammten, nichtsnutzigen Schmutzfinken“ und noch anderes. Aber mir scheint, er kam sich dabei selbst ein wenig lächerlich vor. Wir hatten zu wenig Arbeiter, und es braucht seine Zeit, ehe man einen neuen aufgetrieben und eingeschult hat. Jedenfalls hatte er wirklich keinen Anlaß gehabt, ihn derartig zu überwachen und jeden Fehler laut bekanntzugeben. Wir taten ohnedies das Menschenmögliche, wir machten unsere Arbeit anständig.

Von da an ging es rasch bergab mit ihm. Manchmal war er daheim, wenn ich von der Arbeit kam, manchmal nicht. Jedes zweitemal war er betrunken, so daß ich nichts mit ihm anfangen konnte. Ich habe mich bemüht, ihn etwas zu bremsen, aber wenn ich nur ein Wort sagte, wurde er gleich wütend und trieb es noch ärger. Mit seinem Geld war er natürlich rasch am Ende, und von da an pumpte er mich fast jeden Abend um kleine Summen an. Nach einiger Zeit weigerte ich mich, ihm weiter zu pumpen, und, stellen Sie sich vor, da fing er an, Milly anzupumpen. Er sagte ihr, er brauche dringend etwas zum Anziehen, oder Fahrgeld für den Autobus, weil er sich einen neuen Job suchen müsse, dann gab sie ihm zwei oder drei Dollar, manchmal auch fünf, aber etwas gab sie ihm jedesmal. Aber er legte es regelmäßig nur in Schnaps an. Ich sagte ihr, was er mit dem Geld machte, aber sie erwiderte nur, das wisse sie ohnehin, er tue ihr aber so leid. Die Leute vom Resozialisierungsamt verschafften ihm Arbeit bei den Schulen, die Spielplätze sauberhalten und dergleichen, aber nachdem er ein paarmal besoffen dort aufgetaucht war, feuerten sie ihn natürlich, nach nicht ganz zwei Wochen. Auch Milly besorgte ihm eine Anstellung, Nachtarbeit in einer Bäckerei, und die Bezahlung war, ihren Worten nach, sehr ordentlich. Aber er fand es nicht einmal der Mühe wert, überhaupt hinzugehen. Wissen Sie, wenn er es nur durchgehalten hätte, bei der ersten Arbeit an meinem Fließband zu bleiben, wenigstens für einige Zeit, dann wäre alles noch gut geworden. Wir konnten einander gut leiden und arbeiteten gut zusammen. Dort konnte ich ja auch immer ein wenig auf ihn achtgeben, wissen Sie, ich hatte ihn ständig unter meiner Aufsicht, und das war auch sehr gut so. Ich denke, er brauchte einen, der ein bißchen auf ihn aufpaßte. Außer Milly und mir war ja kein Mensch darauf neugierig, ob ihm etwas zustieß oder nicht.

Wir hatten auch hie und da angenehme Zeiten, sogar damals noch, hie und da. Am Sonntag kam Milly meistens zu uns und brachte einen Korb Sandwiches und etwas zu trinken, Kool-Aid, Äpfel und Kuchen mit. Dann stiegen wir in den Bus und fuhren zu dritt hinaus nach Santa Monica. Wir suchten uns am Strand irgendwo ein stilles Plätzchen mit wenig Leuten und setzten uns in die Sonne und redeten und machten Dummheiten miteinander und schauten auf die Badegäste und die Vögel und das Meer. Milly hatte einen winzigen, weißen Badeanzug, den nahm sie jedesmal mit, und manchmal ging sie ziemlich weit ins Wasser, während wir sie im Auge behielten. Ich kam mir irgendwie komisch vor, wenn ich sie in diesem Aufzug sah, und er sich wohl auch, wissen Sie, denn er machte manchmal Witze über sie und lachte, aber mir gefiel das nicht recht, denn ich schätzte sie sehr, abgesehen davon, daß sie sehr gut zu uns war. Ich machte nie mit, wenn er spöttische Bemerkungen über sie machte. Sonst wäre die Sache in dieser Weise weitergegangen, er hätte sich dann über mich lustig gemacht und vielleicht Anspielungen gemacht, daß ich selbst gern etwas mit ihr angefangen hätte, und so weiter. Das war aber nicht der Fall. Sie zog ihn vor, das merkte ich, darum hatte ich immer Angst, er könne sie beleidigen mit seinen Bemerkungen. Sie war zuvorkommend und freundlich mit jeder-

mann. Sie hatte zu jedem gleich Vertrauen, glaube ich; es gibt solche Menschen. Und sie hatte in ihrem Leben wirklich genug mitgemacht. Es wäre eine Kleinigkeit gewesen, sie zu kränken.
Manchmal, wenn wir so zu dritt Ausflüge machten, erzählte sie uns von ihrer Familie und ihrer Kinderzeit. Sie ist auf irgendeiner Farm aufgewachsen, und ihre Leute dürften ziemlich arm gewesen sein. Von ihrem Vater sprach sie sehr oft. Er hatte sich zu Tod gerackert mit der Farm, behauptete sie, weil nichts gedeihen wollte. Der Boden war unfruchtbar und warf zu wenig ab. Er mußte schwer und lange arbeiten, ehe er das Geld zusammenbrachte, um sie zur Schule zu schicken. Sie sagte, immer habe sie vorgehabt, es ihm eines Tages zurückzugeben, aber ehe sie soweit war, starb er.
Sie hatte sich in irgendeinen Kerl verliebt und war kurze Zeit verheiratet gewesen. Das erwähnte sie nur ein einziges Mal, und sie sagte auch nur, eine Weile sei alles gut gegangen, besser als sie es erwartet hatte. Und dann begann sie abrupt von etwas anderem zu reden. Vielleicht hätte sie sonst zu weinen angefangen, es sah fast so aus; da mußte irgend etwas sehr Trauriges passiert sein. Aber sie erzählte auch lustigere Geschichten. Sie kramte komische Erinnerungen aus, und sie lachte überhaupt gern. Nie habe ich einen Menschen gekannt, der so ständig zum Lachen aufgelegt war wie sie. Und uns brachte sie auch oft zum Lachen. Daraus ließ sich ersehen, daß sie sehr leicht zu verletzen war.

Nein, Moment mal, es gab noch eine, die so lachen konnte, die immer zum Lachen aufgelegt war, eine mit ständig lachenden Augen. Ja, da war ein Mädchen in Cornfields, gewiß.

Und sie brachte auch uns bald dazu, von uns zu erzählen. In ihrer Gegenwart waren wir so ungezwungen und fühlten uns wohl, wissen Sie, ihr erzählten wir Dinge, die wir nicht jedem erzählt hätten. Eigentlich kam das irgendwie ganz von selbst, fast gegen unseren Willen, weil sie immer so lachlustig und offenherzig war und man ihr ansah, daß sie einen nicht um die Welt verspotten würde. Wir haben ihr sogar öfter von der Reservation erzählt und fanden gar nichts dabei, wir taten nämlich so, als nähmen wir es selbst nicht ernst, und erzählten ihr nur, was uns dort an komischen Sachen begegnet war. Einmal war es wieder so, wir saßen im Sand und sahen auf das Wasser hinaus. Es war die ganze Woche über ziemlich kühl und neblig gewesen, aber heute war es klar und warm, und wir genossen es, träge dort herumzulungern. Milly war im Wasser gewesen, sie kam zurück und setzte sich zwischen uns. Ihr Haar war naß, und sie lachte, und ihr Gesicht war voller Wassertröpfchen, und die Arme und Beine auch. Sie sah in diesem Moment sehr hübsch aus, ganz sauber und frisch und kühl. Ihre Haut war weiß und makellos, und sie zog die Beine an und vergrub sie im Sand und bewegte die Zehen auf und ab. Er hatte in den letzten Tagen Anstrengungen gemacht, sich aufzuraffen, er hatte davon gesprochen, daß er sich jetzt bestimmt eine Arbeit suchen würde. Milly glaubte ihm, und ich auch. Und jedenfalls ließen wir drei es uns gut gehen und lachten und neckten einander und plauderten über alles mögliche.

Irgendwie kam die Rede auf Pferde. Er erzählte uns, daß er einmal ein Pferd gehabt habe. Es war ein gutes Pferd, klein und flink, aber noch nicht völlig zugeritten. Manchmal gebärdete es sich wie wild, und es war auch heimtückisch wie ein Muli. Er sagte, das Pferd habe das Wasser gern gehabt, es versuchte immer zum Fluß hinauszutraben. Manchmal lief es davon, und er mußte es suchen, und dann fand er es immer am Fluß, wie es im Wasser stand und sich zufrieden umsah, als sei alles in bester Ordnung. Eines schönen Tages ritt er auf dem Pferd vom Acker heim und begegnete einem alten Mann, ein Häuptling oder ein Medizinmann oder dergleichen. Er hatte eine würdige Haltung und lächelte nie. Und er wollte mitreiten. Er sagte, gut, und ließ den alten Mann hinter sich aufsitzen. Alles ging sehr gut, bis sie den Fluß überqueren mußten. Kaum waren sie in der Mitte des Wassers, da bekam das närrische Tier plötzlich Lust, sich niederzulegen, und der alte Mann fiel ins Wasser. Er war alt, und außerdem war ihm sicher noch nie ein so verdammtes Biest untergekommen. Er stand auf und bot einen erbärmlichen Anblick, er sah gerupft aus wie eine nasse Henne. Er sagte keinen Ton, schüttelte zornig den Kopf und ging davon. Seine Schuhe waren so voll Wasser, daß man sie beim Gehen noch lange quatschen hörte.

Er erzählte das so komisch, daß Milly vor Lachen fast erstickte. Sie wußte sich schon gar nicht mehr zu helfen, sie konnte einfach nicht aufhören und riß uns alle mit. Zuletzt bekam sie den Schluckauf, und da wurde es natürlich noch schlimmer. Wir haben uns fast krank gelacht. Wir saßen da, und es schüttelte uns, bis uns die Tränen kamen, kurz, wir benahmen uns wie die Narren, aber das war uns ganz egal. Es stand ihr so gut, wenn sie lachte.

Es war einmal ein Mädchen in Cornfields, im Sommer ...

Milly glaubte ihm alles, verstehen Sie, weil sie überhaupt jedem Menschen glauben wollte, sie war von Natur aus so arglos, und sie brachte es fertig, auch uns davon zu überzeugen, daß alles gut sein würde, und so waren wir glücklich und malten uns aus, wie schön es in Zukunft sein würde.

Sie nannten sie Pony, und sie lachte so gern, und ihre Haut war sehr hell, und sie hatte lange, zarte Hände und trug eine dunkelblaue Baumwollbluse und eine Halskette mit einem Kornblumen-Muster und einem alten mondförmigen Najahe-Anhänger, in dem ein vollkommener tiefblauer Stein ohne Einschlüsse war ...

Ich nehme an, er glaubte selbst daran. Aber es sollte ganz anders kommen. Es war schon zu spät, es konnte jetzt nicht mehr gut ausgehen, er hatte sich schon zu tief sinken lassen und war im Innersten angekränkelt. Vielleicht war er schon lange krank gewesen, schon seit jeher, nur hatte es niemand bemerkt, und jetzt brach die Krankheit zum erstenmal aus und war nicht mehr zu übersehen. Das ist schon möglich.

Es war ein Sommer in Cornfields, und dort war ein Mädchen, das lachte so gern, aber ich hab' es nie wiedergesehen. Ich mußte fort, in die Schule, zum erstenmal fort von daheim, und da bekam ich Heimweh und freute mich, als ich wieder hinauskam. Nichts hatte sich verändert, das Land sah aus, wie es immer ausgesehen hat, und würde immer so bleiben. In Chamber stieg ich aus dem Bus und ging zu Fuß bis zur Handelsstation bei „Wild Ruins", aber ich war nicht mehr daran gewöhnt, so weit zu Fuß zu gehen, und brauchte lange, außerdem war es heiß, und ich war müde. Ich betrat den Laden, um mir einen kalten Fruchtsaft zu kaufen, und der alte Frazer tat so, als freue er sich wahnsinnig, mich wiederzusehen. Und ich kam mir großartig vor, weil ich in der Fremde gewesen war und etwas von der Welt gesehen hatte, zumindest in meinen Augen. Es war heiß, und der Nachmittag rückte vor, und ich hatte wenig Lust, die übrige Strecke bis heim zu marschieren. Ich hoffte ungewiß, daß der Großvater zufällig auftauchen würde, um Wasser zu holen, aber Frazer sagte, er sei gestern erst dagewesen. Ich war froh, drinnen im Kühlen zu sein, und Frazer schien auch sehr erfreut, mich zu sehen, und wir standen beisammen und erzählten, was alles los gewesen war. Er sagte, morgen nacht gebe es einen Squaw-Tanz nicht weit von Cornfields entfernt. Und ich war seit Ewigkeiten nicht bei einem Tanz der Frauen gewesen, und als ich davon hörte, bekam ich Lust, hinzugehen. Ich kam mir sehr überlegen vor und fing an, mit Frazer zu handeln wie ein alter Hase, hübsch langsam und nebenbei, als sei mir nicht viel daran gelegen. Und erst nach einigem Hin und Her fragte ich, ob er nicht ein ordentliches Pferd zu verkaufen hätte. Doch, meinte er, ein schönes schwarzes, aber es sei eine schöne Summe wert, und er habe außerdem gar nicht vor, es schon zu verkaufen. Ich nickte und ließ die Angelegenheit fallen, aber nach einiger Zeit äußerte ich, daß ich einen Onkel westwärts von Cornfields habe, der besitze einen kostbaren alten Ketoh-Schmuck, den er mir versprochen habe. Er befand sich seit langen Jahren in seinem Besitz, sagte ich, und sei eine schöne Handwerksarbeit, mit einem großen, gemaserten Spinnennetz-Türkis in der Mitte, umgeben von lauter ebensolchen kleineren, und aus massivem, schwerem Silber. Es sei ein altes Stück, behauptete ich, wie man es heutzutage nur selten zu sehen bekomme. Und ich stellte mich, als sei das ein Unglück, daß das Ding so alt und so aus der Mode sei, und ihm war anzusehen, daß ihm die Sache keine Ruhe ließ. Er fragte mich, wann ich es erhalten würde, und ich meinte, darüber hätte ich mir noch nicht den Kopf zerbrochen, aber wenn ich zu dem Tanz der Frauen käme, dann könnte ich bei dieser Gelegenheit mit dem Onkel reden. Und er fragte, was ich denn damit vorhätte. Das wisse ich noch nicht genau. Es sei zwar sehr hübsch, aus schwerem Silber und ein altes Stück, wie man's nirgends mehr sehe. Wahrscheinlich würde ich mich nicht gleich davon trennen, sondern abwarten, was sich ergebe. Und da hakte er ein: „Komm mit, ich zeig dir mein Pferd – ein gutes Tier." Das stimmte auch. Es war ein hübsches, schwarzes kleines Pferd, gut gestriegelt und rund, mit langen Beinen. Es sah aus, als könne es ganz schön rennen. Ich sagte aber, es sei sicher ziemlich langsam und faul, als ob es zu wenig bewegt worden sei. Immerhin würde ich es vielleicht kaufen, meinte ich, nur müßte ich es dann zuvor ein paar Tage ausprobieren dürfen. Wenn er einverstanden sei, würde ich das Pferd nehmen und nach Cornfields reiten und bei dieser Gelegenheit

auch sehen, daß ich den Ketoh bekäme. Zuerst wollte er nicht, aber nachdem ich weiter von meinem Onkel geredet hatte und behauptete, ein reicher Händler in Ganado habe den Ketoh einmal gesehen und sofort kaufen wollen, da holte er doch ein Zaumzeug, schirrte das Pferd an, führte es ins Freie und übergab mir die Zügel.
Das schwarze Pferd war angenehm zu reiten, und ich gab ihm die Zügel frei, und es trabte die ganze Strecke bis zu meinem Großvater flink dahin. Die Sonne sank, und die Landschaft war rot getönt, und eine leichte Brise hob sich angenehm kühl, und ich war endlich wieder daheim.

Es wird wahrscheinlich die ganze Nacht regnen. Draußen am Hügel wird niemand mehr sein, es ist zu kalt und naß. Dort oben versinkt alles in Dunkelheit und Stille und Schlamm. Und der Schlamm wird lange nicht austrocknen. Er wollte, daß ich ihm ganz genau beschreibe, wie es später sein würde. Komisch, daß es eine Nacht lang so sternklar sein kann wie damals, und in der nächsten regnet es so pausenlos, als wolle es nie mehr aufhören zu regnen. Vielleicht ist er schon hindurch, nicht wahr? Er muß jetzt schon weit fort sein, vielleicht regnet es dort, wo er ist, nicht mehr, und er ist wach und sieht die Sterne und das Mondlicht über der Landschaft. Dann wird der Zug seine Fahrt verlangsamen und die Berge erklimmen, die Williams und Flagstaff umgeben, und der Mondschein wird über die Bäume hin ausgegossen sein, daß man sie schwarz vor dem Himmel erkennen kann. Hoffentlich ist er jetzt wach und fühlt sich halbwegs wohl.
Und dann wird der Zug sich nach Süden wenden, südöstlich bergab zur Ebene, und dann wird die Sonne aufgehen, und der Ausblick über das Land wird immer weiter. Man wird die Sonne über der „Bunten Steppe“ aufgehen sehen, die von dunklen Wassergräben durchzogen ist; mit ihrer roten und violetten Erde wird sie im frühen Morgenlicht in Schönheit daliegen, sehr friedlich und weithin sichtbar, bis Wild Ruins und Klagetoh und Cornfields.

Mir war so wohl zumute, als sei alles in bester Ordnung, mein Gemüt war still und kühl, und das schwarze Pferd lief wie der Wind. Der Großvater war wieder ein Jahr älter geworden, er weinte; er weinte, weil meine Mutter und mein Vater es nicht mehr erlebt hat-

ten und ich, nachdem er mich ganz allein aufgezogen hatte, weggegangen war, und auch, weil er wieder daheim war. Ich kam nach Hause wie ein erwachsener Mann, zu Pferd, mit einem schwarzen, schönen Pferd. Er machte einen Gesang daraus. Alles, alles war gut und richtig, es war nichts dagegen zu sagen.
Ich war müde und ging zu Bett und dachte im Einschlafen an den nächsten Morgen. Kaum war es hell geworden, trat ich ins Freie und fühlte, wo ich hingehörte. Und alles war genau so, wie ich es in Erinnerung hatte, alles war, wie es sein sollte; nichts, gar nichts hatte sich hier geändert. Dieses erste Morgenlicht, dachte ich, kurz vor Sonnenaufgang, immer wird es hier draußen so sein. Es konnte gar nicht anders sein. So war es gewesen am Tag meiner Geburt und würde so sein am Tag meines Todes. Es war frisch, ich spürte die Kälte deutlich auf Gesicht und Händen. Und auch die Wolken waren dieselben Wolken wie einst, klein und zerfließend und sehr weit fort, und dunkel und schweigend lag das Land hingebreitet bis an den Horizont ringsum. Ehe die Sonne aufging, gab es nur diese endlose, leere Weite, aber dann würde alles zu leuchten beginnen, zu glitzern wie Wasser, von einem in hundert Farben erstrahlenden Schimmer übergossen, daß einem beim Hinsehen die Augen weh taten. Nur im frühesten Licht war das Land noch so weich und grau und reglos. Kein Ton war zu hören, nur Stille. Der Himmel wölbte sich erwartungsvoll darüber und war im Osten weiß wie eine Muschel. Beim ersten Licht war das Land einsam und lautlos still. Und ich war, wo ich sein wollte, mit mir allein. Ich wollte keinen Menschen sehen oder sprechen hören. Es war gar nichts zu sagen.
Hinter mir stieg die Sonne höher, und ich ritt auf dem schwarzen Pferd nach Cornfields hinüber. Das Pferd war gut, besser als der Durchschnitt. Es hatte einen breiten, gewölbten Brustkorb und einen langen Atem. Wenn man es antrieb, lief es gleichmäßig die ganze lange Strecke. Aber es war noch früh genug, und der Weg war nur eine Halbtagsreise zu Pferd, vielleicht auch etwas weiter. Ich sah, wie die Erde unter mir flog, und spürte und hörte die Hufschläge. Es war früh genug, die Hitze war noch erträglich, und das schwarze Pferd trug mich im richtigen Tempo durch die unbewegte Morgenluft. Es war so schön, so unterwegs zu sein, daß man beten mußte.

Ich, Sohn der Türkis-Frau.
Auf dem Gipfel des Gürtelberges,
Schönes Pferd – schlank wie ein Wiesel.
Mein Pferd hat Hufe wie gemaserter Achat;

Seine Fesseln sind wie Adlergefieder;
Seine Beine sind rasch wie der Blitz.
Der Leib meines Pferdes gleicht dem gefiederten Pfeil;
Der Schweif meines Pferdes den schwarzen,
ziehenden Wolken.
Biegsame Lasten leg' ich auf seinen Rücken;
Der kleine Heilige Wind spielt mit seinem Haar.
Aus kurzen Regenbogen besteht seine Mähne.
Die Ohren meines Pferdes sind wie Haferkörner.
Die Augen meines Pferdes sind wie große Sterne.
Der Kopf meines Pferdes ist aus vielerlei Wasser –
aus heiligen Wassern –, es kennt keinen Durst.
Die Zähne meines Pferdes sind weiße Muscheln.
Den großen Regenbogen trägt es im Maul als Zaum,
mit dem ich es lenke.
Wenn mein Pferd wiehert, laufen vielfarbige Pferde
hinter ihm her.
Wenn mein Pferd wiehert, laufen vielfarbige Schafe
hinter ihm her.
Reich bin ich, es ist mein Reichtum.
Friede sei vor mir,
Friede sei hinter mir,
Friede sei unter mir,
Friede sei über mir,
Friede sei rings um mich her –
Stimme des Friedens – sein Wiehern.
Ich bin ewig und voller Frieden.
Ich schwöre auf mein Pferd.

Bei der Handelsstation von Klagetoh hielt ich an und verbrachte drinnen den frühen Nachmittag, und ich lachte und sprach von meinem Pferd und prahlte damit, bis die Sonne sich neigte und die Hitze nachließ. Dann ritt ich weiter bis zu Sam Charleys Haus, und er begleitete mich das letzte Stück Weg. Und wir lachten und machten gemeinsam Witze über die Mädchen in der Schule – Nambé-Mädchen und Apachen-Mädchen –, und Sam Charley hatte ein altes, abgearbeitetes Pferd. Neben meinem Schwarzen bot es einen jämmerlichen Anblick, und mein Rappe tänzelte und warf den Kopf auf und wollte galoppieren. Zwar war der Ketoh erfunden, aber das schwarze Pferd gehörte mir für eine Weile, und ich ritt darauf nach Cornfields.

Und wieder etwas später, als wir uns ziemlich nahe im Westen von Cornfields befanden und die Sonne schon sehr tief am Himmel stand, begann ein tiefroter Sonnenuntergang, und die Nachtkühle senkte sich über uns. Es gab eine Menge Karren und Lagerfeuer, und man hörte ringsum Reden und roch den Rauch und den Kaffee und das geröstete Brot. Und im Osten zog ein gesprenkelter Mond auf wie ein flachgehämmerter Silber-Concho mit einer Einbuchtung in der Mitte. Und dann die Trommeln. Als ich den Trommelschall vernahm, wünschte ich mir, noch meilenweit weg allein unterwegs zu sein und die Trommeln bis dorthin zu hören und ringsum nichts zu sehen als das mondbeschienene Land und dann erst die fernen Lagerfeuer. Nachts hört man die Trommeln sehr weit, der Schall trägt in der Ebene, und sie scheinen von überallher zu dröhnen. Erst wenn man die Feuer aufblinken sieht, weiß man, aus welcher Richtung die Trommeln klingen, und man kommt über eine Hügelkuppe, und unvermittelt sind die Lagerfeuer da und die Trommeln, die immer noch von sehr weit her erklingen.

Der Tanz begann, und ich stand abseits und sah zu. Auf der anderen Seite war ein Mädchen, das lachte und war sehr schön, es war eine Freude, sie anzusehen. Feuerschein tanzte über ihre Haut, und sie lachte. Der Feuerschein fiel auf ihre blaue Bluse aus Baumwollsamt und auf die blasse Neumond-Najahe des Kornblumenhalsbands. Und nach kurzer Zeit konnte ich kaum wegsehen von ihr und sah sie immer an, wenn sie nicht hersah, denn allmählich sah ich, wie schön sie war. Sie war schlank und klein, sie wiegte sich leicht zum Trommelrhythmus, ohne vom Ort zu rücken, und ihr langer Rock schwang ihr um die Füße, und an ihren Mokassins hingen kleine Münzen.

„He, du Glückspilz!" Sam Charley legte mir die Hand auf die Schulter. „Die hat ein Auge auf dich. Die hat nichts dagegen."

„Sie trägt ein schönes Halsband", antwortete ich. „Wer ist sie?"

„Ei, sieh da! Das schöne Halsband! Willst es ihr wohl abkaufen, wie? Sie wird Pony genannt. Ich glaube, sie wohnt drüben bei Naslini."

Nach kurzer Zeit drehte sich schon eine Menge tanzender Paare um das Feuer. Langsam zogen sie an mir vorüber, Hand in Hand, unter ihren Decken; mit leichten, stampfenden Schritten gehorchten sie der Trommel, die Körper dicht beieinander, als dunkler Umriß vor dem hellen Feuerschein. Und da verlor ich sie aus den Augen. Ich suchte sie überall, doch sie war verschwunden. Sam Charley sagte etwas, aber ich hörte es gar nicht, ich hörte nur noch die Trommeln wie den unaufhörlichen Schlag meines Herzens. Und auf einmal griff sie nach meinem Arm und lachte und sagte: „Komm mit, oder du mußt dich sehr teuer loskaufen." Ihr Lachen hatte eine seltsame Wirkung, es machte einen fröhlich und verlieh einem Selbstsicherheit, man hätte sie immerfort lachen hören mögen. Sie reichte mir ihre Decke und führte mich auf den freien Platz rings ums Feuer. Und ich legte mir die Decke über den Rücken und hielt sie auf, damit sie drunterschlüpfen konnte. Ich spürte sie klein und eng an meinem Körper, und sie lachte und lachte, während ich sie lange im Tanz an mich gedrückt hielt. Dann gingen wir langsam miteinander im Takt um die Feuer, und ich hörte ihr Lachen an meiner Seite, und der Mond stand hoch oben, und die Trommeltöne drangen in die Weite der Nacht hinaus, und nicht weit von hier hatte ich das schwarze Pferd im Lager angepflockt, und Mondlicht und Feuerschein glänzten auf dem dunkelblauen Samt seines Rumpfes und seiner Flanken, und meine Hand lag auf dunkelblauem Samt, und ich blickte zu Boden und sah bei jedem Schritt die kleinen Füße des Mädchens hervorkommen auf dem im Feuerschein schimmernden Sand, die kleinen weißen Dreiecke der Sohlen und die tiefroten Seitenteile mit den blinkenden Silbermünzen daran. Aber dann habe ich sie nie wieder gesehen …

Wir gingen eines Abends von Henry nach Hause. Wir hatten noch eine Weile vor dem Lokal herumgestanden mit den anderen Burschen, wir sprachen mit lauten Stimmen und waren sehr aufgekratzt, Sie verstehen mich schon, aber nach einer Weile flaute das ab, weil es schon spät war, und wir beschlossen, uns auf den Heimweg zu machen. Wir schlenderten ohne Hast und unterhielten uns, vermutlich ziemlich hörbar, und die ganze Straße war schon dunkel und menschenleer. Dort beginnt die Allee, eine Sackgasse, die leer ist, bis auf ein paar Haufen Gerümpel und ein paar Abfalleimer. Bei Nacht ist es sehr dunkel in der Allee, die nächste Straßenlampe steht erst weiter unten, wo der erste Häuserblock zu Ende ist. Bei Tag sind immer eine Menge Tauben da, weil die Leute dort alles mögliche hinwerfen, leere Konservendosen und zerbrochene Gläser, alles mögliche Zeug liegt dort herum, und es stinkt ganz beträchtlich. Also, wir kamen eben an der Allee vorüber, als plötzlich Martínez heraustrat und uns den Weg verstellte. Er stand zunächst nur da und spielte mit dem Stock, den er in der

Hand hatte, und starrte uns an. Als er so unerwartet aus der dunklen Allee vor uns aufgetaucht war, waren wir natürlich erschrocken verstummt, und, ehrlich gesagt, ich hatte Angst. Da befahl er uns, mitzugehen in die Allee und ging hinter uns her. Ich wurde blitzschnell nüchtern; es war stockdunkel dort drinnen, und er war dicht hinter unserem Rücken und für mich unsichtbar. Ich hatte keine Ahnung, was er wollte, und zitterte vor Angst.

„Hallo, Benally", sagte er ganz sanft und nebenbei. Ich konnte seinen Gesichtsausdruck nicht erkennen, aber ich wußte, daß er jetzt auf die gewisse Weise lächelte, wie immer, wenn er spürt, daß sich jemand vor ihm fürchtet. „Wir wollten eben heimgehen", sagte ich und fragte ihn, was er von uns wolle. Er stand nur da, lächelte und ließ uns im eigenen Saft braten, und dabei klopfte er sich immer mit dem Stock auf die flache Hand. „Laß mal deine Hände ansehen, Benally!" Er stand dicht vor uns, und wir standen mit dem Rücken gegen die Mauer. Ich hob die Hände und hielt sie ihm hin. Ich hätte ihn fast mit den Fingerspitzen berührt. Er hatte eine Taschenlampe bei sich, die drehte er an und beleuchtete meine Hände. „Deine Hände zittern ja, Benally", sagte er, als wisse er wirklich nicht warum und sei äußerst besorgt. Ich mußte meine Hände ziemlich lange in den Lichtstrahl halten, und sie zitterten wirklich furchtbar, aber ich vermochte sie nicht stillzuhalten. Dann fragte er, wieviel Geld ich bei mir habe. Natürlich wußte er, daß ich heute Auszahlung gehabt hatte, also gab ich ihm, was davon noch da war. Er betrachtete das Geld eingehend, als sei es ihm zu wenig, während ich schlotterte vor Angst. Endlich sagte er: „Hallo." Und: „Wer ist der da, dein Freund, Benally?" Damit trat er vor ihn hin und leuchtete ihm ins Gesicht. Ich nannte ihm den Namen und sagte, er habe keine Arbeit, er müsse sich erst etwas suchen und habe kein Geld bei sich. Martínez befahl auch ihm, die Hände auszustrekken, was er nur zögernd tat, so als habe er keine Lust dazu, aber dann hielt er ihm doch die offenen Handflächen hin. Ich sah sie ganz genau im Lichtstrahl, offen und fast ohne zu zittern. „Dreh sie mal um", sagte Martínez und betrachtete sie, aber sie waren nahezu unbeweglich. Plötzlich schnellte der Lichtstrahl auf, und der Stock sauste rasch und wuchtig nieder. Ich sah es nicht, aber ich hörte, wie er auf

den Handknochen niederkrachte, und das Geräusch hob mir den Magen hoch. Er schrie nicht auf, gab keinen Laut von sich, aber ich konnte erkennen, wie er sich an der Mauer vor Schmerz krümmte und sich die Hände hielt. Das Licht erlosch, und Martínez schritt im Finstern so dicht an mir vorbei, daß ich seinen Atem hörte, der kurz und hastig ging, so als lachte er lautlos. Dann gingen wir aus der Allee und heim. Seine Hände waren zum Glück nicht gebrochen, aber stark angeschwollen, am nächsten Tag konnte er die Finger kaum bewegen und hatte abscheuliche schwarze Flecken auf den Knöcheln, die sich gelb und violett verfärbten. Wir sagten Milly, wir hätten am Heizkörper etwas repariert, und da sei er umgefallen und ihm auf die Hände.
Er kam nicht über diese Sache hinweg. Es war genauso wie damals bei Tosamah, verstehen Sie? Er sagte keinen Ton – er hatte ja auch keinen Ton von sich gegeben, als es passierte, sondern sich nur an der Mauer gekrümmt und sich beide Hände gehalten –, aber er dachte Tag und Nacht daran und wurde nicht fertig damit. Er saß da und starrte fortwährend auf seine Hände. Und wenn ich irgendwas sagte, schien er mich gar nicht zu hören, es war, als brüte er über einem Plan, wie er sich rächen könne, aber er wußte nicht wie. Und hinterher sah er dann plötzlich auf und fragte mich: Was hast du vorhin gesagt? Er wurde überhaupt immer weniger ansprechbar. Milly sagte zum Beispiel etwas Komisches, und wir beide lachten und sahen ihn an, aber er lächelte nur so abwesend, daß man sah, er hatte es gar nicht gehört, er war in Gedanken woanders. Und sogar, wenn er sich betrank, war er jetzt ganz anders. Früher wurde er gut aufgelegt, wenn er trank, und wir lachten und blödelten herum, aber nach dieser Nacht wurde das anders.
Einmal holte ich ihn ab, und wir fuhren nach Westwood. Wenn ich am Fließband so ziemlich aufgeholt habe, dann erlaubt mir Daniels manchmal mit dem Lieferwagen zu fahren. Das ist eine nette Abwechslung, wissen Sie, eine Gelegenheit, einmal etwas anderes zu sehen und ein bißchen herumzukommen und frische Luft zu schöpfen. Wenn Zeit genug war, dann holte ich ihn manchmal ab und nahm ihn mit, irgendwo ins Freie, wohin ich zu liefern hatte. Daniels ist mir nie dahintergekommen, sonst wäre ich todsicher geflogen. Da ein schöner Tag war und er ohnehin nichts mit

sich anzufangen wußte und nur immer im Zimmer hockte, war er sogar froh, als ich ihm sagte, er könne mitfahren. Wir fuhren nach Wilshire hinaus, und es war ziemlich gutes Wetter. Es war noch nicht Mittagszeit, also brauchte ich auf keinen Fall vor eins zurück zu sein. Das Abladen dauerte nur ein paar Minuten. Ich rechnete mir aus, daß wir hinterher noch Zeit hätten, irgendwo ein Paar Würstchen zu essen und dann an der Küste entlang zurückzufahren. Mir hat Westwood immer gut gefallen, und da es heute schön war, gingen die Leute spazieren, und die Straßen waren belebt. Ich reversierte und schob die Ladefläche in die Zufahrt hinein. Die Fahrerkabine stand ein Stück weit vor, so daß die Leute auf dem Gehsteig ausweichen mußten. Er wartete in der Kabine, bis ich mit dem Ausladen fertig war. Es handelte sich um einen kleineren Auftrag, und so war ich bald fertig. Dann stieg ich ein und wollte herausfahren, doch er bat mich, noch zu warten. „Los, fahren wir", sagte ich. Es war gerade noch Zeit, dem Mittagsverkehr auf der Wilshire-Straße zu entgehen und vorher zur Küste zu kommen. Aber er hielt mich auf, und wir saßen da und warteten, und ich wußte nicht wozu und begann mich zu ärgern. Gleich darauf kam eine Dame aus einem der Geschäfte, da nickte er und sagte, ich solle sie mir gut ansehen. Sie war sehr elegant und schlenderte müßig dahin und schaute in die Auslagen. Sie ging direkt vor unseren Augen vorüber, wissen Sie, und da lehnte er sich rasch zurück, damit sie ihn nicht sehen konnte. Ich verstand nicht, was in ihn gefahren war. Sie sah zwar wirklich gut aus, aber sie war weder jung noch besonders vollbusig oder so, und ich wußte nicht, was ihn an ihr so aufregte. Reich sah sie zwar aus und ziemlich schlank und biegsam, man sah ihr an, daß sie genug in die Sonne kam, ihre Haut war goldbraun, und sie trug ein glattes weißes Kleid und kleine weiße Schuhe und weiße Handschuhe. Sie sah, wie gesagt, sehr gut aus. Sie hatte eine Sonnenbrille auf, und ihr Mund war klein und hübsch und mit einer blassen Lippenpomade bemalt, das Haar war ziemlich kurz, aber gut frisiert und glänzend und sichtlich frisch gewaschen; ein sauber abgegrenzter, breiter Silberstreifen zog sich durch dieses Haar, das ansonsten dunkel und glänzend war und in der Sonne kupferig wirkte. Wir sahen ihr nach, solange sie zu sehen war.

Er behauptete, er kenne sie. Vielleicht hatte er wirklich einmal für sie gearbeitet und ihr gefallen. Er sagte, sie würde ihm helfen. Sie habe ihn sehr gern gehabt, und sie hätten es miteinander getrieben; sie würde ihm helfen, eine Arbeit zu finden, habe sie gemeint, damit er aus der Reservation wegkomme. Aber ehe es soweit war, sei er in diese unangenehme Geschichte hineingeraten. Anfangs wollte ich ihm kein Wort glauben, und es ärgerte mich, als er gar nicht davon aufhören wollte, ich konnte dieses Herumprahlen und Witzereißen über eine weiße Frau nicht ausstehen. Später habe ich aber festgestellt, daß er die Wahrheit sagte. Als er damals schwer verletzt war, fing er von ihr zu reden an und sagte mir ihren Namen, er war damals schwerverletzt und phantasierte, aber man wußte gleich, daß er das nicht erfunden haben konnte. Komisch, sogar anfangs, als ich noch glaubte, er wolle mich zum Narren halten, schien er sie ganz intim zu kennen, und sie war etwas Besonderes, sie war gut und hatte ihn sehr, sehr gern. Im Spital habe ich sie dann wiedergesehen. Sie sah wirklich sehr gut aus, wie die Modedamen in den Illustrierten.
Er suchte sich keine neue Arbeit mehr.
Wenn er wenigstens daran gedacht hätte, das Fenster zu schließen. Regen. Nichts als Regen. Wenn es nur endlich aufhören wollte. Wenn es regnet, wirkt die ganze Wohnung so kalt und leer. Wir rissen Bilder von Pferden und Wagen und Schiffen aus Zeitschriften und hängten sie im Zimmer auf. Milly hat auch einmal Vorhänge gebracht, aber es kam nicht dazu, daß wir sie aufgehängt hätten. Vielleicht hänge ich sie morgen doch noch auf. Das wird ihr Freude machen.
Wir haben ihn oft wegen des Blechköfferchens gehänselt. Es stand dort in der Ecke, und eine kleine Spinne versuchte immer wieder, ihr Netz darauf zu spannen. Wenn Milly kam, wischte sie es weg, aber die kleine Spinne machte sich sofort wieder an die Arbeit und spannte an derselben Stelle ein neues Netz. Sie gab nicht auf, und schließlich sagten wir, laß sie in Ruhe. Wir sagten, die Spinne sei unsere Mitbewohnerin, sie habe kein Recht, sie aus ihrem berechtigten Wohnzimmer zu vertreiben, sooft sie herkäme. Daraufhin sagte sie, man könne niemandem zumuten, in einem Koffer zu wohnen, sie werde einmal eine Blechschere mitbringen und ein Puppenhaus daraus machen; die Spinne

könnte auch einen winzigen Schaukelstuhl brauchen. Sobald es regnet, friert man hier drinnen. Sonst wäre das Zimmer gar nicht so übel, man könnte es nett herrichten. Es gibt auch eine Menge angenehmer Mietwohnungen hier herum. Wenn ich wollte, könnte ich sicher auch eine mit einem eigenen Badezimmer auftreiben. Wenn man einen guten Posten hat, kann man sich fast alles leisten, was man haben will.

Jetzt wird die alte Carlozini bald heimkommen. Sie ist sehr alt und sollte sich nicht so lang im Regen draußen herumtreiben. Eines schönen Tages wird sie noch mitten auf der Straße umfallen und tot sein, und wenn nicht, dann wird man sie ganz mutterseelenallein in ihrem kleinen Zimmer tot auffinden. Sie hat nur sehr wenige Sachen, ein bißchen Geschirr und Löffel, aber man hört sie jeden Morgen ab halb sechs unten herumkrabbeln. Wenn sie fortgeht, setzt sie immer denselben schwarzen alten Hut auf, der so komisch aussieht, weil er breitkrempig ist und ihr die Krempe rundherum so weit herunterhängt, und eine zerfetzte alte Hutblume hat sie auch noch drauf, die hängt ihr bis über das eine Auge ins Gesicht und wippt beim Gehen so komisch. Sie grüßt nie, aber sie läßt einen nie aus den Augen, sie glaubt scheinbar, daß jeder sich hinter ihr anschleicht und ihr etwas stehlen will. Sie hört es sofort, wenn jemand über die Treppe geht, wissen Sie, und da macht sie jedesmal die Tür einen winzigen Spalt breit auf und sieht einem nach. Wahrscheinlich hat sie sonst nichts zu tun.

Einmal wollten wir eben ausgehen, da saß die alte Carlozini unten auf der Treppe, ganz zusammengekrümmt und unbeweglich, als ob sie schliefe. Ihre Wohnungstür stand weit offen, aber sie saß draußen auf der Treppe. Damals haben wir zum ersten und einzigen Mal in ihre Behausung hineingesehen. Sie sah ganz schmutzig und finster aus, und es stank bis ins Stiegenhaus. Wahrscheinlich war dort die Tür überhaupt noch nie so weit offen zum Lüften. Sie badet nie, und Sie wissen sicher, wie alte Leute riechen und wie gern sie sich einsperren, wenn es dunkel wird. Der Geruch war wirklich kaum auszuhalten. Wir machten jedenfalls einen Bogen um sie herum und wichen ihr aus, und da sagte sie etwas. Wir drehten uns nach ihr um, und da sah sie mit nassen Augen zu uns empor. „Vincenzo ist so krank“, sagte sie. „Und diesmal ist es sehr ernst." Sie hielt eine kleine Pappschachtel in der Hand, die hielt sie uns hin. Wir wußten zuerst nicht, was sie meinte, aber als wir in die Schachtel schauten, lag irgendein kleines Tier tot drinnen, wahrscheinlich ein Meerschweinchen, denke ich mir; es hatte ein schwarzweißes Fell und lag zusammengerollt auf der einen Seite, und auf dem Boden der Schachtel hatte sie ein schmieriges, weißes Tuch ausgebreitet. „Oh, diesmal ist es wirklich sehr schlimm", sagte sie und schüttelte den Kopf. Wir wußten nicht, was wir darauf sagen sollten, und dabei weinte sie und sah uns an, als erwarte sie, daß wir ihr helfen könnten, wenn wir nur wollten. Es schien, daß sie sich wirklich anstrengte, nett und freundlich mit uns zu reden, deshalb hätten wir ihr gern geholfen. „Er heißt Vincenzo", sagte sie. „Er ist sehr gescheit, wissen Sie, er kann aufrecht stehen wie ihr beide, meine Herren, und in die Hände klatschen." Ihre Augen leuchteten, und sie mußte lächeln, als sie sich daran erinnerte. Und so ging es weiter, als ob das kleine Bündel da drinnen noch am Leben sei und jederzeit aufstehen und wie ein Kind in die Händchen klatschen würde. Ich wurde ganz traurig, als ich sie so sah, so uralt und einsam, und dann dieses Theater, und dabei nannte sie uns fortwährend „meine Herren" und was weiß ich noch. Wir wußten uns nicht zu helfen und ihr auch nicht, so hörten wir ihr eben zu und sahen auf das kleine Pelztierchen herunter. Und endlich sagte er, seiner Ansicht nach sei es tot. Zuerst dachte ich, das hätte er nicht sagen dürfen, es erschien mir nahezu bösartig, verstehen Sie das? Aber sicher mußte es ihr doch einmal jemand sagen. Vielleicht wußte sie schon lange, daß es tot war, und wartete nur, daß jemand anders das aussprechen möge, weil sie es selbst nicht übers Herz brachte, sich's einzugestehen. Und da riß sie uns die Schachtel wütend weg und starrte ihn minutenlang wild an, als sei sie tödlich getroffen und könne nicht verstehen, wie er so etwas behaupten konnte. Aber dann nickte sie nur und klappte nach vorne zusammen. Sie sprach nichts mehr und weinte auch nicht mehr, es war, als sei sie einfach ausgepumpt und ihre Kraft habe sie verlassen. Ich fragte, ob wir Vincenzo mit hinausnehmen sollten in die Allee, aber sie saß da und gab keine Antwort mehr. Sie blieb einfach auf der Treppe sitzen und drückte das kleine, tote Tier an ihr Herz und sah so zusammengeschrumpft und verlassen aus, und dabei wurde es noch dazu Nacht, und es war schon ziemlich finster dort unten. Komisch, nicht wahr; das kleine Tier war für sie wie ein guter Freund, den sie immer bei sich im Zimmer hatte, und wir hatten gar keine Ahnung davon gehabt. Und hinterher war alles wieder wie sonst, sie hat nie wieder mit uns gesprochen.

Um diese Jahreszeit regnet es immer sehr viel. Es ist nicht so schlimm, denn wenn es nach einer Weile wieder aufhört, dann sieht alles so licht und sauber aus. Es läßt sich hier nicht schlecht leben. Es ist immer eine Menge los, man hat genug zu tun und zu sehen, wenn man sich erst einmal auskennt hier. Wenn man sich dann gut auskennt und eingewöhnt hat, fragt man sich geradezu, wie man es überhaupt dort ausgehalten hat, wo man herkommt. Dort gibt es nichts als die Landschaft, wissen Sie, und die Landschaft ist kahl und tot. Hier gibt es alles, was man sich nur wünschen kann. Man braucht nie allein zu sein. Man geht in die Stadt hinunter, und da gibt es überall so viele Menschen, die sich alle gut unterhalten. Man sieht, wie sie es machen und wie sie sich einrichten und zu Geld kommen und schöne Sachen haben, Radios und Wagen und Kleider und schöne Häuser. Und dann möchte man auch solche Sachen haben; wenn man das nicht wollte, wäre man nicht normal. Und man kann sie ja haben, sie sind überall zu haben. Man geht in die Geschäfte, und die sind voll von schönen, neuen Sachen, und man kann sich fast alles kaufen, was man will. Die meisten Leute sind sehr freundlich und bereit, einem etwas auf Kredit zu geben. Auch wenn sie einen gar nicht kennen, sind sie doch freundlich, sie strengen sich richtig an, besonders nett zu sein. Sie schütteln einem die Hand und hören einen aufmerksam an, und wenn man manchmal nicht recht weiß, wie man sich benehmen soll, dann machen sie es einem möglichst leicht. Es scheint, als liege ihnen nichts so am Herzen wie dein Fortkommen, als seien sie für dich verantwortlich. Auch die Leute vom Resozialisierungsbüro sind in Ordnung. Es ist gar nicht so schlimm, wie Tosamah behauptet. Sie wissen, wie das ist, wenn man fremd ist und zum erstenmal da ist, wie man sich fürchtet, und sie bemühen sich um einen. Sie geben einem Vorschüsse, sie suchen einem eine Arbeit und ein Zimmer; ich glaube, sie kümmern sich sogar um einen, wenn man krank wird. Man braucht sich um nichts Sorgen zu machen. „Nein, mein Herrchen, lieber Benally, du brauchst dir um nichts Sorgen zu machen." So redet Tosamah. Er läßt sich immer lang und breit aus über die Fürsorgebeamten und die Wohlfahrt und die Schiedsgerichte und so weiter, und dieser kleine fette Kerl, dieser Cruz, der steht hinter ihm und grinst und nickt, als ob er genau Bescheid wüßte über all das. Früher habe ich auf Tosamah gehört. Er ist ein Hanswurst, manchmal muß man lachen, was der für Sachen herausbringt. Aber man muß wissen, was man davon zu halten hat. Er redet einem gern etwas ein und hält einen zum Narren, wenn man sich's gefallen läßt.

Laß sehen ... laß sehen; also, Manygoats hat mir drei Dollar gegeben, und ich hab mir eine Flasche Wein gekauft. Wer mag nur dieses große tolle Mädel gewesen sein? Ich habe jetzt noch zwei Dollar und sieben Cents. Schade, daß kein Wein mehr da ist. Ich könnte noch eine Flasche vertragen ... und eine Dollarnote ... und zwei Dimes ... und zwei Pennies.
Ei, yei, mit so einem Namen, und sie hatte Dime-Münzen ... Dimes, Zehncentstücke an den Mokassins.
Ich glaube, sie stammt aus Oklahoma.
Henry, behalte die Dollarnote und die zwei Pennies. Und gib mir zwölf glänzende Zehncentstücke dafür, zwölf Dimes. Um unserer alten Freundschaft willen, Henry, gib mir zwölf glänzende Dimes.
Time reimt auf Dime, und Schein auf Wein.
Vielleicht läßt der Regen für eine Weile nach.

Er hat sich jedenfalls keine Arbeit mehr gesucht. Komisch, nicht? Es ging alles ganz schnell. Wir hatten eine Streiterei. Ich konnte nicht mehr mit ihm reden. Er war immer betrunken. Wenn wir uns wie früher gemeinsam betranken, dann war es in Ordnung, wir wurden dabei locker und gut aufgelegt, wir machten Dummheiten und vergaßen unsere Sorgen. Aber dann, nach jener Nacht, als Martínez ... oder doch schon vorher; ich weiß es nicht mehr so genau. Vielleicht auch seit damals bei Tosamah, und dann, nachdem er diese weiße Frau wiedergesehen hatte. Es kam eben alles mögliche zusammen. Aber jetzt war es kein Spaß mehr. Auch der Schnaps schien nichts mehr zu helfen, er hockte stur herum und starrte vor sich hin, als hasse er die ganze Welt und sich selbst und sogar den Alkohol und Milly und mich, man konnte überhaupt nicht mehr reden mit ihm. Sooft ich es versuchte, wurde er sofort wütend, und da mußte ich es aufgeben, nicht wahr? Ich konnte voraussagen, daß es einmal ein richtiges Unglück geben würde, wenn er so weitermachte, aber ich war hilflos. Er ließ sich nicht helfen, von niemandem, und dann bin ich sicher mit der Zeit auch wütend geworden, und so kam es eines Tages zu einer Rauferei zwischen uns. Er war widerlich besoffen und nicht mehr normal. Er hatte das Unglück auf sich heruntergeschworen und konnte jetzt nichts mehr dagegen tun, glaube ich, und darum saß er nur noch da und sagte das gemeinste Wort, das ihm einfiel, vor sich hin und wiederholte es fortwährend. Ich höre ungern gemeine Worte, wissen Sie, ich fing an, mich zu fürchten, und sagte, er möge den Mund halten. Ich war eigentlich eher erschrocken als zornig über ihn, auf jeden Fall hatte ich genug, ich ertrug es nicht mehr. Ich hatte einfach genug davon, mir fortwährend Sorgen um ihn zu machen, er aber trieb es immer ärger, und ich war überzeugt, es würde schlimm enden, und damit wollte ich nichts zu tun haben. Aber er hörte nicht auf, sondern trieb es noch schlimmer und wurde immer wütender und knurrte und beschimpfte mich, und da hatte ich es plötzlich satt und befahl ihm, auszuziehen. Er stand sofort auf und taumelte im Zimmer herum, rot im Gesicht und zitternd und schweißüberströmt, und, wissen Sie, er sah mich an wie ein Wilder, aber ich war jetzt so wütend, daß mir alles egal war. Zum Schluß sagte er, O. K., so sei das also, seinetwegen könne ich zur Hölle gehen, er ginge jetzt. Er ginge jetzt, um Culebra, die Schlange, zu suchen, er wolle die Sache mit Culebra austragen, und ich antwortete, na, geh schon, los! Mir ist das scheißegal. Da ging er und warf die Tür knallend hinter sich zu, aber ich war froh, daß er fort war, und hörte ihn noch die Treppe hinunterrasen wie ein Verrückter, und es war mir ganz gleich, ob er dabei stürzte und sich ein Bein brach.

Kaum war mein Zorn etwas verflogen, tat es mir leid, und

ich fing wieder an, mir Sorgen zu machen. Aber ich sagte mir, das hat gar keinen Zweck. Es konnte nicht mehr so weitergehen, nicht wahr; es mußte endlich etwas geschehen. Er kam nicht zurück, und das bedrückte mich doch. Ich blieb wach und wartete lang auf ihn, und es wurde immer später, und ich konnte kaum einschlafen, ich lauschte immer, ob er nicht doch käme, aber er kam nicht zurück. Ich sagte mir immer wieder, vielleicht ist es gut so, daß er jetzt einmal allein draußen ist. Er war betrunken und elend und konnte ja nicht weit gegangen sein. Ich rechnete auch damit, daß man ihn vielleicht besoffen aufgegriffen und ins Gefängnis gebracht habe, und dort merkten sie hoffentlich, daß er eigentlich krank war, und holten einen Arzt, der sich um ihn kümmerte. Er kam die ganze Nacht nicht wieder, aber in der Früh mußte ich zur Arbeit und war froh, daß ich wenigstens abgelenkt war. Ich arbeitete und schuftete an meinem Band, und es war fast so, als sei alles in Ordnung. Wenn ich am Abend heimkam, konnten wir uns versöhnen.

Er kam aber drei Tage lang nicht heim. Ich ging täglich sofort nach der Arbeit nach Hause, aber er war nicht da. Ich ging auch wiederholt zu Henry und in andere Lokale nachsehen, ich suchte ihn überall, aber kein Mensch hatte ihn irgendwo gesehen. Im Gefängnis war er offenbar auch nicht. Ich wußte mir keinen Rat mehr. Nach drei Nächten wachte ich auf, weil ich unten auf der Treppe ein Geräusch gehört hatte. Ich ging hinaus und machte Licht im Vorzimmer, und da sah ich ihn unten im Dunkel am Fuß der Treppe liegen wie einen Toten. Die alte Carlozini hatte ihre Tür einen Spalt breit geöffnet und sah hinaus. Der Lichtstrahl, der aus ihrem Zimmer kam, lief quer über ihn, und er lag zusammengekrümmt und unbeweglich da. Er war es wirklich, allerdings in halbtotem Zustand. Zuerst glaubte ich, er sei wirklich tot, und wußte nicht, was ich tun sollte. Ich rannte hinunter und war keines Gedankens mächtig, ich hatte vergessen, daß das Licht unten nicht funktioniert, und griff nach dem Lichtschalter. Dann schrie ich die Alte an, sie möge gefälligst die Tür aufmachen, aber die rührte sich nicht, ich mußte sie mit Gewalt beiseite schieben. Vielleicht hab' ich zuviel Kraft angewendet, und sie ist hingefallen – ich weiß es nicht –, jedenfalls war die Tür jetzt weit offen.

Er lag auf dem Bauch, und als ich ihn auf den Rücken gedreht hatte, hätte ich mich fast erbrechen müssen und hätte am liebsten geweint. Er war total zerdroschen und voller Wunden und ganz blutüberströmt. An den meisten Stellen war das Blut schon eingetrocknet und verkrustet, vor allem auf den Kleidern und auf seinen Haaren. Er war fast verblutet, und sein Gesicht war totenblaß und gelb im Lampenschein. Die Augen waren zugeschwollen, die Nase war eingeschlagen, der Mund war eine einzige, blutende Wunde. Und auch beide Hände waren gebrochen, jeder einzelne Finger war gebrochen. Mehr konnte ich vorläufig nicht sehen, nur den Kopf und die Hände, und ich fürchtete mich davor, ihn auszuziehen, ich konnte einfach nicht hinsehen. In meinem Leben habe ich noch keinen dermaßen zusammengeschlagenen Menschen gesehen. Ich mußte ihn irgendwie hinaufschaffen, aber er war nicht fähig, aufzustehen, und ich hatte Angst, ihn anzurühren. So holte ich eine Decke und deckte ihn wenigstens zu, dann lief ich die Ambulanz holen. Die kam sehr rasch, und man sagte, ich müsse mitkommen.
Solange die Nacht noch dauerte, wartete ich dort drüben im Krankenhaus. Eine ganze Menge von Ärzten und Krankenschwestern lief aufgeregt durcheinander, aber sie gaben mir keine Auskunft, und ich fürchtete schon, daß er tot sei oder im Sterben liege, während ich nichts tun konnte als herumsitzen und warten. Ich wußte ja nicht einmal, wohin sie ihn getragen hatten und was sie mit ihm machten. Als es draußen endlich heller wurde, kam eine der Krankenschwestern und stellte mir eine Menge Fragen. Lauter ziemlich dumme Fragen über seine Familienangehörigen und seine Krankengeschichte und ob er krankenversichert sei und so weiter. Die meisten konnte ich gar nicht beantworten, aber ich versuchte vergeblich, aus ihr herauszukriegen, wie ernst sein Zustand sei. Sie fragte ruhig weiter, als gäbe es nichts Wichtigeres als ihre Fragen, und ich merkte ihr an, daß sie die Aufrichtigkeit meiner Antworten bezweifelte. Sie sagte, sie müßten einen Bericht für die Polizei ausfertigen, darum wollte sie ganz genau wissen, was passiert sei und ob er Angehörige hier habe, die man verständigen könne. Zuletzt sagte sie, er sei noch bewußtlos, und der Arzt könne noch nicht sagen, ob er wieder gesund würde. Sie sagte, es würde

ziemlich lang dauern, ehe man mich zu ihm ließe, aber ich sagte, ich würde jedenfalls hier warten. Ich glaube doch, daß sie mir angesehen hat, wie besorgt ich um ihn war, denn sie kam nach einer Weile nochmals und brachte mir eine Tasse Kaffee. Als mir endlich einfiel, daß ich ja hätte zur Arbeit gehen müssen, rief ich dort an und teilte Daniels mit, daß ich krank sei, und er sagte nur O. K.

Ich wartete fast den ganzen Tag vergeblich. Erst spätnachmittags führten sie mich zu ihm in sein Zimmer. Es war dunkel darin, und er lag flach auf dem Rücken und schlief. Sie hatten ihn tadellos gereinigt, und Kopf, Arme und Brust waren über und über bandagiert. Sie sagten, ich könne bei ihm neben dem Bett sitzen bleiben, wenn ich wolle. Sie hatten sicherlich nichts unversucht gelassen und getan, was in ihrer Macht stand, und im Augenblick mußte man zufrieden sein. Hie und da trat eine der Schwestern ein und sah nach, aber er erwachte nicht, bis sie mir zuletzt sagten, ich müsse nun heimgehen.

In der zweiten Nacht rief ich diese weiße Frau an, ich weiß selbst nicht, wie ich darauf kam, ich hatte das Gefühl, ich müsse es ihr mitteilen. Daß Milly erfuhr, was passiert war, wollte ich nicht, und außer ihr gab es keinen Menschen, den ich hätte anrufen und verständigen können. Ich habe das Gefühl, daß ich mich am Telefon sehr unklar ausgedrückt habe. Zuerst verstand sie überhaupt nicht, wovon die Rede war, und fragte mehrmals, wer ich sei und was ich wolle. Ich sagte, hoffentlich nehme sie es mir nicht übel, daß ich sie damit belästige, aber er sei schwer verletzt und ich wisse nicht, was ich tun solle. Da schwieg sie eine Minute lang, als überlege sie sich's, dann sagte sie danke und hängte ein. Und zwei Tage danach war sie dann im Krankenhaus.

Ich war schon ziemlich lange dort. Er war bei Besinnung und konnte das eine Auge schon ein bißchen öffnen, aber er hatte einen Verband über das halbe Gesicht und konnte kaum sprechen. Also erzählte ich alles mögliche und sagte, es würde bald alles wieder gut sein. Damals fingen wir an, diese Zukunftspläne zu schmieden. Und gleich darauf betrat sie das Krankenzimmer, und ich erkannte sie sofort. Sie war wieder sehr elegant und hübsch und duftete nach Parfüm. Ich wurde verlegen und wußte nicht, wie ich mich verhalten sollte, und stand gleich auf, um zu gehen. Aber sie sagte, bitte, bleiben Sie doch da, und schüttelte mir die Hand und bedankte sich nochmals. Es schien sie wirklich nicht zu stören, daß ich dabei war, sie fing sofort mit ihm zu sprechen an. Sie sagte, es tue ihr so leid, daß er krank sei, aber es würde sicherlich bald besser werden. Sie redete und redete drauflos, als habe sie sich genau überlegt, was sie ihm sagen wollte. Ich kam mir komisch und überflüssig vor, ihr war es aber anscheinend gleichgültig, und sie erzählte jetzt von ihrem Sohn Peter. Ja, Peter sei schon ziemlich groß, sagte sie, sie habe ihn eigentlich mitnehmen wollen, aber er konnte nicht, er habe etwas vor mit ein paar Freunden. Sie sagte auch, sie habe sehr oft an ihn gedacht und sich gefragt, wie es ihm gehe und was er mache, wissen Sie, und sie habe immer mit großer Herzlichkeit an ihn gedacht, er sei ein guter Freund für sie. Peter frage sie immer aus über die Indianer, und sie habe ihm dann immer eine Geschichte von einem tapferen jungen Indio erzählt, der sei der Sohn einer Jungfrau mit einem Bären gewesen, und, sagte sie, ein edler und weiser Mensch sei er gewesen. Er bestand zahlreiche Abenteuer, wurde ein berühmter Häuptling und rettete sein Volk. Dies sei Peters Lieblingsgeschichte gewesen, und sie habe dabei immer an ihn, Abel, gedacht. Sie sagte das alles auf eine sehr liebe Art und Weise, man hörte, daß sie ihn sehr hochschätzte, und ich merkte, daß diese Geschichte für sie irgendeine heimliche Bedeutung hatte, und schämte mich, zuzuhören. Sie behauptete, sie sei sehr, sehr froh, daß ich sie angerufen hätte, es hätte ihr ewig leid getan, wenn sie ihn nicht hätte sehen können. Ich war froh, weil sie gekommen war, und ich denke, er wird auch sehr erfreut gewesen sein, obwohl er hinterher kein Wort darüber verloren hat. Ich wußte nicht, was er dachte. Er hatte den Kopf abgewandt, als habe er wieder Schmerzen.

Ei, ei! Ein Bär und eine Jungfrau. Und sie, die weiße Frau, hatte sich das ausgedacht, hatte es sozusagen in ihrem eigenen Kopf gemacht, und dabei erinnerte es mich ganz an die Art, wie der alte Großvater zu mir sprach und mir von *Esdzá shash nadle* oder von *Dzil quigi* erzählt hat, es war wirklich fast dasselbe. Wie war das nur gewesen? Ja, jetzt fällt es mir wieder ein. Man braucht nur ein wenig Wein zu trinken, und schon setzt die Erinnerung ein. Es war einmal vor langer Zeit, da war es dunkel, und ich starrte in die Feuerglut und hörte zu, und er arbeitete und erzählte dabei von Dingen, die er erlebt hatte, und er hatte alles schon erlebt, und die Geschichten und Lieder wollten kein Ende nehmen.

Und nachdem sich das zugetragen hatte, stiegen die Menschen von den Mesas hernieder. Und sie fürchteten sich sehr vor Esdzá shash nadle. Sie vergruben den Kalenderstein und wickelten ihre Toten in Hüllen, die aus Vogelfedern gemacht waren, und danach flohen sie und ließen all ihren Besitz zurück. Und auf dem Felsen, den sie bewohnt hatten, ließen sie das Bären-Idol zurück.
Hier ist es gewesen, mein Enkelkind, hier in Kin Tqel wurden zwei von den Höhlenbewohnern getötet. Da waren einmal zwölf Brüder und zwei Schwestern. Und es wurde Zeit, daß die Schwestern sich verheirateten. Und es gab zwei alte Männer, den Bären und die Schlange. Die erstiegen den Gipfel des Berges und reinigten sich. Sie zogen schöne Kleider an und verwandelten sich in Menschen, in zwei junge, kräftige, hübsche Männer. Sie rauchten Pfeife, und der Rauch war süß und zog in Wolken den Berg herab. Als die beiden Schwestern die süßen Rauchdüfte einatmeten, waren sie davon bezaubert und erstiegen den Berg, um zu sehen, woher der Rauch kam. „Woher kommst du?" fragte die ältere Schwester. „Ich komme aus dem Gebirge", sagte der Bär. „Und ich aus der Ebene", sagte die Schlange. Die Schwestern sogen ein wenig an den Pfeifen und verfielen in Schlaf. Und als sie erwachten, erinnerten sie sich, daß sie mit einem Bären und einer Schlange geschlafen hatten, und da fürchteten sie sich. Sie liefen fort, die ältere Schwester lief auf den Gipfel, die jüngere in die Tiefebene hinab. Die ältere Schwester kam schließlich an die Kiva der Yeí Bichai. Vier geweihte Männer und vier geweihte Frauen traten aus der Kiva und grüßten sie. Die Frauen badeten und salbten sie, sie bestreuten sie mit Blütenstaub und zerriebenem Getreide, und sie war schön von Angesicht. Sie gebar ein Mädchenkind, das hatte Haarbüschel hinter den Ohren und Haare an Armen und Beinen. Und da befahlen die Yeí dem Volk, den Gesang des Berges anzustimmen, und von da an wurde die ältere der beiden Schwestern die Bären-Jungfrau genannt.
Danach wurde ihr ein Knabe geboren, und die Bären-Jungfrau ließ ihn allein, und das Kind weinte, und das hörte eine Eule, die kam und trug ihn fort. Der Knabe wuchs und wurde sehr kräftig, er

wollte ein Jäger werden, da bekam die Eule Angst vor ihm und beschloß, ihn zu töten. Aber der Wind redete mit dem Kind und bat es, davonzulaufen und dem Río Mancos nach Osten zu folgen.
Als er herangewachsen war, heiratete er die ältere Tochter eines mächtigen Häuptlings und wurde Medizinmann. Aber die jüngere Tochter war sehr schön, und er hatte Verlangen nach ihr. Er legte sich zu ihr, und sie wußte nicht, wer er sei. Das erfuhr sie erst später. Sie trug ein Kind von ihm und schämte sich dessen, und als sie das Kind geboren hatte, verbarg sie es unter dem Laub. Dieses Kind wurde von dem Bären gefunden.

Mit Schönheit vor mir,
Mit Schönheit hinter mir,
Mit Schönheit unter mir,
Mit Schönheit über mir,
Mit Schönheit rings um mich her ...

Jetzt ist es dunkel, und es regnet auf dem Hügel, aber gestern nacht war es kalt und sternklar. Wir gingen gemeinsam ein Stück abseits und hörten den Gesang und sahen zu den Sternen auf. Es war sonderbar, wir wollten uns nicht umwenden. Wir wußten, daß dort tief unter uns Lichter blinkten, lange Ketten und Flächen aus Licht, und das war ein schöner Anblick. Wir wußten, ohne hinzusehen, wie großartig und schön dort unten alles war, und hinter dem Gewimmel war nur mehr das schwarze Wasser und der Himmel. Aber wir wollten uns nicht danach umdrehen. Wir hörten das Singen und sahen nichts als die Sterne. Über dem Himmel lag ein zarter, gelblicher Schimmer wie Rauch, aber der Himmel drang durch, und wir sahen die Sterne inmitten des Himmels, die ganz winzig und still leuchteten. Und er würde nun heimkehren.
Ich betete. Er würde heimkehren, darum war mir nach Beten zumute. Halte Ausschau nach mir, sagte ich: halte jeden Tag Ausschau nach mir und lausche, ob ich komme. Und dann würden wir zu Pferd in die Hügel reiten. Früh, beim ersten Lichtschein, würden wir aufbrechen und reiten. Wir würden alles so sehen, wie es war im Anfang und für immer, den Aufgang der Sonne und zugleich die erste, leichte Brise und dann das herabströmende Licht über dem Land. Und wir werden miteinander trinken, sagte ich. Nur wir

beide ganz allein, wir werden trinken und singen. Wir wollen davon singen, wie es im Anfang war, wie es immer sein wird. Das wird schön und recht sein. Und es wird das letztemal sein, daß wir trinken. Denn er kehrte nun heim.

IV. DER LÄUFER IM MORGENGRAUEN

Walatowa 1952

27. Februar

Der Fluß schoß dunkel und reißend dahin, die ausgezackten Eisränder an seinen Ufern waren von Schneekristallen bedeckt. Das Tal war grau und kalt. Dunkel standen die verschwimmenden Umrisse der Bergzüge vor dem Himmel, und auf dem Grunde des Cañons hing eine unbewegliche dichte Schnee- und Nebelwolke. Die Äcker lagen brach und farblos da, aus den Obstgärten starrte das graue Gewirr der Äste wie abgenagtes Gebein oder Hirschgeweihe. Die Stadt kauerte zusammengeduckt im winterlichen späten Mittag, die höheren Mauern und Vigas waren fleckig von Feuchtigkeit, dünne schwarze Rauchsäulen stiegen über den Dächern auf, blähten sich und blieben unter der tief hängenden Decke des Himmels hängen. Die Straßen waren unbelebt. Der rings um die Zaunpfähle und Steinsockel angewehte Schnee war hartgefroren und brüchig und von Abfall und Asche verschmutzt. Die kraftlose, unsichtbare Sonne verteilte ihr einheitliches, kaltes und trübes Licht gleichmäßig über die ganze Landschaft und erzeugte keine Schatten. Die Stille war ganz dicht und umgab alles, nicht einmal der Klang der Glocke vermochte diese Stille zu durchdringen. Nirgends regte sich etwas, bis auf eine dicke Rauchwolke, die da und dort gelegentlich aus den Schornsteinen paffte. Außerhalb der Stadtnähe, wo die alte Landstraße nach Süden führte, waren die Schneeflächen makellos und zeigten keine Spuren auf den beiderseits von jedem Felsbrocken, jedem Wacholderstrauch und jeder Hügelwelle schräg abfallenden Flächen. Ein sehr großer, alter Rammler hoppelte unter Schneegestöber in großen Zickzacksprüngen den Hügel herunter und verbarg sich dann lautlos und unsichtbar geworden im Schnee.

Pater Olguin saß daheim im Pfarrhaus. Er ging in Einsamkeit in den dunklen Räumen seiner Arbeit nach, sieben lange Jahre voll Pflichterfüllung und einsamem Nachdenken waren vergangen und hatten ihm Gelassenheit gebracht. Das früher so hektische spirituelle Feuer war herabgebrannt, aber auch dieses Sichverzehren in Geschäftigkeit und Verzweiflung hatte damit aufgehört. Er war alt geworden. Er nannte seinen Zustand nicht den des Glücks (dies war eine der Abstraktionen, die ihm unter seiner Würde schienen), es war jedoch eine echte innere Ruhe und Abgeklärtheit, die ihn erfüllte. Er hatte sich auf die wohl einzig mögliche Weise mit seinem Leben in dieser Stadt abgefunden, und etwas anderes hatte er ja von Anfang an nicht erstrebt. Gewiß, der alte und endgültige Bruch war noch da, das Gefühl, ausgeschlossen zu sein, mit all den leisen Umtrieben der Entfremdung, doch solche Empfindungen ließen sich ohne Schwierigkeiten beiseite schieben und fuhren nur noch selten wie ein jäher, eisiger Windstoß zwischen seine alltäglichen Gedanken. Im Innersten erschienen sie ihm, von seinem Standpunkt aus, als irrelevant, sie waren der Preis, den er eben für seine ungestörte und geheiligte Einsamkeit zu bezahlen hatte. Und dieses ungestörte, exklusive Schweigen, das war letzten Endes doch der Sinn seines Gelübdes; er hatte es aus eigenem Entschluß auf sich genommen, als einen persönlichen Akt des Verzichts, nicht die Stadt hatte es ihm auferlegt. Und er hatte auch der Stadt nach Kräften gedient. Er war mit seiner Frömmigkeit als leuchtendes Beispiel vorangegangen, ihm war es zu danken, daß auch die guten Werke nicht vergessen wurden. Nur selten kam es noch vor, daß er das staubbedeckte Tagebuch des Bruders Nicolás von dem hohen Bücherregal herunterholte, wo es verborgen stand. Er war nun imstande, es mit ungezwungenem, vertraulichem Respekt zu betrachten, mit einer Art feierlichem Wohlwollen. Wenn es aufgeschlagen in seinen Händen ruhte, erinnerte es an einen seltenen, verwundeten Vogel, dessen Schönheit überwog, trotz der gebrochenen Schwingen. Und es half ihm zur besseren Durchführung jener sanften, geistlichen Übungen, die ihn in seinem Glauben und in der Demut stärkten.

Abel saß im Dunkeln im Haus seines Großvaters. Es wurde Abend, das nackte, graue Licht am Fenster wurde schwächer. Er hatte den ganzen Tag so dagesessen, mit tief gesenktem Kopf und im Finstern, nur ab und zu stand er auf, um Holz nachzulegen und einen Blick auf das Gesicht des alten Mannes zu werfen. Und auch am Vortag war er immer dagewesen, und am Tag vor dem gestrigen Tag. Eine gewisse Zeit war er tagtäglich hier gewesen, seit er heimgekommen war. Nur am ersten und zweiten Tag war er fortgegangen und hatte sich betrunken. Er wollte zwar auch am dritten Tag ausgehen, aber er hatte kein Geld mehr, zudem war es eisig, und er war krank und hatte Schmerzen. Sechs Tage lang war er immer um die Frühdämmerung hier gewesen und hatte angehört, was ihm der Großvater noch zu sagen hatte. Die Stimme hörte er auch jetzt noch, aber die Worte waren zusammenhanglos. Die Worte verwirrten sich und ergaben keinen Sinn mehr.

Denn der alte Francisco lag im Sterben. Den ganzen Vormittag hatte er Schüttelfrost gehabt und gejammert, ihm sei kalt, obwohl das Feuer brannte und er mit drei Decken zugedeckt war und außerdem noch Abels grauen Mantel draufliegen hatte. Gegen Mittag hatte er wieder im Koma gelegen, wie gestern und vorgestern auch. Nur im Morgengrauen kam er immer zu sich, erkannte Abel und sprach mit ihm und sang. Allerdings wurde seine Stimme von Tag zu Tag matter, bis sie fast unhörbar wurde und die Worte sich verwirrten und keinen Sinn mehr ergaben: *„Abelito ... kethá ahme ... Mariano ... frío ... se dió por ... mucho, mucho frío ... vencido ... aye, Porcingula ... que blanco, Abelito ... diablo blanco ... Sawish ... Sawish ... y el hombre negro ... sí ... muchos hombres negros ... corriendo, corriendo ... frío ... rápidamente ... Abelito ... Vidalito ... ayempah? Ayempah!"*

Abel wartete und lauschte. Er suchte sich klarzuwerden, was er tun sollte. Er hatte schon im Morgengrauen mit seinem Großvater reden wollen, aber er wußte nicht, was er ihm sagen sollte. Er lauschte auf die schwache Stimme, die aus dem Dunkel drang, und wartete gänzlich hilflos. Er konzentrierte sich ganz auf die ersterbenden Worte, aber sie gaben ihm nichts. Seine Krankheit war in Verzweiflung übergegangen. Er war sehr lange krank gewesen. Seine Augen brannten, und der Körper tat ihm überall weh, und er wußte nicht, was er dagegen tun sollte. Das Zimmer umschloß ihn wie immer, als sei dieser enge, finstere Innenraum, in dem seine Stimme und die Stimmen der anderen,

die hier einst erklangen, für immer an den Wänden hingen, die einzige Unendlichkeit, die er je erlebt hatte. Es war das Zimmer, in dem er geboren wurde, in dem seine Mutter und sein Bruder gestorben waren. Er hatte damals nicht nur sekundenlang, sondern stunden- und tagelang kein Bewußtsein von der Welt außerhalb dieses Zimmers gehabt.
Die Stimme klang dünn, und die Worte verschwammen zu unartikulierten Lauten. Das Feuer brannte nieder. Er erhob sich und hielt ein Zündholz an die Lampe. Die erhellten weißen Wände bedrängten ihn, alle Gegenstände traten hervor, Schatten hüpften von den weißen Wänden, und die Fenster sahen plötzlich schwarz und undurchdringlich aus und fingen die Blicke auf wie Spiegel. Das Aufstehen hatte genügt, daß ihm wieder alles weh tat, jeder Knochen im Leib, jeder Schritt durch das Zimmer tat weh. Er kniete sich hin und wollte Holz auf die Glut legen. Er wartete, bis es Feuer fing und er die schmalen, spitzigen Flämmchen überall aufzüngeln sah, gleich darauf knackte das Holz, und glühende Aschenteilchen sprangen gegen das geschwärzte, irdene Kohlenbecken und bis auf den Herd heraus. Dann fingen auch die Wände auf der anderen Seite des Raumes zu glühen an, überzittert von gelblichen Lichtern, wo immer der Feuerschein hinreichte, der über das Bett flackerte, und über das Gesicht und die Haare des alten Mannes. Und die Atemzüge des Alten gingen hastig und schwer. Der undeutliche Umriß des Körpers hob und senkte sich beim Atmen, die Stimme, die plappernde Stimme klang ferner und ferner, und die Augen sahen rastlos und schweifend umher.
Abel strich den Mantel glatt und zog ihn etwas hinauf, bis über den Hals des Großvaters. Das alte Gesicht brannte, und die Lippen waren zersprungen und braun. Abel tauchte ein Tuch ins Wasser und drückte es sanft auf die Lippen des Großvaters. Er hätte ihm auch die Augen befeuchtet, aber die waren aufgerissen und ruhelos und mühten sich, noch etwas zu sehen, und so legte er ihm das Tuch nur auf die Stirn. Es blieb nichts mehr zu tun, und er setzte sich wieder an den Tisch und ließ den Kopf hängen. Ringsum schienen die Wände zu flackern, das Feuer summte zuerst, dann heulte es auf, und auf den kalten, schwarzen Fensterscheiben bildete sich eine dünne Schicht

von Wassertröpfchen. Die auf dem Tisch herumstehenden leeren Flaschen blinkten stumpf, und man sah durch das Glas hindurch verzerrt die Fäden des alten, abgenutzten Wachstuches. Der grüne Glasbehälter der Petroleumlampe enthielt nur mehr wenig Brennstoff. Aus dem kugelförmigen Zylinder der Lampe stiegen schon winzige schwarze Rauchfäden auf. Es wurde immer später, er döste schließlich ein. Aber trotzdem vernahm er noch immer die geringste Veränderung in des Großvaters Stimme, die das tiefe, ferne Atmen dort drüben, wo er nicht hinsah, übertönte und weiterredete und weiterredete, bis der Morgen allmählich dämmerte ... wieder ein Morgen – wieder ein Morgengrauen. Jeden Tag hatte ihm die Stimme versagt, um nur im Morgengrauen wieder hörbar zu werden. Sechsmal hatte der alte Mann noch sprechen können, und die Stimme der Erinnerung erklang voll und klar und wurde jedesmal im Morgengrauen deutlicher.

Einst, als sie groß genug waren, nahm er seine Enkel mit hinaus und führte sie beim ersten Licht auf den Campo Santo im Süden und Westen des Versammlungsplatzes. Dort ließ er sie mit dem Gesicht nach Osten auf der Spitze des niedrigen weißen Felsens Aufstellung nehmen. So konnten sie die schwarze Mesa überblicken, die beim ersten Lichtschimmer aus der Nacht auftauchte. Und er sagte ihnen, dort sei das Haus der Sonne. Sie mußten die langgestreckte Kontur der Mesa in- und auswendig können. Sie mußte ihnen so vertraut werden wie die Form ihrer Hände, damit sie den Anblick für immer in ihren Herzen bewahrten. Jeden Tag stieg die Sonne aus der schwarzen Mesa auf, aber jedesmal an einer anderen Stelle, angefangen von jenem bestimmten Punkt auf dem Abhang in der Mitte; unbeweglich stand sie dort am Tag der Sonnenwende, und dann verschob sich ihr Aufgangspunkt von Tag zu Tag mehr nach Süden, die ganze Länge des Plateaus mit seinen Erhebungen und Abhängen entlang, und näherte sich, dem Maß der Tage und Monde folgend, ihrem tiefsten Stand, um wieder zurückzuwandern. Sie sollten die lange Wanderung der Sonne auf der schwarzen Mesa genau kennenlernen und wissen, wie sie sich zu jeder Jahreszeit und im Lauf der Jahre bewegte, und sie sollten ihr Leben so führen, daß es mit der aufgehenden Sonne im Einklang stand, denn nur so vermochten sie jederzeit festzustellen, wo sie sich befanden und wo der Platz aller Dinge in der Zeit war. Wenn sie hinter der abgerundeten Hügelkuppe aufging, war die rechte Zeit, um Korn zu säen; und dort, wo die höchste Ebene sich neigte, war der Tag, an dem die Hahnen-Wettrennen stattfanden, genau sechs Tage vor dem Rennen des schwarzen Stieres und des tanzenden Pferdchens, und sieben Tage vor der Zuwanderung der Peco-Indianer; und wenn sie dort oder dort stand, fanden die geheimen Tanzrituale statt, die jeweils vier Fasttage in der Kiva; dann stand der Mond günstig für das Aufhacken des Bodens, und dann war Erntezeit, die Zeit für die Hasenjagd und für die Hexenjagd, kurzum all die bedeutsamen Tage der verschiedenen Clans und Bünde; und wenn sie genau auf dem Sattel aufging, wo der Himmel am niedrigsten und am lichtesten war, lichter als sonstwo über dem schwarzen Hochland, mußten die Wassergräben gereinigt werden, weil sich die Frühjahrsregen ankündigten, und dann fand auch das Langstreckenrennen der schwarzen Männer zur Zeit der Morgendämmerung statt.

All diese Dinge hatte er seinen Enkelkindern sorgfältig eingeschärft, langsam und ausführlich hatte er sie ihnen beschrieben, denn das waren uralte Wahrheiten, und sie waren in Gefahr, für immer vergessen zu werden, wie eine Generation sich leichthin von der anderen entfernt; in Gefahr unterzugehen, wie einem alten Mann nur zu leicht die Stimme versagt, ehe er ausgesprochen hat, was er zu sagen hätte, ja, ehe er überhaupt etwas gesagt hat. Aber seine Enkelkinder wußten bereits Bescheid darüber; zwar wußten sie nicht alle Namen und exakten Positionen der Sonne in bezug auf ihr Haus Tag für Tag, aber doch in großen Zügen den Gang und die Bedeutung des großen, kosmischen Kalenders, den Anbruch von Morgengrauen und Abenddämmerung, von Sommer und Winter, den Kreislauf der Sonne und alle künftigen Sonnenbahnen, die es je geben würde. Und er war froh, zu wissen, daß sie Bescheid wußten, und nahm sie mit sich auf das Feld, wo sie mit ihm die Erde aufhackten und die Getreidekörner betasteten und in der Sonne sitzend süße Melonen schlürften.

Er war ein Jüngling und ritt auf dem rehbraunen Fohlenhengst nach Norden und Westen und führte das Jagdpferd über den Fluß und hinter die weißen Felsklippen und die Ebene, an Hügeln und Mesas vorüber, an Cañons und Höhlen vorbei. Und einmal kam er an die Stelle, wo die Pferde nicht weiterkonnten, weil der Fels dort fast senkrecht aufragte und zu glatt war, wo auch die aus alter Zeit noch vorhandenen Griffstellen für die Hände schon abgenutzt waren bis zur Unkenntlichkeit von jahrhundertelangem Wind und Regen, und da war er an den Wänden und Felsnadeln emporgeklettert, wie sich Weinranken im Gestein festhalten und hinaufziehen, indem er ge-

waltlos sein Gewicht und seinen Geist einzig für den Aufstieg einsetzte, indem er die Wurzeln seines Körpergewichts in unsichtbar kleine Löcher und Sprünge streckte; und er vernahm im singenden Jammer des Windes, der durch alle Ritzen pfiff, die Stimmen aus Vorzeiten, und er sah die Pferde ganz tief unten in der von der Sonne beschienenen Schlucht stehen. Und so erreichte er die Höhlen. Plötzlich kam er zu einem schmalen Felsband in der Wand und stand vor dem Eingang in eine Höhle. Sie war mit silbernen Spinnenfäden verhangen, die er zur Seite wischte. Er bückte sich und mußte sich niederknien, um hineinzukommen. Drinnen war ein enger, kühler, finsterer Hohlraum, der nach Erdfeuchtigkeit und nach längst erloschenen Feuern roch. Es war, als stehe die Luft darin seit Jahrhunderten unbeweglich still, hinter den silbernen Spinnennetzen. Da lagen noch die erloschenen Reste des Feuers in einer Mulde im Boden, der aus einer dicken Schicht gestampfter Tonerde bestand und wie glasiert war vom eingetrockneten Tierblut vergangener Jahrhunderte. Die niedrige Decke der Höhle war glatt behauen, und der Rauch des Feuers hatte sie mit einer kompakten Schicht überzogen. Die gerundeten Seitenwände bildeten einen vollkommenen Kreis, und der Felsen war mit Bewurf geglättet. Ein paar irdene Schalen standen herum, darunter eine sehr große, tiefgewölbte, auf der Innenseite gebrannte Tonschale, die nur am Schnabel einen Sprung und eine Bruchstelle aufwies. Sie war schön geformt und dünnwandig und sah sehr zerbrechlich aus, als er jedoch mit den Fingernägeln dagegen trommelte, klang sie metallisch. Neben dem Eingang stand eine schwarze Metate, die grobe, vom Feuer gebildete Körnung der flachen Wölbung war für alle Zeiten mit einer unvergänglichen weißlichen Schicht zerriebenen Getreidemehls bedeckt, und in der Asche längst erloschener Feuer fanden sich ein paar Ähren und Kolben, nicht größer als ein Daumen, halbverkohlt und spröde aussehend, in Wirklichkeit jedoch unzerbrechlich und hart geworden wie Holz. Und inmitten der Gegenstände, die den Toten gehört hatten, vernahm er plötzlich das tiefe Schweigen, das ringsum herrschte, und ab und zu das hohle Sausen des Windes … und dann das senkrecht sich herabsenkende Flügelrauschen eines rasch niederstoßenden, großen Vogels – mit einem Seitenblick sah er noch die Ehrfurcht gebietenden Schatten über das Licht vom Höhleneingang fliegen –, dann das Knattern von Flügeln am Klippenrand und das kurze, dünne Pfeifen eines kleineren Nagetieres. Und im gleichen Moment trugen die weiten Schwingen den Ballast in ruhigem Flug mit empor, und der Vogel flog auf.

Er brauchte den ganzen Nachmittag für seinen Ritt auf den Blauen Berg, dann befand er sich hoch oben, bei den Wasserfällen und nicht weit von den baumbestandenen Steilhängen. Die Sonne sank hinter dem Gebiet, das höher war als sein Standort, und zwischen den Bäumen wurde es bereits dämmrig, aber er ritt weiter im schwindenden Licht und strebte der höchsten Stelle des Landes zu. Den ganzen Nachmittag über hatte er da und dort die Fährten wilder Tiere entdeckt und bald rechts, bald links, das Aufrauschen von Laub und das Brechen von Zweigen gehört. Zweimal hatte er Rotwild zu Gesicht bekommen: reglos standen die Tiere beisammen und sahen zu ihm herüber, gesprenkelt von Licht und Schatten, so daß sie nahezu mit dem Laub und dem Hintergrund in eins verschmolzen. Er störte sie nicht auf, merkte sich jedoch, an welcher Stelle er sie gesehen hatte und wie viele dort gestanden hatten; er vermochte instinktiv völlig richtig einzuschätzen, ob er sie verscheucht hatte oder nicht, wohin sie eventuell geflüchtet waren, wie alt und wie schwer sie sein mochten.

Er hatte die Fährte von Wölfen und Berglöwen beobachtet und die tiefen Fußabdrücke eines noch halbwüchsigen Bären. Als es fast dunkel geworden war, hielt er auf einer kleinen Lichtung an und bereitete dort sein Lager. Der Ort war gut gewählt, er hatte Glück gehabt, noch bei Licht hierher zu finden. Ein abgestorbener Baum war schräg über den Felsgrund gestürzt und hing in der Luft, ohne von der nassen Erde und dem feuchten Laub am Austrocknen gehindert zu werden. Aus dem Holz ließ sich ein Feuer machen, das fast nicht rauchte. Die Lichtung war von Stämmen umgeben, die so nahe beisammen standen, daß sie den Schein und das Prasseln des Feuers nach außen zu abschirmten. Er fesselte den Pferden die Beine zusammen und ließ sie so nahe am Feuer angepflockt stehen wie möglich, dann rollte er seine Decke auseinander und aß etwas. In halb aufrechter Haltung, an den Sattel gelehnt, schlummerte er und warf im Halbschlaf Äste auf das Feuer, damit es nicht ausging. Die Flinte hielt er über die Mitte gelegt, mit gespanntem Hahn, im Arm.

Er erwachte sofort, als die Pferde plötzlich störrisch wurden. Sie standen zitternd und angespannt da und wandten sich mit angstvoll hochgereckten Köpfen der besonders dunklen Stelle des Waldes zu, die ihnen zunächst lag. Er konnte das Weiße in ihren Augen sehen, die zurückgeklappten Ohren und das Sträuben der Mähnen, ja selbst die kaum wahrnehmbare zitternde Spannung, die über die gewölbten Hinterbacken bis ans Rückgrat verlief. Und fast im gleichen

Augenblick sah er auch den dunklen Klumpen, der lässig zwischen den Bäumen dahintrottete, und im nächsten Augenblick sah er auch die anderen um die Lichtung herumsitzen; unbeweglich saßen sie da, mit kurzen, spitzigen Ohrmuscheln und sanft glänzenden Augen, nahezu wohlwollend, in stillschweigendem, freundschaftlichem Einverständnis die grauen Schädel ihm zugewandt, als wollten sie ihn unter den Tieren der Wildnis willkommen heißen und ihres guten Willens versichern. Er war noch recht jung und hatte ihnen noch nie so gegenübergestanden. Lautlos hob er das Gewehr und zielte. Langsam ließ er das Visier wandern und nahm einen der stummen, schattenhaften Klumpen nach dem anderen aufs Korn. Sie beachteten es anscheinend nicht, sie legten zwar die Köpfe schräg ein wenig nach hinten, blieben aber gelassen im Dunkel sitzen, scheu, erstaunt und entzückt wie ein Wurf junger Hunde. Er war dem Bären unentwegt dicht auf den Fersen geblieben, den er irgendwo vor sich in der Nacht ahnte, und der seinerseits genau wußte, daß er hinter ihm her war; stundenlang war der Bär den ganzen Nachmittag und Abend vor ihm hergetrottet, in gleichmäßiger Schnelligkeit, ohne besondere Eile, denn der Bär wußte in jedem Augenblick, wo er war und wo sein Verfolger sich befand, er kannte jeden Schritt der Strecke, die dazwischen lag, und hielt sich stets nur so weit außer Sichtweite, daß er ihn gerade noch hören konnte. Und jetzt war er da und saß ganz still im Dunkel, unsichtbar und abwartend. Aber der Jäger wollte das Schweigen der Nacht nicht durchbrechen, dieses geheiligte, profunde Schweigen, das Rast und Erneuerung bedeutete, die todbringende Opferhandlung des Jägers und die traurige Nachtwache des Gejagten, der dort im Dunkel hockte und leise atmend seinen Odem verströmte, bis sich sein trauriges Brüten endlich durchgerungen hatte zu Vergebung und Einverständnis mit seinem Schicksal. Dieses Schweigen war für beide eine tiefinnere Notwendigkeit, es bildete ein nahezu sichtbares Band zwischen ihnen, eine Bindung von alters her, geheiligt und unverletzlich. So vermochte er, seine Überlegenheit nicht gegen die Furcht des Partners auszuspielen, so wenig dieser die Feigheit des anderen ausnutzen konnte, denn hier ging es nicht mehr um Mut oder Feigheit. Darum legte er das Gewehr beiseite. Mit leiser Stimme sprach er mit den Pferden, bis sie ruhiger wurden. Dann legte er Holz aufs Feuer, und die grauen Klumpen zogen sich vor dem Feuerschein, der sich ausbreitete, ein Stück weit zurück. Und als der Morgen dämmerte, waren sie spurlos verschwunden.

Es graute, noch ehe die Morgendämmerung aufstieg. Auf dem Laub lag dünner Reif, und er zäumte und sattelte die Pferde um, immer gegen den Wind und sehr langsam, die Fährte wieder aufzunehmen. Bei Sonnenaufgang war er auf der Kammhöhe des Gebirgszuges angelangt. Viele Stunden lang führte sein Ritt immer den Kamm entlang, und er konnte das Land meilenweit unter sich ausgebreitet sehen. Es war Spätherbst, die Sicht war klar, und die weiten, grün und blau leuchtenden Hänge stiegen zu beiden Seiten aus der Tiefe empor, über der noch Schatten lag. Die gelben Laubbüschel und die weiße streifige Rinde der Zitterpappeln glänzten im Licht, indes unten in den steilen Einschnitten, die das Gebirge durchzogen, die schwarzen Pinienwipfel sich wiegten. Als der Vormittag zur Hälfte um war, kam er an eine Stelle, wo der nackte Fels zutage trat. Dort verlor sich die Fährte. Links fiel ein in langen Zeiträumen entstandenes Bachbett in mehreren Stufen wie eine Treppe steil ab. Die Wasserfälle waren oben breit und seicht, aber nach unten zu wurden sie immer schmäler und tiefer. Er fesselte die Pferde, dann unternahm er den Abstieg über die Steilwand, wobei er sich auf den Flintenkolben stützte, um nicht abzustürzen. Langsam und möglichst geräuschlos kletterte er hinab und gelangte nach einiger Zeit an den Einstieg in einen Kamin, der mit steilen Wänden in ein ziemlich breites Quertal mündete. Dort entdeckte er etwas frisch aufgerissene Erde am Waldrand, wo der Bär den Felsen verlassen hatte und auf allen vieren hinuntergerutscht war. Dabei hatte er die Büsche in der Querschlucht abrasiert. Am liebsten wäre er ihm auf demselben Weg gefolgt, wo man rasch und mühelos hinunterkommen konnte, denn jetzt, so kurz vor dem Schuß, so dicht auf den Fersen des Tieres, befiel ihn Unrast, und er konnte es kaum noch erwarten. Doch durfte er seine Eile nicht durch ein Geräusch verraten. Der Bär wußte, daß er ihn verfolgte, er wußte mit weit größerer Genauigkeit als er selbst, wie weit entfernt er noch war. Vermutlich beobachtete er ihn bereits und wartete, irgendwo im Wald verborgen, auf sein Kommen. Trotzdem durfte er keine Eile verraten. Der Kamin war tief, und seine glatten Wände verengten sich nach unten, bis sie etwa sechs Meter unter seinem Standort in das Quertal mündeten. Das Bett der Schlucht war über und über von Süßklee, Unkraut und Salbei überwuchert. Er streckte die Flinte von sich, so weit er konnte, und ließ sie fallen, so daß sie mit einem kaum merklichen Geräusch auf ein Büschel hoher Süßkleestauden aufschlug und darauf liegenblieb. Der lange, blinkende Lauf und der matte Kolben waren unter den niedergedrückten Stengeln deutlich sichtbar. Nun ließ er sich Schritt um Schritt in den Kamin hinab, indem er sich mit allen Kräften seitlich gegen die Wände stemmte. Er kam nur sehr langsam vorwärts, und als er schon fast unten war, begannen seine Arme und Beine von der Anstrengung zu zittern. Aber er war jung und kräftig, und so ließ er sich zuletzt fallen und kam auf dem sandigen Grund auf die Füße. Er hob das Gewehr auf und schritt in mäßigem Tempo weiter, keinesfalls hastiger als der Bär, aber er wich nicht von seiner Spur, er setzte sogar die Füße in die Fußtapfen des Bären, als er den Talgrund überquerte, dann stieg er die Böschung auf der anderen Seite empor und ging zwischen den Bäumen vorwärts, nun schon ohne jede Vorsicht, den Blick immer auf die Fährte geheftet und innerlich mit dem Moment beschäftigt, da er ihn endlich stellen würde.

Als er dann aufblickte, lag ein von Stämmen umgebener lichter Fleck vor ihm, und drüben, am anderen Rande der Lichtung, stand der Bär, klein und still und sorglos, offenbar ohne etwas zu ahnen. Er hob die Flinte. Da hob auch der Bär den Kopf und wandte ihn ihm zu, doch er schien keine Angst zu haben. Klein und schwarz, das Fell vom Licht gesprenkelt, stand er dort drüben im Halbschatten, abgewandt und bewegungslos, nur der flache Schädel, aus dem ihn die kleinen schwarzen Augen ansahen, ohne zu blinzeln, war leicht gesenkt über die Schulter zurückgewandt, wodurch der Nackenwulst am oberen Ende des Rückgrats hervortrat. Der Bär war jung, aber ziemlich schwer, er hatte Speck angesetzt. Auf der Bauchseite, den Hinterbacken und über den kurzen, stämmigen Beinen trug er schon stellenweise die Winterbehaarung, mit langen, hellen Haarzotteln, die glanzlos waren, als läge Staub darauf.

Er hielt den Gewehrkolben krampfhaft fest, denn jetzt erzitterte der Lauf, und gleich danach hallte der Schuß von den Wänden, und sein Echo verlief sich auf den Hängen weiter draußen. Knatternd hörte er über seinem Kopf einen Vogelschwarm hochfahren, dessen Schatten über den Grund flitzten. Das Geschoß hatte das weiche Fleisch durchschlagen, ein Zucken lief über den mächtigen, schwarzen Leib, nur der Kopf blieb reglos ihm zugewandt, und der Blick sah ihn aus gleicher Höhe an. Dem folgte sekundenlang ein trauriger und sinnloser Fluchtversuch. Er wandte sich ab und tat ein oder zwei Schritte, wohl eher als Reflex, es sah nicht eigentlich nach Furcht oder Schmerz aus; weiter kam er jedoch nicht. Ein Schauer durchlief ihn, einmal noch wandte er den Blick herüber, dann brach er zusammen.

Die Jagd war beendet, er durfte sich nun wieder beeilen, alles war getan, und es war wohlgetan. Die Wunde war scharf umrissen und sauber, der Einschuß genau an der richtigen Stelle, etwas weiter unten, hinter dem Vorderbein in der dicken Schicht aus Pelz und Fleisch. Aus der Nase floß kein Blut. Er nahm den Beutel mit dem Blütenstaub hervor und malte dem Bären zwei gelbe Striche über die Augen. Es war schon fast Mittag, und er mußte sich eilen. Rasch weidete er den Bären aus und schälte das Fleisch mit scharfen Steinsplittern los, damit das Fell nicht vom Blut durchnäßt werde und die Haut keine Flecken bekam. Hastig biß er ein Stück von der Leber ab und kaute es, den Rest nahm er mit. Im Geist rekapitulierte er den Weg, den er genommen hatte, an welcher Stelle er über die Felswand aufsteigen mußte und welche Merkzeichen er sich vom Kamm aus eingeprägt hatte. Dann eilte er rasch das Quertal hinab und kam nach einer halben Meile etwa an eine Stelle, die breit genug war, daß die Pferde eben noch an der Hangseite Fuß fassen konnten. Er war vom Blut des Bären besudelt, und in seiner Hand lag die Bärenleber, blutig und noch warm. Als er damit auf den Kamm hinaustrat, quollen dem Füllen die Augen aus dem Kopf, seine Hufe klapperten erregt auf dem Felsboden, und das Fell sträubte sich, indes die Mähne sich an den Haarwurzeln aufrichtete. Sehr langsam schritt er auf das junge Pferd zu, sprach ihm leise zu und griff nach dem Zügel. Das Jagdpferd blickte herüber und schlug mit dem Schwanz, es war alt genug, um die Sache gelassen hinzunehmen. Aber er hatte nun keine Zeit mehr zu verlieren. Er riß an den Zügeln und zwang den Biß, den das Fohlen im Maul hatte, zu sich herunter, wobei er ihm etwas lauter und befehlender als vorhin gut zuredete. Langsam führte er die Leber an die wild geblähten Nüstern des Tieres heran und bestrich ihm damit die Schnauze.

Bergab ritt er das Fohlen und führte das Jagdpferd neben sich her, nachdem er es mit dem Kadaver des Bären beladen hatte. Von diesem Moment an war nicht nur er erwachsen, sondern auch das Fohlen war erwachsen geworden, nicht anders als das wohldressierte Jagdpferd und der junge schwarze Bär. Sie hatten die Reife erlangt, die Prüfung bestanden, nun waren sie Jäger. Bei Nacht hatte er den Grund der inneren Tiefebene erreicht und machte Rast. Er sah zu den Sternen auf und vernahm das Geheul der Coyoten vom Fluß herüber. Und am frühen Morgen ritt er in die Stadt ein. Er war nun ein Mann, das Blut des erlegten Bären hatte ihn gezeichnet. Er stieß einen hellen Ruf aus, und die Männer rannten ihm entgegen und begrüßten ihn. Sie hatten ihre Jagdgewehre bei sich, und er reichte jedem ein Stück Bärenfleisch, das sie um die Gewehrläufe wanden.

Danach kamen die Frauen mit ihren Gerten und berührten damit das Fell und begrüßten den Bären mit leisen Reden. Alles jubilierte, Männer und Frauen waren freudig erregt, indes er mit steinern unbewegtem Gesicht in der Mitte der Menge dahinritt und gerade in die Ferne blickte.
Sie war das Kind einer Zauberin Sie war wild wie ihre Mutter, jenes alte Peco-Weib, vor dem er Angst hatte und vor dem auch die anderen sich fürchteten, weil ihr so lange weiße Haarbüschel auf der Oberlippe wuchsen und sie alle Menschen haßte und ganz für sich blieb. Aber ihre Tochter war jung und schön, sie hieß Porcingula. Die Frauen in der Stadt klatschten hinter ihrem Rücken über sie, aber sie lachte nur darüber; sie vergnügte sich unbekümmert mit deren Söhnen und sah ihnen mit blitzenden Augen ins Gesicht, wenn sie sie feindselig anblickten.
In jener warmen Sommernacht wartete sie am Fluß auf ihn. Er betrat den Sandstreifen, der sich dort abgelagert hatte, wo das Ufer eine Einbuchtung machte, und sah sie nicht sofort. Er blieb stehen, sah sich überall um und rief ihren Namen. Keine Antwort, nur das Gleiten des Flusses unterm Mondlicht, selbst das Laub auf den Baumwollstauden hing reglos vor dem Himmel. Und dann tauchte sie plötzlich mit lautem Gelächter und voll Übermut aus ihrem Versteck auf. „Du bist eben etwas zu früh gekommen", sagte sie. „Mariano und ich waren noch nicht soweit." – „Komm her", sagte er und griff mit beiden Händen nach ihren Brüsten, trat dicht an sie heran und küßte sie auf den Mund. Aber sie war ein verspieltes und kokettes Ding und wollte ihn zuvor noch eine Weile necken. Ob es wahr sei, daß er jetzt den Sakristan mache? Schließlich hieße er doch nicht umsonst Francisco und sei vom alten Pfarrer, der die Schwindsucht habe, besonders ausgezeichnet worden. Und ob ihm sein Vater denn nicht gesagt habe, wer sie sei? Sie redete noch eine Weile so weiter und hielt ihn hin, aber er liebkoste ihren Leib, ohne sich beirren zu lassen, und da wurde sie still und willfährig. Sie zog ihn mit sich auf den sandigen Grund nieder und legte seine Hände auf ihre bloße Haut, auf die warme Rundung ihres Leibes und die länglichen dunklen Innenflächen der Schenkel, sie preßte seine Fingerspitzen auf die Sehnen und das schwarze Haardreieck, bis sie in das offen klaffende, heißfeuchte Fleisch eindrangen, das sich unter der Berührung öffnete und zusammenzog wie etwas Lebendiges. Sie brannte jetzt vor Begierde und breitete die Schenkel weit auseinander, und er warf sich plötzlich über sie und besaß sie rücksichtslos, daß sie unter ihm erzitterte und flehte und fluchte und nach Atem rang und zu-

letzt ihre harten kleinen Hände und Fersen wie Klammern mit aller Kraft in seine Schultern und seinen Rücken schlug, um seine wütenden, kraftvollen Stöße niederzuhalten und ihn heftiger an sich und in ihr feuchtes Inneres hineinzuziehen.
Unter Lachen und Weinen trug sie das Kind, das sie von ihm empfangen hatte, den Winter über, und je näher ihre Stunde kam, desto schöner wurde sie. Ihre Augen verloren den harten Glanz ihrer wilden Natur, ihr schrilles, hohes Lachen wurde weicher, und sie war kerngesund und sanft geworden und ihm demütig ergeben. Er aber machte sich allerlei Gedanken; die Frauen in der Stadt flüsterten hinter seinem Rücken, der alte Pfarrer zog sich von ihm zurück und starrte ihm nach, wenn er vorüberging. Und wenn sie in den Nächten nahe neben ihm lag, dann fiel ihm hin und wieder plötzlich ein, wo sie herstammte, und er wandte sich ab. Das Kind kam tot zur Welt, und sie sah, daß er sich vor diesem Anblick fürchtete, und da wußte sie, daß nun alles aus war. Ihre Augen bekamen wieder jenes Glitzern, und sie warf sich von da an weg und ging mit jedem und lachte darüber.

„Åbelito, ándale, muchacho!"
Er würde gleich selbst auf den Acker gehen, aber vorher hatte er noch etwas zu erledigen, darum schickte er Vidal mit dem Karren voraus. Er hob seinen jüngeren Enkel vor sich aufs Pferd und ritt in nördlicher Richtung ein Stück aus der Stadt hinaus. Sie überquerten den breiten Arroyo Bajo, der von Vallecitos nach Süden und Westen fließt, und gelangten an eine bestimmte Stelle des Tales. Dort lag, mitten in der Ebene, zwischen den blauen Bergen und der niedrigen Kontur der roten Felsklippen, der runde rote Stein. Wenn man aus südlicher Richtung näher kam, sah er nur aus wie eine allmählich ansteigende, sanfte Erhebung in der Ebene, war man aber erst oben, befand man sich am Hang einer tiefen Landsenke. Dort hob er den Jungen vom Pferd, und sie standen am Rand des Felsens, der nach Norden zu lag, und zu ihren Füßen fiel die hohe, rote Vorderseite des Felsmassivs etwa fünfzehn Meter senkrecht ab zur Ebene. Unten sah man die Felder liegen, und man sah über hunderte niedriger Hügel hinweg bis zur Öffnung des Cañons. „Horch", sagte er, indes sie dort am Rand des Felsens standen. Das ganze Tal wurde allmählich von Sonne überflutet, und aus den schattigen Winkeln und von der langgezogenen, schwarzen Kontur der Mesa dahinter blies die Morgenluft. In Wellen lief der Wind dort unten über die glänzenden Ähren. Plötzlich hörten sie das ferne Geräusch der laufenden

Füße, anfangs noch sehr schwach und weit weg, aber allmählich wurde es lauter und kam näher, und da waren es die Schritte von Hunderten laufender Männer, von zweihundert und dreihundert Männern, die in mäßigem Laufschritt auf sie zu kamen, leichtfüßig und ausdauernd, als wollten sie für alle Ewigkeit so weiterlaufen, diese Hunderte laufender Männer. „Hörst du es?" sagte er. „Das ist der Wettlauf der Toten, hier findet er statt."

Es war November. Die Landstraße war von einer endlosen Reihe Karren bedeckt, über der Stadt schwebte das tiefe Sausen der Flammen von vielen Lagerfeuern und Stimmengewirr. Den Morgen über war der Himmel grau gewesen, und graue Rauchschleier hingen, ohne aufzusteigen, über allen Dächern, am Flußlauf entlang zogen die farblosen Geschwader der Wildgänse südwärts. Doch gegen Mittag hob sich der Rauch, und der Himmel wurde hell. Von da an war es kalt und klar, und die Farben der Landschaft leuchteten plötzlich auf. Das schmutzige Gelb der Mauern vertiefte sich golden, der Feuerschein duckte sich tiefer an die funkelnde Erde, und die Sonne ließ die scharlachroten Schoten, die in langen Schnüren von den Vigas hingen, wie Feuer erglühen. Er kam soeben mit dem Kürbis-Clan aus der Viga und nahm mit seiner Trommel seitlich Aufstellung. Die Tänzer nahmen ihre Plätze ein, und er wartete ungeduldig, denn sie schienen ihm endlos lang zu brauchen, und das Warten wurde ihm lang. Er hatte noch nie die Trommel tragen dürfen, und so war er halb stolz und halb eingeschüchtert. Die Alten und die Sänger und die Würdenträger würden ihm dabei genau zusehen, sie beobachteten ihn schon jetzt. Er trug eine weiße Hose und einen Silbergürtel, den er sich ausgeliehen hatte. Sein Haar war in einen langen Zopf geflochten und mit einem bunten, nagelneuen Tuch umwikkelt, und unter den Augen war er mit rostroter Farbe bemalt. Er war im Geist schon bei den Gesängen und den vielfältigen Kniebeugen und Wendungen der Tänzer, beim Klang der Kürbisrasseln, bei den Pausen, die genau im Takt gemacht werden mußten, und dem Hüpfen der Trommelschläge, doch all dies ging wie ein Mühlrad in seinem Kopf herum, indes er unter den prüfenden Blicken der Ältesten dastand und wartete und vor banger Aufregung kaum stillstehen konnte. Der Gesang hob ganz tief und fernher an, und die beiden ersten Tänzer in der Reihe traten vor, indes die übrigen ihnen einzeln folgten, daß die Bewegung von vorn nach hinten die ganze Reihe aufrollte wie eine Kette und sie im Rhythmus der lauter anschwellenden Trommel bewegte. Jetzt erklang es wie Donner unter seinen Händen, doch er wußte nicht, seit wann er auf diesen dröh-

nenden Schall übergegangen war. Es vollzog sich unwillkürlich, und er hatte keine Angst mehr, er dachte nicht mehr daran, Angst zu haben. Willenlos trieb er im Kielwasser der Tanzenden hin, schwebend, wie die hoch erhobenen Kürbisrasseln, die über den bunten Parallelen der Reihen flogen. Er brauchte gar nicht hinzusehen, so wenig die Tänzer auf die Trommel angewiesen waren. Das Stampfen der Füße auf den Boden und das Schlagen seiner Hand auf der Trommel bildeten eine Einheit aus dröhnender Bewegtheit. Er wußte nicht, wie lang es dauerte. Dann trat ein alter Mann neben ihn und brachte ihm die größere Trommel, die noch warm war vom Feuer. Er trommelte weiter, ohne mitzuzählen, nur sein Kopf nickte im Takt, indes er ohne Nervosität auf den richtigen Zeitpunkt wartete, um die Trommel zu übernehmen, und plötzlich streckte er den Trommelschlegel quer hinüber und ließ ihn auf die frisch gewärmte Trommel niedersausen. Eine Sekunde später hielt er die große Trommel in der Hand, und der alte Mann trat beiseite. Ohne jeden Zeitverlust hatte er die Trommel gewechselt, ohne Leerlauf der Bewegung oder des Bewußtseins; nichts, als das unvermittelte Dumpferwerden der Töne auf der warmen, straff gespannten Trommelhaut. Das war vollkommen gewesen. Hinterher brachten die Frauen aus der Stadt Körbe mit Leckerbissen und schritten die Reihen der Sänger und Zuschauer ab und verteilten sie an alle, zur Feier des Tages, denn er hatte in Ehren bestanden. Und von diesem Tag an zählte seine Stimme innerhalb des Clans, und ein Jahr später gelang es ihm, ein Kind zu heilen, das schon krank zur Welt gekommen war.

Und dann war da jener Augenblick, der ihm die Erkenntnis brachte, daß er versagen würde. Er hatte sich übernommen, die Länge seiner Schritte entsprach nicht seinen Kräften, es war nicht die Seine, es war die des anderen Mannes. Er hatte bemerkt, daß jener schon kurz nach dem Start ein unerhörtes Tempo einschlug, das sich bis an die Grenze seiner Kraft steigerte; und als der Mann seine Beine derart weit ausgreifen ließ und ihn mühelos einholte und überholte und hinter sich ließ, ohne sich dabei zu übernehmen, da hatte er sich, ohne lange zu überlegen, dazu verleiten lassen, nach dem Köder zu schnappen. Wenn er besiegt wurde, war er selbst daran schuld. Er keuchte, daß ihm die Lungen zu platzen drohten, und hatte schon jetzt unerträgliches Seitenstechen, und der Schmerz benahm ihm vollends den Atem. Er konnte jeden Augenblick schwindlig werden und stürzen. Aber der Augenblick ging gnädig vorüber, und der nächste und übernächste auch, und so stand er es durch und *mußte nicht aufgeben. Unentwegt sah er die Kontur des anderen Läufers vor sich, die wie ein Schatten in den kreisenden Nebel eintauchte, und der Schatten sah aus, als käme er nicht vom Fleck. Und da nahm er die Verfolgung dieses Schattens auf und überrannte seine Schwäche und seinen Schmerz.*

28. Februar

Abel rappelte sich auf, wurde mit einem Schlag hellwach und lauschte. Die Lampe war schon lang ausgegangen. Es war kein Geräusch, das ihn geweckt hatte. Denn im Zimmer herrschte absolute Stille. Er setzte sich unvermittelt kerzengerade auf und starrte nach dem Winkel hinüber, wo der Großvater lag. Die verkohlten Aschenreste strahlten noch dunkelrote Glut aus, in deren mildem Aufglühen die Wände von Zeit zu Zeit hell hervortraten. Draußen regte sich kein Wind, kein Geräusch drang herein, nur die Nachtkälte hatte sich im Zimmer ausgebreitet, und der Lehmboden strahlte sie aus wie in einer Höhle. Nichts regte sich dort drüben. Da wußte er, daß der alte Mann tot war. Er warf einen bangen Blick auf die kohlschwarzen Gevierte der Fensterscheiben, die wie trübe Spiegel glänzten. Nichts. Nichts, als die tiefe Stille kurz vor Anbruch der Dämmerung, ehe der erste Lichtstrahl eindrang, um dieses Morgengrauen des siebenten Tages zu durchbrechen. Und da erhob er sich und machte sich fertig. Es war unnötig, daß die Chorsänger kamen, das war ziemlich unwichtig, er wußte genau, was er zu tun hatte. Er legte dem alten Mann den Kopf gerade auf das Kissen und goß ihm Wasser übers Haar, dann flocht er die langen weißen Haarsträhnen zu einem Zopf, den er mit Garn zuband. Er kleidete den Leichnam in die bunte, für diesen Anlaß bestimmte Tracht, in das weinrote Baumwollsamthemd des alten Mannes, die weiße Hose und die kurzen Mokassins aus weichem, mit Kaolin geweißtem Leder. Er nahm die Säckchen mit Blütenstaub und Mehl vom Dachgebälk, die heiligen Federn und das liniierte Heft. All dies und ein paar buntgefärbte Ähren legte er neben den Großvater, nachdem er zuvor etwas Mehl nach den vier Himmelsrichtungen hin verstreut hatte. Dann wickelte er den Leichnam fest in eine Decke.

Es war noch stockdunkel, als er hinaustrat und an den Pferdekoppeln entlang, zwischen den Obstgärten durch, zum Pfarrhaus ging. Die Lichtmaschine begann zu arbeiten, und im Oberstock wurde es hell, danach auch im Treppenhaus und in der Eingangshalle, und dann öffnete Pater Olguin die Haustür.

„Was ist denn, um Gottes willen ...?“ fragte er.

„Mein Großvater ist gestorben“, sagte Abel. „Sie müssen ihn begraben.“

„Gestorben ... so, so, ja natürlich. Aber, du guter Gott, hätte das denn nicht Zeit gehabt, bis ...“

„Er ist schon tot“, sagte Abel. Seine Stimme klang tief und ruhig. Sie verriet keinerlei Gefühl.

„Gewiß, ja, das habe ich schon gehört“, sagte der Priester und rieb sich das gesunde Auge. „Wie spät ist es denn jetzt eigentlich? Weißt du, wie spät es ist? Ich begreife deine Gefühle durchaus, aber ...“

Doch Abel hatte bereits kehrtgemacht. Pater Olguin zitterte vor Kälte und sah spähend in die Dunkelheit. „Ich verstehe dich ja“, sagte er. „Hörst du mich, du, ich verstehe schon.“ Und dann schrie er laut: „Ich verstehe! Mein Gott! Ich verstehe – ich verstehe!“

Abel kehrte nicht in das Haus des Großvaters zurück, er eilte dem südlichen Stadtrand zu. Beim letzten Haus blieb er stehen und zog sich das Hemd aus. Sein Körper war steif, und die Haut brannte von der Kälte. Er kniete vor dem Backofen nieder und griff in die Öffnung, um zwei Hände voll von dem angesetzten Ruß zu nehmen und sich damit die Arme und die Brust einzureiben. Dann stand er auf und ging mit eiligen Schritten zur Landstraße hinüber, wo er dem Karrenweg nach Süden folgte und in die Dunkelheit eintrat. Er hörte nichts als seine raschen, gleichmäßigen Schritte auf der hartgefrorenen Schneedecke, und er ging immer weiter hinaus auf der Straße.

Ein bleicher Lichtschimmer fiel auf die Landschaft und wuchs und breitete sich immer weiter aus, und anfangs war es nur wie listige Verstellung der Finsternis, die nicht weichen wollte, aber allmählich verkroch sich die Nacht, und der erste Widerschein der Helligkeit auf dem Schnee war da, als matter, bleierner Schimmer auf allen weißen Flächen und auf den Wellen der Dünen und den schwarzen Gerippen der immergrünen Bäume. Über dem schwarzen Hochland im Osten war schon alles in Helligkeit getaucht, in ein weiches, milchiges, von grauen Streifen durchzogenes Frühlicht. Er war fast am Ziel, dort vorne sah er bereits die wartend aufgestellten Läufer.

Er gesellte sich zu ihnen, und sie drängten sich vor Kälte

aneinander und warteten, bis das bleiche Frühlicht, das dem Aufgang der Sonne vorangeht, im Tal höher stieg. Die Welt war von einer riesigen Wolke verhüllt, die ihr lastendes Schweigen allen Dingen auferlegte. Sie hing weit draußen über der Schwarzen Mesa, verhüllte sie und quoll über ihren Rand herab. Nur der Sattel war frei. Dort war der klare Teich der Ewigkeit. Sie hefteten die Blicke darauf und warteten, indes sich, in unmerklich langsamen Übergängen und Abschattierungen, der Raum zu weiten und zu wandeln begann und zuerst die Farbe von Bimsstein annahm, dann die Farbe von Perlen und Perlmutter und endlich ein blasses, irisierendes Rosa und Orange. Plötzlich stand die ganze Senke des Sattels in Flammen, und gleich darauf fielen die ersten Strahlen des kalten Morgenlichts auf seinen Bogen, und das war das Zeichen zum Aufbruch für die Läufer.
Das gedämpfte Getrappel, mit dem sie sich plötzlich alle gleichzeitig in Bewegung setzten, kam ihm unerwartet, und er startete verspätet und blieb ein Stück hinter den anderen zurück. Beim Laufen durchschnitt ihn ein furchtbarer Schmerz, aber er lief weiter. Er lief, und es gab nichts als das Laufen, die Landschaft und die beginnende Dämmerung. Über dem Sattel stieg die Sonne empor, und ihre Strahlen fielen wie Speere über die Landstraße und das verschneite Tal und die Hügel. Die Nachtkälte milderte sich, und es begann zu regnen. Vor sich sah er in einiger Entfernung die schlanken, geschwärzten Leiber der anderen Läufer, die lautlos durch das schräg einfallende Licht und den Regen glitten. Er lief, und der kalte Schweiß brach ihm aus, und sein Atem pfiff und schmerzte vor keuchender Anstrengung. Unvermittelt gaben die Beine unter ihm nach, und er stürzte in den Schnee. Der Regen fiel ringsum auf den Schnee, und er starrte auf seine gebrochenen Hände, die vom Regenwasser schwärzlich gestreift waren und von denen der Ruß in den Schnee sickerte. Und da stand er auf und lief weiter. Er war ganz allein, und er lief. Sein ganzes Bewußtsein war ausschließlich auf die Schnelligkeit seines Laufens konzentriert, er spürte seine Schmerzen nicht mehr. Sein Geist war wie betäubt vor Erschöpfung, und er sah, ohne zu denken. Er sah den Regen und den Fluß und die Felder dahinter. Er sah die dunklen Hügelkuppen im

Morgengrauen. Und da begann er, ohne im Tempo nachzulassen, lautlos zu singen. Kein Laut wurde hörbar, er hatte keine Stimme, aber er fand Worte für einen Gesang. Und so lief er, getragen vom aufsteigenden Gesang.

Haus aus Blütenstaub, Haus aus Dämmerung. Qtsedaha.

NACHWORT

> „… ihre ureigenste, verborgene Seele haben sie behalten; und darin liegt ihre Kraft zum Widerstand und zum Überdauern und der längere Atem für die Wartezeit."

Die Zuversicht und ruhige Entschlossenheit, die aus den Worten des indianischen Dichters und Romanciers N. Scott Momaday spricht, ist nicht gebunden an das individuelle Schicksal des jungen indianischen Protagonisten Abel aus Momadays erschütterndem Roman *Haus aus Dämmerung*, aus dem diese Zeilen stammen. In diesen Worten über die Bewohner der Walatowa-Reservation kommt eine schwer errungene Überzeugung und Gewißheit zum Tragen, die ganz allgemein aus der Erfahrung einer jahrhundertelangen leidvollen Geschichte der Unterdrückung und des Widerstandes der amerikanischen Ureinwohner erwächst, an der Scott Momaday lebhaften Anteil nimmt und aus deren Quellen sich sein dichterisches und erzählerisches Werk als amerikanischer Indianer speist. Seit der „Entdeckung" Amerikas durch Kolumbus und der sich anschließenden Eroberung des Kontinents durch weiße Siedler waren die Native Americans, die nordamerikanischen Indianer, die Opfer einer rassistischen und räuberischen Politik größten Ausmaßes. Erbarmungslos wurden die ungefähr dreihundert verschiedenen indianischen Stämme, Völker und Nationen, die damals in Nordamerika lebten, von den immer zahlreicher ins Land strömenden europäischen Siedlern gegeneinander ausgespielt, betrogen, ausgebeutet, unterworfen, vertrieben und ausgerottet. Die in dem Gründungsdokument der Vereinigten Staaten – der Unabhängigkeitserklärung von 1776 – verankerten Menschenrechte, die die Gleichheit aller Menschen vor Gott und ihren Anspruch auf Leben, Freiheit und Streben nach Glück als verbrieftes elementares Recht verkünden – diese noblen Worte galten niemals für die rechtmäßigen Besitzer des Landes, die Native Americans, wie sie übrigens auch nicht für die zur Sklavenarbeit nach Amerika verschleppten Afrikaner Gültigkeit hatten. Theorien von einer angeblichen Überlegenheit der weißen Rasse und der westlichen Zivilisation und christlichen Religion gegenüber Kultur, Religion, Weltanschauung, Wertvorstellungen und Traditionen der indianischen Ureinwohner wurden zur ideologischen Rechtfertigung für eine rücksichtslose Eroberung des Landes herangezogen. Im Gegensatz zu den immer weiter nach Westen vordringenden weißen Siedlern, die das gesamte Land in Besitz nehmen wollten und dies mit Vorstellungen einer „Manifest Destiny“, einer ihnen angeblich zugedachten offenkundigen göttlichen Bestimmung zur Erschließung und Zivilisierung des Kontinents, begründeten, waren verschiedene indianische Stämme, Völker und Nationen anfangs bereit, mit den weißen Siedlern das Land zu teilen und plädierten für ein friedliches Miteinander. Als Reaktion auf die immer brutaler vordringenden weißen Amerikaner wuchsen aber zunehmend indianischer Widerstand und verzweifelte Versuche, sich wenn nötig auch mit Gewalt die eigenen Traditionen, Kultur, Lebensweise und religiöse und politische Unabhängigkeit zu bewahren. Diese Widerstandskämpfe der Indianer dienten dann als erneute „Rechtfertigung“ für die barbarischen Ausrottungskriege amerikanischer Regierungen besonders im 19. Jahrhundert. Die systematische Vernichtung ganzer Indianerstämme oder ihre Vertreibung aus ihren angestammten Gebieten in ihnen zugewiesene Reservate gehören zu den unrühmlichsten und bittersten Kapiteln der Geschichte der Vereinigten Staaten. Die gewaltsame Vertreibung der Cherokee-Nation auf Befehl von Präsident Andrew Jackson, bei der etwa ein Viertel der indianischen Bevölkerung ums Leben kam und die als „Pfad der Tränen“ in die schmerzvolle Geschichte der amerikanischen Indianer einging, ist nur eines von vielen Beispielen für diese unmenschlichen Umsiedlungsaktionen. Enteignung und Völkermord prägen diese Jahrzehnte des 19. Jahrhunderts. Zwar gelang es in einzelnen tapferen Widerstandsaktionen indianischer Stämme und Völker unter heute legendären Häuptlingen wie Crazy Horse, Sitting Bull oder Geronimo den Weißen vereinzelte empfindliche Niederlagen zuzufügen und die völlige Vertreibung in die Reservate hinauszuzögern, doch waren am Ende des 19. Jahrhunderts die traditionellen Lebensweisen der unterschiedlich hoch entwickelten und ausgeprägten Kulturen

der verschiedenen Stammes-, Völker- und Nationenverbände der Indianer unmöglich geworden. Allein das systematische Abschlachten der für die Existenz vieler Indianer unabdingbaren Büffelherden (zwischen 1830 und 1883 wurde der Büffelbestand von etwa 75 Millionen Tieren fast restlos von weißen Büffeljägern beseitigt!), zwang schließlich viele Indianer in die Reservationen als abhängige Mündel korrupter Agenten und Beamten des Bureau of Indian Affairs, der Bundesbehörde für Indianerangelegenheiten. In den Reservationen wurden zwar die traditionellen Lebensformen der Stämme noch gepflegt und zu bewahren gesucht, doch richteten sich die Bemühungen der amerikanischen Regierungsbehörden zunehmend darauf, die alten Stammesstrukturen völlig aufzulösen, die Indianer an die ökonomischen, politischen, sozialen und kulturellen Standards der weißen amerikanischen Gesellschaft anzupassen, sie zu assimilieren und in das Gesellschaftsgefüge zu integrieren – damit ihren Widerstand völlig zu brechen. Ein charakteristisches Beispiel für diese allgemeine Richtung offizieller amerikanischer Bundespolitik ist die Aussage eines Kommissars des Bureau of Indian Affairs aus dem Jahresbericht 1889: „Die Indianer müssen sich der Art des weißen Mannes anpassen. Friedfertig, wenn sie wollen; unter Zwang, wenn sie sich wehren. Sie müssen sich in ihre Umwelt einordnen und ihre Lebensweise im wesentlichen unserer Zivilisation angleichen. Diese Zivilisation mag nicht die bestmögliche sein, doch es ist die beste, die die Indianer haben können. Sie können nicht entkommen, sie müssen sich ihr entweder anpassen oder sie werden von ihr vernichtet werden."
Immer wieder flackerten jedoch Widerstandsbewegungen der Indianer auch am Ende des 19. Jahrhunderts noch auf. Die messianische „Geistertanzbewegung" von 1890, die zahlreiche Indianerstämme erfaßte und in der die Indianer in mystischer Verzückung tanzend die Geister ihrer Ahnen beschworen und auf die ihnen verheißene Ankunft eines indianischen Messias und die Rückkehr ihres ursprünglichen freien Lebens hofften und warteten, wurde mit brutaler Gewalt unterdrückt: Die Ermordung des von den Indianern verehrten Häuptlings Sitting Bull und das berüchtigte Massaker an Hunderten wehrlosen Indianern am Wounded

Knee Fluß im Dezember 1890 zeigte erneut, mit welch rücksichtsloser Härte die amerikanischen Behörden jeglichen Widerstand bekämpften. Aus den Quellen einer mündlich überlieferten, fast vergessenen Geschichte schöpfend, geben indianische Schriftsteller – wie etwa Dee Brown in seinem dokumentarischen Bericht „Bury My Heart at Wounded Knee" (1970, dt. Begrabt mein Herz an der Biegung des Flusses) – eine bewegende Darstellung von der Geschichte der Eroberung des amerikanischen Westens, wie deren Opfer, die Indianer, sie erlebt haben. Verfolgt man die weitere Geschichte der indianischen Ureinwohner bis in die Jahre nach dem zweiten Weltkrieg, in die Scott Momadays Roman den Leser führt, und weiter bis in die unmittelbare Gegenwart, so wird sichtbar, daß es auch im 20. Jahrhundert eine Geschichte des Unrechts, des Elends und der drohenden Vernichtung blieb. In den über das ganze Land verstreuten Reservationen, angelegt in zumeist unzugänglichen, öden und unfruchtbaren Landstrichen, wurden die Indianer durch Missionieren und ein völlig unzureichendes Schulsystem, das die indianische Mentalität ebensowenig berücksichtigte wie die Werte indianischer Kultur, Geschichte, Religion und Erziehung immer weiter „de-indianisiert". Sie wurden ihrer eigenen Geschichte und Tradition und damit ihrer Identität beraubt. Was als Genozid bereits zu Beginn des 20. Jahrhunderts fast zur völligen physischen Vernichtung der Indianer geführt hatte – nur etwa 300000 Indianer hatten die Ausrottungskriege überlebt – wurde nun durch weitere soziale Verelendung und kulturelle Zerstörung fortgeführt. Daran änderte auch die Verleihung der Bürgerrechte an die Indianer nichts, die 1924 auf Bundesebene, in manchen Einzelstaaten aber erst sehr viel später die Indianer offiziell zu gleichberechtigten Staatsbürgern der USA machte. Obgleich die Bevölkerungszahlen der Indianer nach neuen Schätzungen auf etwa 1,4 Millionen angestiegen sind, ist der Fortbestand der Indianer auch heute gefährdet, denn die Reservationen als letzte Teile indianischen Landes und Grundlage indianischer Identität sind in ihrer Existenz heute aufs äußerste bedroht: Auf dem Gebiet der Indianerreservate lagern etwa 90% der Uranvorkommen und je 30% der Erdöl- und Kohlereserven des Landes, und aus diesem Grunde ist

die Bundesbehörde für Indianerangelegenheiten rührig bestrebt, die Indianer durch ökonomische und außerökonomische Zwänge aus den Reservaten zu verdrängen.
Offizielle Untersuchungen, Studien und Statistiken belegten über Jahrzehnte hinweg das unvorstellbare Ausmaß sozialen und kulturellen Elends, dem die Indianer, ob nun in den etwa 280 Reservationen, in den Slums der Großstädte oder in anderen ländlichen indianischen Gemeinwesen lebend, ausgesetzt sind. Ausgeschlossen von der Teilnahme an der politischen Macht, erfahren die Indianer bis zum heutigen Tage in besonders krasser Weise Unterdrückung, Rassismus, Diskriminierung und Ausbeutung in der kapitalistischen Gesellschaft. Aus Berichten vom Ende der sechziger Jahre geht hervor, daß die Indianer die ärmste, ungesündeste, am schlechtesten ausgebildete, am häufigsten kriminalisierte Bevölkerungsgruppe der USA ist. Indianer haben die kürzeste Lebenserwartung, die höchste Selbstmordrate und die größten Probleme mit dem Alkoholismus. In den Reservaten herrschen Armut und Hunger. Die Arbeitslosenziffer der Indianer ist um ein Vielfaches (manche Quellen sprechen vom Zehnfachen!) höher als der Landesdurchschnitt; das Durchschnittseinkommen einer Indianerfamilie liegt um mehr als 50% unter der offiziellen Armutsgrenze, und dies betrifft fast die Hälfte der indianischen Bevölkerung. Katastrophale Wohnsituation, unzureichende hygienische Verhältnisse, eine um 50% höhere Kindersterblichkeit als der Durchschnitt – dies alles sind Mosaiksteine, die ein erschreckendes Gesamtbild ergeben. Dies trifft eben auch nicht nur auf die Situation in den Reservationen zu, sondern viele Indianer, die unter Aussicht auf bessere Lebens- und Arbeitsbedingungen in die Städte abgewandert waren, konnten sich dort nur mühsam den veränderten Lebensbedingungen anpassen. Das kapitalistische Wirtschaftssystem ist ihren Denk- und Lebensformen fremd, und so wurde diese versuchte Integration für viele Indianer lediglich zum letzten schmerzhaften Lösen vom Land, ihrer „heiligen Mutter Erde“, mit der sie traditionell eng verbunden sind und ein Eintauchen in die Anonymität der Großstädte, die sie vollends zerstörte. Wie Abel aus Momadays Roman, kehren viele Stadtindianer enttäuscht und oft gezeichnet durch Alkoholismus und gebrochen durch eine er-

barmungslose Kriminalisierung durch verständnislose, oft feindselige Behörden in die heimatlichen Reservationen zurück.

Nach dem Ende des zweiten Weltkrieges (an dem übrigens etwa 25000 indianische Soldaten, davon etwa 40% als Freiwillige teilgenommen hatten) und besonders seit den sechziger Jahren zeichnet sich – im Verein mit einer Reihe anderer demokratischer Bürgerrechts- und Befreiungsbewegungen in den Vereinigten Staaten – auch ein deutliches Anschwellen der indianischen Protest- und Befreiungsbewegung ab. Dies resultierte in der Gründung zahlreicher Organisationen, Gruppen und Bewegungen, die mit teilweise spektakulären Aktionen, mit Demonstrationen, Protestmärschen, Besetzungen u. a. vehement die soziale, politische und kulturelle Rechtlosigkeit ins Bewußtsein der Öffentlichkeit bringen. Zu dieser „Red Power"-Bewegung gehören viele, ganz unterschiedliche Gruppierungen, wie zum Beispiel das AIM (American Indian Movement), das 1968 als Selbstschutzorganisation gegen Polizeiübergriffe in Minneapolis-St. Paul gegründet worden war, sich rasch über einzelne lokale Organisationen über das Land verbreitete und von einer sozialen und politischen Selbsthilfeorganisation für Stadtindianer zu einer Bewegung entwickelte, die in Städten und Reservationen wirkt, die neues indianisches Bewußtsein in seinen vielfältigen Formen unterstützt: von der Bewahrung und Wiederbelebung spiritueller Traditionen, Riten und Zeremonien bis hin zu militanten politischen Aktionen und Formen der praktischen Lebensbewältigung in einer feindlichen Umwelt. Mit Entschiedenheit beharren die zahlreichen unterschiedlichen Gruppierungen und Interessenvertretungen, die sich in ihren Ansichten über Wege und Formen des Kampfes deutlich unterscheiden, doch auf dem Recht, den eigenen Weg zur Selbstbestimmung der Indianer zu gehen. Viele sehen vor allem in einer Besinnung auf die jahrhundertealten religiösen, kulturellen und politischen Traditionen und deren Wiederbelebung die Möglichkeit der geistigen Wiedergeburt und stehen der Integration der Indianer in die Gesellschaft des weißen kapitalistischen Amerika skeptisch oder ablehnend gegenüber. Andere Gruppierungen versuchen stärker durch Aktionen die Bürgerrechte der amerikanischen Indianer

durchzusetzen und durch Anpassung der alten Traditionen und Überlieferungen an die heutige Situation auch Möglichkeiten einer Integration zu schaffen. Ein widerspruchsvolles, in sich differenziertes Bild charakterisiert die heterogene indianische Befreiungsbewegung, die aber ganz allgemein von einem wachsenden Selbstbewußtsein, einer deutlichen Politisierung und einem – wenn auch nur zögernd wachsendem – Bewußtsein kündet, daß die Indianer in ihrem Kampf verbunden sind mit anderen unterdrückten ethnischen Minderheiten und weißen Arbeitern der USA und mit den Befreiungsbewegungen in den Ländern Afrikas, Asiens und Lateinamerikas.
Teil dieses neuen Selbstverständnisses der Indianer ist auch ihre Kultur und Literatur, die zum Beispiel auf dem Gebiet der Lyrik und Prosa in den Jahren nach dem zweiten Weltkrieg zu eigenwilligen neuen Formen und Stilen fand, in die die hier skizzierten Probleme indianischer Geschichte und Gegenwart direkt Eingang finden. Namen wie N. Scott Momaday, Leslie Marmon Silko, James Welch, Vine Deloria jr., Simon Ortiz oder Jimmy Durham sind seit den sechziger und siebziger Jahren nicht mehr nur einigen Insidern bekannt sondern vielen Lesern zum Begriff geworden. Scott Momadays preisgekrönter Roman *House Made of Dawn* (1968, dt. *Haus aus Dämmerung*), James Welchs Roman „Winter in the Blood" (1974, dt. Winter im Blut), der als „best first novel" als bester Romanerstling des Jahres ausgezeichnet wurde, Vine Delorias weithin begrüßtes „indianisches Manifest" – „Custer Died For Your Sins" (1969) – oder Leslie Marmon Silkos eigenwilliger innovativer Roman „Ceremony" (1977) sind auch international bekannte erzählende Werke, die dem indianischen Selbstausdruck inhaltlich und stilistisch neue Wege öffneten. Sie ermutigten andere indianische Autoren, ihrem Beispiel folgend, Elemente aus indianischen Traditionen mit heutigen Erfahrungen zu verbinden. Eine neue junge Generation indianischer Autoren ist in den USA angetreten und hat in oft autobiographisch gefärbten Werken auf bewegende Weise die Erfahrungen und Konflikte als amerikanische Indianer artikuliert: als Menschen, die in zwei unterschiedlichen Kulturen aufwachsen, die indianisches Erbe und amerikanische Gegenwart in sich tragen und bewältigen müssen. Die Suche

nach den eigenen Wurzeln und nach der Identität als Indianer im heutigen Amerika steht im Mittelpunkt dieser erzählenden Literatur sowie in zahlreichen indianischen Gedichten, die in literarischen Zeitschriften oder Anthologien veröffentlicht werden. Diese indianische Literatur ist zumeist in englischer Sprache verfaßt und die Verwendung des Englischen als Literatursprache ist einerseits Ausdruck einer weiter fortschreitenden Akkulturation: Die meisten der jungen Schriftsteller und Dichter haben neben den Erfahrungen indianischer Existenz in Reservationen oder den indianischen Gemeinschaften der Großstädte die Ausbildung an „weißen" Schulen und Universitäten erhalten und bedienen sich, wie Scott Momaday, des amerikanischen Englisch als ihrer eigenen Sprache. Scott Momaday bekannte zum Beispiel in seiner autobiographisch geprägten Darstellung der Geschichte, Legenden und Mythen der Kiowa-Indianer, *The Way to Rainy Mountain* (1969), daß er die Sprache der Kiowa nicht spricht. Das amerikanische Englisch hat aber andererseits auch die vermittelnde Funktion zwischen den zahlreichen noch bestehenden indianischen Dialekten und wirkt in diesem Sinne traditionsbewahrend.

Traditionelle indianische Literatur war orale Literatur und sie besteht weiterhin auf Reservationen und in indianischen Familien als Teil einer ursprünglichen indianischen Lebenswelt. Die kulturellen Traditionen der indianischen Stämme, Völker und Nationen wurden in Form von Liedern, Märchen, Legenden, Geschichten, Gebeten und Mythen in mündlicher Überlieferung von Generation zu Generation weitergegeben und bilden einen Teil der reichen indianischen Tradition, Geschichte und Kultur, auf die viele junge indianische Dichter und Erzähler heute zurückgreifen. Es gab Erzählungen und Mythen über die Genesis und Stammesgeschichten, die auch für die Erziehung der Kinder bestimmt waren und das geistige, religiöse und kulturelle Erbe darstellten, das die Menschen verband. Es gab auch „sacred stories", sakrale Geschichten, die nur einem bestimmten Personenkreis zugänglich waren und die kein Weißer hören durfte, oder Lieder und Gebete, die einzeln oder gemeinsam vom Stamm in bestimmten Zeremonien gesungen wurden, oft in Verbindung mit Tänzen, die rituelle Funktion hatten. Tanz und Gesang sind dabei untrennbar miteinander verbunden. Solche mündlich überlieferte Literatur hat auch Scott Momaday in reichem Maße in seinem Roman *Haus aus Dämmerung* aufgenommen: Der Titel ist Teil eines völlig im Buch abgedruckten Navajo-Nachtgesangs und Gebets, das spirituelle und körperliche Gesundung erbittet. Auch die Predigten Tosamahs, des Sonnenpriesters, eines Priesters der indianischen Peyote-Kirche, die eine Mischung indianischer Traditionen mit christlichen Elementen darstellt, sind gespeist aus dieser mündlichen Überlieferung. Momaday benutzt hier direkt „authentisches" Material, das heißt die Legenden und Mythen der Kiowa-Indianer, die er durch die Erzählungen seiner Großmutter kennenlernte sowie die jahrhundertealte Stammesgeschichte der Kiowas, die ihm Angehörige des Stammes erzählten. Sie bilden gemeinsam mit Erinnerungen an seine Kindheit und der Darstellung einer Pilgerfahrt zu den Ursprüngen seiner indianischen Existenz den Inhalt seines schmalen Buches *The Way to Rainy Mountain* (das teilweise wörtlich in *Haus aus Dämmerung* aufgenommen wird), in dem Momaday als sehr persönlicher Historiker seines Stammes die mündliche Überlieferung nun schriftlich fixiert. Er steht damit in einer längeren Tradition. Kein indianischer Stamm hatte eine Schrift, und erst in den ersten Jahrzehnten des 19. Jahrhunderts wurde eine Schrift für die Cherokees entwickelt. Doch gab es, wie Literaturwissenschaftler in neueren Untersuchungen nachgewiesen haben, bereits seit mindestens 200 Jahren englischsprachige Literatur von Indianern. Der Amerikanist Bernd C. Peyer belegt zum Beispiel in einer Studie die lange und komplexe Geschichte englischsprachiger Literatur der Indianer Nordamerikas, die auch das Beharrungsvermögen der Indianer gegenüber den Zwängen der Assimilation und stammesübergreifende, pan-indianische Identität zum Ausdruck bringen.

Die frühen literarischen Zeugnisse aus dem 18. Jahrhundert waren zumeist christlichen Themen gewidmet und von Indianern verfaßt, die zum Christentum übergetreten waren. Doch zeigte sich bereits vereinzelt ein Interesse an ethnographischen Studien und an der Bewahrung und Aufzeichnung indianischer Traditionen.

Im 19. Jahrhundert erfreuten sich dann besonders Autobiographien und historische Darstellungen einzelner Stämme, die häufig von weißen Ethnologen und Anthropologen aufgezeichnet wurden, großer Beliebtheit (dies zu einer Zeit, da die Indianerstämme systematisch in ihrer Existenz bekämpft wurden!). Viele Literarhistoriker setzen den Beginn der indianischen Literatur – oder zumindest eine neue Phase in ihrer Entwicklung – dann mit dem Ende des 19. Jahrhunderts an, als indianische Autoren nun ohne Vermittlung von Weißen ihre Erfahrungen artikulierten. Schriftsteller wie Gertrude Bonnin, Charles Alexander Eastman oder Carlos Montezuma schrieben nicht nur politische Beiträge für Zeitschriften indianischer Organisationen, die damals gegründet wurden, sondern verfaßten auch Belletristik. Beispiele sind hier Gertrude Bonnins Geschichten, die später gesammelt als „American Indian Stories“ (1921) erschienen oder indianische Poesie, die durch Autoren wie Emily Pauline Johnson Bedeutung erlangte. Die populären Autobiographien des indianischen Arztes Charles Eastman („Indian Boyhood“, 1902 und „From the Deep Woods to Civilization“, 1916) und die bekannten Bücher von Luther Standing Bear, „My People, the Sioux“ (1928) und „Land of the Spotted Eagle“ (1933) sind Marksteine in einer langen Tradition autobiographischen Erzählens. Selbst dann, wenn für die Aufzeichnungen der Lebensgeschichten ein weißer Vermittler benutzt wird, entstehen bewegende literarische Zeugnisse, die nicht nur über die Entwicklung einzelner Persönlichkeiten Auskunft geben, sondern die Einblicke in die Lebens-, Denk- und Verhaltensweisen von Menschengruppen gewähren. In Büchern wie der von Paul Radin aufgezeichneten „Autobiography of a Winnebago Indian“ (1920), der von Nancy O. Lurie herausgegebenen Autobiographie einer indianischen Frau, „Mountain Wolf Woman“ (1961) oder der von John Lame Deer und Richard Erdoes verfaßten autobiographischen Darstellung „Lame Deer – Seeker of Visions“ (1972, dt. Tahca Ushte – Medizinmann der Sioux) wurde die Bereitschaft der Indianer deutlich, der weißen Welt etwas von sich selbst und den eigenen Traditionen mitzuteilen – was bereits einen Bruch mit indianischer Tradition bedeutete. Bis in die Gegenwart sehen traditionell gebundene Indianer in der Aufzeichnung von

Mythen, Legenden und Überlieferungen sowie anderen spirituellen Texten sogar ein Sakrileg.
In diesen Autobiographien wird, wie auch in den seit der Jahrhundertwende entstehenden indianischen Romanen, die Absicht deutlich, die indianische Seite der Geschichte darzustellen und das von Weißen geschaffene Bild des Indianers „richtigzustellen". Neben solchen mehr oder weniger defensiven Haltungen vermitteln aber einige dieser Werke bereits offensive Argumente, die das Selbstbestimmungsrecht der indianischen Bevölkerung unterstreichen. Dies geschieht in Luther Standing Bears „Land of the Spotted Eagle" oder in dem 1936 erschienenem Roman „The Surrounded" von D'Arcy McNickle, in denen die Werte der indianischen Kultur bejaht und als positiv gegenüber der weißen Wertwelt angesehen werden. In vielen dieser Werke wird auch auf die komplizierten Identitätskonflikte der Indianer Bezug genommen, die zwischen Assimilation an die Lebensweise und Kultur der weißen Welt und Rückbesinnung auf die Welt indianischer Vergangenheit hin und her gerissen werden. Diese Konflikte spielen auch in der Gegenwartsliteratur eine wichtige Rolle.
Der indianische Roman war in seinen frühen Formen (Chief Simon Pokagon, „Queen of the Woods", 1899; die Romane von John M. Oskison) noch weitgehend der Tradition der zeitgenössischen Populärliteratur verhaftet, die durch den Western oder die „frontier romance", Liebes- und Abenteuergeschichten, die an der „Grenze" spielten, bestimmt wird. Es wirken aber auch Traditionen der Darstellung der Indianer, wie sie seit Washington Irving, Philip Freneau, James Fenimore Cooper oder Herman Melville in der amerikanischen Literatur zu finden sind. Die Problematik der indianisch-weißen Beziehungen und die Figur des Indianers spielten naturgemäß von Anfang an eine bedeutende Rolle in der amerikanischen Literatur, die sich der eigenen Landschaft und Geschichte zuwandte. So waren es in der Kolonialzeit Berichte über erste Zusammenstöße mit den Ureinwohnern, Erzählungen und Erlebnisberichte ehemaliger Gefangener der Indianer und historische Dokumente der Puritaner, die die Indianer als unmenschliche, heidnische und grausame Wilde darstellten, die man entweder zivilisieren oder ausrotten wollte. Natürlich gab es auch

humanitäre Interessen am Schicksal der Indianer und vereinzelte Versuche, ihre Kultur, Religion und Tradition zu verstehen, doch vorherrschend war damals eine einseitige Darstellung der Indianer und kaum Einsicht in die Komplexität der unterschiedlichen soziokulturellen und religiösen Strukturen. Im 18. und 19. Jahrhundert bildete sich dann neben diesen ersten Klischeebildern des „blutrünstigen Wilden" ein zweites stereotypes Bild des Indianers heraus: das romantisch verklärte Bild eines Noble Savage, eines „edlen Wilden", dessen freies, ungebundenes Leben in den Wäldern, enge Bindung an die Natur und natürliche Existenzformen mit den Vorstellungen des „Naturmenschen" eines Jean-Jacques Rousseau und anderer Zivilisationskritiker übereinzustimmen schien. Der Darstellung des „edlen Wilden" lag dabei aber eher eine kultur- und zivilisationskritische Haltung gegenüber der eigenen Kultur als wirkliches Verständnis für Menschen anderer Kulturbereiche zugrunde. Diese Idealisierung des freien edlen Wilden, wie sie in der amerikanischen Romantik zu finden ist, hat aber auch bereits in ihren frühen Vertretern (Freneau und Cooper z. B.) tragische Züge: Der Indianer als Symbol für Freiheit und Natürlichkeit kann kaum überleben, da sich seine Lebensweise nicht mit der Zivilisation vereinbaren läßt. Der zum Aussterben verurteilte Indianer wird romantisiert. Dies zeigt sich auch im erzählerischen Werk Coopers, der wie kaum ein anderer amerikanischer Romancier die literarische Gestaltung des Indianers prägte. In seinen „Leatherstocking Tales" gestaltet er nicht nur den Gegensatz zwischen Natur und Zivilisation, Freiheit und Gesetz, sondern auch den tragischen Untergang der indianischen Gentilgesellschaft. Seine Darstellung der Indianer, die sich weniger auf eigene Anschauung denn auf historische und ethnographische Quellen stützte, greift auf beide stereotype Bilder des Indianers zurück: die edlen Wilden und die blutrünstigen, bösen Wilden. Letztere sind jedoch bereits durch negative „zivilisatorische" Einflüsse, besonders durch die verheerende Wirkung des Alkohols in ihren menschlichen Qualitäten korrumpiert und sind somit zerstörerisch und selbstzerstörerisch. Bis in die Gegenwart dominieren solche einseitigen Darstellungen der Indianer besonders in den Western und in den durch die Massenmedien vermittelten

und immer wieder strapazierten Klischeebildern der Indianer, gegen die sich die indianische Selbstdarstellung wendet und nun seit den sechziger Jahren mit einer Reihe eigenwilliger, hochbegabter Schriftsteller ins Bewußtsein breiterer Leserschichten tritt.
Der entscheidende Durchbruch und die Anerkennung durch das offizielle literarische Establishment gelang 1968 einem damals noch unbekannten jungen indianischen Schriftsteller: Scott Momaday erhielt für seinen erzähltechnisch komplizierten und sprachlich meisterhaft gestalteten, berührenden Roman *Haus aus Dämmerung* 1969 den Pulitzerpreis, eine der höchsten offiziellen literarischen Auszeichnungen der Vereinigten Staaten. Momadays Entwicklungsweg zu seiner heutigen Stellung als der anerkannteste indianische Dichter und Erzähler und als einer der bemerkenswerten Schriftsteller der amerikanischen Gegenwartsliteratur ist zweifellos ungewöhnlich, enthält aber auch charakteristische Erfahrungen indianischer Existenz im heutigen Amerika.
Navarre Scott Momaday wurde am 27. Februar 1934 in Lawton, Oklahoma, geboren und stammt aus einer gebildeten, künstlerisch ambitionierten indianischen Familie: Der Vater, ein Kiowa-Indianer, Al Momaday, lehrte Kunstgeschichte und war selbst Maler, die Mutter, Natachee Scott, eine Cherokee-Indianerin, war Malerin und Schriftstellerin. Die Eltern waren nicht mehr traditionell stammesgebunden und Scott Momaday verbrachte seine Kindheit in verschiedenen Navajo-Reservationen in New Mexico und Arizona, lebte auch eine Zeitlang unter Weißen und dann ab 1946 mit seiner Familie in Jemez Pueblo, das als Vorbild für das fiktive Walatowa, im Cañon de San Diego des Romans *Haus aus Dämmerung* dient. Momaday lernte so unterschiedliche indianische Traditionen und Kulturen kennen, erhielt vielfältige Anregungen aus diesen Kulturbereichen und hat sich bewußt mit diesem Erbe – intellektuell und emotional – auseinandergesetzt. Er bekennt sich heute als Kiowa-Indianer.
Nach dem Schulbesuch studierte Momaday an der University of New Mexico und schloß dort mit dem akademischen Grad eines B.A. ab (1958). Weitere Studien schlossen sich an, er erwarb 1960 an der renommierten Stanford Univer-

sity in Kalifornien den nächsthöheren akademischen Grad (M.A.) und promovierte an der gleichen Universität (1963). Seit 1963 unterrichtete er an verschiedenen Universitäten englische Literatur und seit 1973 lehrt er als Professor für Englische Literatur und Komparatistik an der Stanford University. Momaday ist Mitglied angesehener akademischer Institutionen und erhielt für sein literarisches Schaffen Förderstipendien und Auszeichnungen. Er begann bereits als Student Gedichte zu schreiben und hat sich mit zwei Gedichtbänden (*The Angle of Geese,* 1974 und *The Gourd Dancer,* 1976) als empfindsamer, eigenwilliger und sprachbegabter Dichter erwiesen, der die virtuose Beherrschung der englischen Sprache, einen reichen Einsatz unterschiedlicher formaler Mittel und die Erfahrungen eines indianischen Amerikaners der Gegenwart mit dem Wissen um die Traditionen und die Geschichte seiner Vorfahren verbindet. Diese engen Beziehungen zur indianischen Tradition, die auch seine autobiographische Darstellung *The Names* (1976) nachhaltig bestimmen und in einer Reihe von Aufsätzen und Rezensionen zum Tragen kommen, in denen sich Momaday mit indianischem Weltverständnis beschäftigt, prägte von Anfang an seine künstlerische Entwicklung. „Ich bin ein amerikanischer Indianer (Kiowa) und bin an amerikanischer Kunst, Geschichte und Kultur lebhaft interessiert", erklärte Momaday einmal, und dieses Interesse ist in dem fiktiven *Haus aus Dämmerung* ebenso Leitgedanke wie in dem etwa gleichzeitig veröffentlichten *The Way to Rainy Mountain,* in dem Momaday seinem Volk ein literarisches Denkmal setzt. Zunächst in einer sehr kleinen Auflage unter dem Titel *The Journey of Tai-me* erschienen (1968), erweiterte Momaday den Text, den sein Vater illustrierte, und stellte in einer Art Collage traditionelle Überlieferung, ethnohistorische Beschreibung und persönliche Erfahrung nebeneinander, evoziert so, wie ein Kritiker schrieb, eine „Landschaft, die unvergleichlich ist, eine Zeit, die für immer vergangen ist und den menschlichen Geist, der überdauert".

Gleiches läßt sich von Momadays Roman *Haus aus Dämmerung* feststellen. Es ist ein höchst kompliziertes erzählerisches Werk, das viele der bereits angeführten allgemeinen Probleme und Konflikte amerikanischer Indianer in einer ausdrucksstarken, fast poetischen Form verarbeitet. Der Roman gilt im Urteil der meisten Kritiker als das komplizierteste, geheimnisvollste Buch eines indianischen Autors. In der komplexen Erzählstruktur experimentiert Momaday mit unterschiedlichen Erzählerstandpunkten, er bricht die Chronologie der Erzählung abrupt auf durch Experimente mit der Technik des Bewußtseinsstroms, durch Rückblenden, Erinnerungsfragmente, Aufzeichnungen und Berichte verschiedener Figuren und durch Einblendungen und Verarbeitungen ethnischen Materials mit Elementen indianischer Überlieferung. Er nimmt historische Dokumente, Gebete, Mythen, Legenden u. a. in den Text auf und gestaltet halluzinative und visionäre Erfahrungen, deren rationaler Bezug nicht ohne weiteres klar wird. Viele tatsächliche Ereignisse der Handlung bleiben im dunklen und sind ungelöst und die Momente der Erzählung, die äußere Spannung vermitteln könnten, wie zum Beispiel der Kriegseinsatz Abels, die Gerichtsverhandlung, die Jahre im Gefängnis und die schließliche Konfrontation mit denen, die ihn so brutal zusammenschlagen, daß er an den Folgen fast stirbt, treten zurück hinter der Gestaltung einer inneren Spannung und Dramatik und einer sensiblen, bildhaften und nahezu suggestiven Naturschilderung.

Der Roman besteht aus vier Teilen, denen ein Prolog vorangestellt ist. Doch nach der Lektüre des Romans wird deutlich, daß der Prolog und der vierte Teil (der eigentlich ein Epilog ist) als Einheit gesehen werden können: sie sind verbunden durch das unterschiedlich ausdeutbare Motiv der „dawn runners“, der Läufer in der Morgendämmerung und durch Abel, der im Prolog und im letzten Teil als Beteiligter an diesen rituellen Läufen einer möglichen geistigen Erneuerung oder dem Tod entgegenrennt.

Dypaloh – das erste Wort des Prologs, bezeichnet den traditionellen Beginn einer Erzählung in der Sprache der Pueblo-Indianer (aus deren Tradition der junge Protagonist des Romans, Abel, kommt), und das letzte Wort des Romans, Qtsedaba, bezeichnet das Ende solcher Erzählung. Wie Brigitte Georgi in ihrem Buch „Der Indianer in der amerikanischen Literatur“ bemerkt, stellt Momaday damit den Bezug zur indianischen oralen Erzähltradition her. Er erweitert dies aber auch durch die Einbeziehung kultureller Traditionen auch anderer Stämme und Völker: Das Gebet der Navajo-Indianer, das den poetischen Titel des Romans hergibt und sich leitmotivisch durch den Roman zieht oder die Geschichte der stolzen, freien, kriegerischen Kiowa und ihrer Legenden und Mythen oder die in Franciscos Erinnerungen und Erzählungen wachgehaltenen Traditionen des Adlerkultes, der Bärenjagd, der Läufer in der Morgendämmerung u. a., die Teile der indianischen Naturverehrung und der religiösen Riten und Zeremonien sind.

Momaday faßte den Inhalt seines vielschichtigen Romans kurz und bündig zusammen, wenn er erklärt, daß es der Roman über einen Indianer sei, der aus dem zweiten Weltkrieg nach Hause zurückkehrt und erkennt, daß er seine Stammesidentität nicht wiedergewinnen kann. Er kann aber auch nicht dem kulturellen Kontext entfliehen, in dem er aufgewachsen ist. Er ist zerrissen zwischen zwei Welten, kann in keiner von ihnen leben und so ein ganzer Mensch werden. Seine Geschichte ist die eines Versuches, dieses tragische Dilemma der amerikanischen Gesellschaft zu überleben.

Momaday gestaltet dieses „tragische Dilemma" der Indianer zwischen versuchter Anpassung und Integration in die amerikanische Gesellschaft und gleichzeitiger Bewahrung ihrer Traditionen, Eigenheiten und letztlich Identität als Indianer nicht nur an Abels erschütterndem Entwicklungsweg, sondern er zeigt diese Identitätskonflikte auch im Schicksal der anderen indianischen Gestalten. Der alte Großvater Francisco, der in einer eigenwilligen Mischung von indianischem Weltverständnis, Naturgebundenheit und Aufgehobenheit in indianischen Traditionen sowie einer Aufnahme von Elementen christlicher Überzeugungen existiert, vermag es trotz vieler Schwierigkeiten, noch eine innere Ausgeglichenheit zu erlangen und seinem harten Leben durch diese Eigenschaft einen Sinn zu geben. In ihm verkörpern sich Stärke und Lebensfähigkeit einer indianischen Gemeinschaft, die Momaday eben zu jenen Zuversicht ausstrahlenden Worten über die Bewohner der Walatowa Reservation veranlaßt: „Die Stadtbewohner sind sehr bedürfnislos. Sie jagen nicht hinter dem Fortschritt her und haben ihre Lebensweise im Grunde überhaupt nicht geändert. Die Invasoren brauchten sehr lang, um sie zu besiegen; und heute, nach vier Jahrhunderten Christentum, beten sie immer noch in Tanoan zu den alten Göttern der Erde und des Himmels und bestreiten ihr Leben aus jenen Dingen, die da sind und immer für sie da waren; indes haben sie in all ihrem Stolz, anders zu sein, doch von ihren Eroberern einiges zum Vorbild genommen. Sie haben ihre Namen übernommen und ein paar äußerliche Gesten der Feinde, aber ihre ureigenste, verborgene Seele haben sie behalten; und darin liegt die Kraft zum Widerstand und zum Überdauern und der längere Atem für die Wartezeit."

Benally, Abels Freund aus Los Angeles, glaubt, seinen Platz durch Anpassung an die Werte und Vorstellungen der weißen Gesellschaft und durch ein Vergessen der indianischen Ursprünge, das heißt ein Aufgeben seiner wahren Identität als Indianer gefunden zu haben. Er lehnt die Reservation ab, die ihm nichts bieten kann und glaubt an die Möglichkeit, seinen „American Dream" zu verwirklichen. Momaday zeigt auch den angepaßten Stadtindianer Ben als komplizierten Menschen – einerseits wird er in der Darstellung als in einem geistigen Vakuum lebend gezeigt, seine Erinnerungen an indianisches Brauchtum und an Traditionen sind oft nur leere Gesten und er erkennt, daß man vergessen und sich einfach manchmal betrinken muß, um überleben zu können. Andererseits ist Ben derjenige, der Abel das Gebet *Haus aus Dämmerung* nahebringt. Er gibt dieses Gedankengut weiter und beide träumen von einem möglichen Neubeginn in der Ursprünglichkeit der Natur. Komplizierter und widersprüchlicher ist noch die Gestalt des Sonnenpriesters Tosamah, der in seinen Predigten nicht nur eine häufig in der Praxis vorhandene Mischung christlicher und indianischer Mythologie demonstriert, sondern der auch bemerkenswerte Einsichten in die Rolle der Sprache und die unterschiedliche Handhabung der Sprache durch Weiße und Indianer vermittelt und über die Macht des Wortes spricht, der auch in seiner zweiten Predigt als Bewahrer der Traditionen der Indianer erscheint. Er trägt aber gleichzeitig auch, wie sein voller Name, Hochwürden John Big Bluff Tosamah andeutet, Züge eines Scharlatans und Clowns – ein weiser Narr? Er als Priester der Peyote-Kirche lebt die Anpassung und Integration vor, die für Abel nicht möglich ist.

Momaday stellt aber nicht nur die Indianer differenziert dar, sondern vermeidet auch in der Charaktergestaltung der weißen Figuren eine einseitige, stereotype Darstellung. Pater Olguin, Angela und Millie werden als Menschen gestaltet, die ihre Menschlichkeit im toleranten Umgang mit den Indianern unter Beweis stellen und die, wie im Schicksal Millies auf berührende Weise gezeigt wird, selbst als Außenseiter in einem gesellschaftlichen System leben, dessen Wertvorstellungen sie sich nur sehr bedingt zu eigen machen.
In Abels Schicksal gestaltet Momaday die tragischen Konsequenzen der Entfremdung und Isolation, der physischen und psychischen Zerstörung eines Indianers. Die Stationen dieses Weges, die dem Leser in einem schmerzhaft empfundenen Eintauchen in die Geschichte eines Menschen bruchstückhaft erschlossen werden, erfassen gleichnishaft den drohenden Untergang eines Volkes.
Abel wird nicht nur als der völlige Außenseiter gezeigt (schon durch seine Herkunft und durch seine Unfähigkeit, sich den veränderten Bedingungen anzupassen), er erscheint auch als Verkörperung eines ursprünglichen stolzen, freien Menschen – ein Kind der Natur, das diese Natur mit großer Sensibilität erfährt und in sich aufnimmt, in einer Harmonie von Mensch und Natur aufgehoben ist, die in einigen seiner Erinnerungen heraufbeschworen wird. Er war einmal stark, gesund, stolz, selbstbewußt und erfährt dann den zweiten Weltkrieg, der in seinen Erinnerungen als „Tage und Nächte ohne Sinn“ erscheint. Es sind Ereignisse, die er nicht begreifen kann und die ihn bis ins Tiefste erschüttern. Bereits im Krieg kann Abel das Unbegreifliche seines Lebens nur durch Alkohol verdrängen und betäuben und er hofft vergeblich, durch die Heimkehr in die vertraute Landschaft seiner Kindheit die Fixpunkte zu finden, die ihm erneut Halt geben könnten. In bewegenden Worten spricht Momaday vom Scheitern dieser Hoffnungen: Abel kann nicht mehr mit dem Großvater sprechen, er ist nicht mehr imstande sich auszudrücken. „... er hatte mit Beten und mit Gesang den alten Rhythmus der Sprache wiederzufinden versucht, aber er war aus der Harmonie gefallen.“ So wird er unfähig zur Verständigung. Er erscheint Angela, der er doch äußerlich ruhig, stolz und selbstbewußt gegen-

übertritt, als Verkörperung einer schönen und seltsamen, fremden und unverständlichen Kultur, ernst und entrückt, aber auch „wie ein holzgeschnitzter Indianer, mit kaltem, ausdruckslosem Gesicht". Die Verwirrung und der Schmerz, die Abels innere Welt prägen, können nur noch in dem fast rituellen Akt der Tötung des Albino Ausdruck finden. Momaday zeigt, daß Abel in dem Albino die Verkörperung des Bösen tötet und er hier überlieferten Vorstellungen verpflichtet diese Handlung gleichsam als Ritual vollzieht, nicht nur als Rache für die Demütigung, die ihm der Albino, der offenbar indianischer Herkunft ist, zufügte, sondern als einzig mögliche Form stolzer Selbstbehauptung, für die die weiße Gesellschaft kein Verständnis aufbringen kann. Der Gerichtsprozeß und die Jahre im Gefängnis erscheinen in seiner Erinnerung nur noch vage und schemenhaft als Ausdruck einer ihm immer fremder und unverständlicher erscheinenden Welt. Sein weiterer Weg ist damit vorgezeichnet und Momaday führt ihn, gebrochen durch verschiedene Erzählperspektiven in wichtigen Stationen vor. Als Abel völlig zerschlagen am Strand liegt und in den Erinnerungen fragmentarisiert Stationen dieses Leidensweges aufflackern, da spricht Momaday auch davon, daß Abel physisch und psychisch vernichtet ist. Er ist nicht mehr in der Lage, Vertrauen zu zeigen und Liebe zu empfinden, hat seinen Platz in der Welt eingebüßt. „Lange Zeit hatte er sich in ihrem Mittelpunkt befunden, hatte gewußt, wo er stand und hatte sich verirrt; er war bis ans Ende der Erde gewandert und taumelte derzeit am Rande des Abgrunds dahin." In diesen Momenten bitterer Erkenntnis erscheinen immer wieder leitmotivisch eingesetzt die Bilder der „Läufer in der Morgendämmerung". Sie können Tod und Zerstörung bedeuten, wie auch die rituellen Bitten um gute Ernte und Jagd oder die Vertreibung des Bösen betreffen. „... jäh wurde ihm der innerste Sinn ihres Laufes bewußt, des Laufs der Alten, die in weißen Mokassins nachts hinter dem Bösen herrannten. Sie waren vollkommen und unentbehrlich in ihrem Tun, die ganze Schöpfung hing von ihnen ab. Sie verliehen dem Universum Perspektive, Maße und Struktur. Den Sinn. Sie liefen mit großer Würde und Ruhe, nicht als ob sie etwas erhofften, vielmehr hoffnungslos; ohne Furcht vor dem Bösen, ohne Haß und Verzweif-

lung, ganz einfach, indem sie es anerkannten und respektierten. Das Böse gab es. Böses lauerte überall in der Nacht; sie mußten sich der Konfrontation damit aussetzen ..."
Wie immer man das Ende des Romans nun auslegen mag – ob Abels Lauf nach dem Tod des Großvaters ein Akt geistiger Erneuerung und Gesundung ist oder ob es, im Sinne der oben angedeuteten stoischen und fatalistischen Haltung ein Lauf in den Tod ist –, am Ende bleibt die Erschütterung des Lesers und es bleibt auch die Hoffnung, die an die Worte des Gebetes gebunden ist: „Haus aus Dämmerung, Haus aus Blütenstaub ... mach meinen Körper wieder heil, mach meine Seele wieder heil ..."
Momadays Darstellung der schmerzlichen Bewußtwerdung seines Helden gewährt dem Leser Einblick in eine immer noch fremd und geheimnisvoll anmutende Welt, vermittelt Einsichten in die Geschichte, Kultur und das Welt- und Selbstverständnis amerikanischer Indianer, fördert so gegenseitiges Verstehen. Viele Fragen bleiben im Roman offen und fordern damit den Leser zu eigener geistiger und emotionaler Auseinandersetzung heraus. Momaday ruft zu menschlicher und geistiger Toleranz und zu verständnisvollem Miteinander von Indianern und Weißen auf – die Suche nach Menschlichkeit muß beide Welten zusammenführen.

Leipzig, April 1987 *Eva Manske*

Universal Bibliothek BELLETRISTIK

HANS HENNY JAHNN

Dreizehn nicht geheure Geschichten

Mit einem Nachwort von K. Schuhmann
Band 1190 · Broschur 2,– M

Hans Henny Jahnn (1894–1959), Erzähler, Dramatiker, Essayist, Verleger, Orgelbauer von Weltruf, einer der eigenwilligsten und umstrittensten Dichter des 20. Jahrhunderts, bringt in diesen Erzählungen (1954) unverkennbar seine Lebenserfahrungen zur Sprache: Schicksale aus seiner zeitweiligen Wahlheimat Norwegen, das Erlebnis der Glaubensgemeinde Ugrino, sein Engagement für die Kunst des Orgelbaus. Immer sind es die Pole Schöpfung, Liebe, Natur, Sein, Schicksal, Tod, immer geht es dem Schriftsteller darum, den Menschen jenen Reichtum kreatürlich-sinnlichen Erlebens zurückzugewinnen, der in einer vom zweckrationalen Denken beherrschten Welt verlorengegangen sei.
